Über alle Ufer

Jonny Halberg

Über alle Ufer

Roman

Aus dem Norwegischen
von Gabriele Haefs

Kiepenheuer & Witsch

Die Übersetzung wurde von NORLA,
Norwegian Literature Abroad, gefördert.

1. Auflage 2002
Titel der Originalausgabe: *Flommen*

Aus dem Norwegischen von Gabriele Haefs

Umschlaggestaltung: Rudolf Linn, Köln
Umschlagfoto: © Rudolf Linn
Gesetzt aus der Minion
Satz: Pinkuin Satz und Datentechnik, Berlin
ISBN 3-462-03138-4

Robert Gjørstad

Er hatte uns seit Wochen nicht mehr belästigt, weder telefonisch noch durch persönliche Besuche, doch am neunundzwanzigsten Mai war Schluss damit. Da kam er mit dem Dienstwagen aus dem Tal hoch. Ich sah, dass er hinter Brekke bremste, dass er auf die andere Straßenseite und dann auf die Brücke fuhr, dass er bei Tråseth vorbeischaute und dann über den Karrenweg huckelte. Auf dem Hof stieg er aus dem Auto, schaute sich kurz um, ging zum Haus hinüber und dann einfach hinein, so, als gehöre er zur Familie. Ich wusste nicht, was er wollte, aber es hatte mit mir zu tun, das war klar. Konnte sich dieser zudringliche Mistkerl nicht mal zwei Wochen zurückhalten? Ich ging zum Imbiss in der Tankstelle. Hinter der Theke stand Nils Ole. Als er mich sah, ließ er den Korb mit den Pommes in die Fritteuse sinken und legte einen Cheeseburger auf die Bratplatte. Er machte gute Burger, unser Nils Ole. Er behauptete, dieselben vorgefertigten Bestandteile zu verwenden wie alle anderen Tankstellen im Land, aber ich hatte ihn in Verdacht, dass er alles selbst herstellte. Er nickte in Richtung Papiertüte, die ich auf die Theke gelegt hatte. »Was ist das denn?«, fragte er.

»Frei laufende Hähnchen aus der Provence«, sagte ich.

»Das essen die nie«, sagte er.

Ich schaute den Korb mit den Pommes an. Sie sahen lecker aus. Mein Magen knurrte laut. Ich dachte an Essen, seit ich mich in Melhus in den Bus gesetzt hatte. Nils Ole machte den Burger fertig, hob den Korb aus der Fritteuse und servierte alles auf einem Teller. Ich setzte mich an den Tisch und aß schmatzend. Es regnete. Das tat es seit fast zwei Wochen ununterbrochen. Es war schwül und windstill. An den Hängen hingen Nebelfetzen. Ich schaute zu unserem Haus hinüber. Das Tal unten war grün und fruchtbar, einige Höfe sehr wohlhabend. Die Kvenna lag dort wie ein Silberband, ruhig, breit und glitzernd. Ich mochte den Fluss, er kam mir vor wie eine Art naher Verwandter oder Freund, ohne den ich nicht leben wollte. Ich saß gern in meinem Boot, ruderte ziellos vor mich hin oder ließ mich von der Strömung treiben, schaute auf die rote Scheune von Orkerød oder auf die Häuser und den Viehstall von Vasshaug, und wenn ich abends unterwegs war, blickte ich zu dem grellen Statoil-Reklameschild auf Brekke hinüber. Und ich schaute auf meine Schafe oben am Hang, wenn die Sonne über Hammeren aufstieg. Meine Kühe, die Gras wiederkäuten und mich aus leeren, gläsernen Augen anstarrten. Warum hätte ich durch die Weltgeschichte gondeln und in andere Orte reisen sollen? Ich wollte in keiner Großstadt leben. Ich wollte die städtischen Dinge hierher bringen. Ich hatte Vasshaug schon einige Male vorgeschlagen, dass wir doch zusammen etwas Neues anfangen könnten, er hatte schließlich Geld, Geräte und Arbeitskraft, aber er wollte nicht mitmachen; er war nicht der Typ, der sein Glück mit Wildschweinen, Straußen oder französischen Hähnchen versuchte. Ich hatte mir das schon gedacht, aber einen Versuch wollte ich wenigstens machen. Vasshaug war wie alle anderen, er wollte »echte norwegische Tomaten«. Und »zartes« Qualitätsfleisch, das garantiert nicht mit dem unten in Europa wütenden Wahnsinn infiziert war. Ich konnte ja verstehen, dass diese Landeier sich an ihre kostbaren Produkte klammerten. Sie waren wie ich, starrten die Hügel an, ließen ihre Blicke bei den Häusern ein wenig ruhen, schauten dann auf den Fluss und waren zufrieden und froh darüber, dass es das alles gab und dass wir mittendrin wohnten. Es kamen Besucher von auswärts, und viele hatten so ihre Ansichten über uns, die hier aufgewachsen waren und hier wohnten, und wir antworteten nur selten mit etwas anderem als einem Grinsen oder einem verständnisinnigen Blick, denn dieser Wochenendadel, der zu Ostern und im Sommer auftauchte, hatte einfach keine Ahnung. Sie schauten mit Skiern und Fotoapparaten und exklusivem Schnaps vorbei, versuchten, sich mit zwei von den lokalen Honoratioren anzufreunden, und verbreiteten sich über die schönen Traditionen und alles Echte, was es hier oben gab. Sie hatten noch nicht mitbekommen, dass Bauer A. Armani-Anzüge trug und dass Bäuerin B. heute in Berlin ein Seminar und morgen in New York noch ein Seminar besuchte.

Ich schaute hinab auf Meløya. Die Insel war ungefähr einen Kilometer lang und vor allem mit Tannen und Kiefern bewachsen. Mitten auf der Insel gab es eine Anhöhe, und oben auf der Anhöhe lag eine alte Burg, die irgendwann in der Eisenzeit errichtet worden war. Später waren an den Talwänden Steinhaufen aufgetürmt worden, und immer, wenn das Reisig darauf lichterloh brannte, flohen die Menschen in die Burg. Das hatte Räuberpack angezogen. Unterhalb der Burg lagen zwei Äcker, auf dem einen stand ein Heuschober, unterhalb des anderen lag das Gehöft Gjørstad. Gjørstad hatte ein weiß angestrichenes Wohnhaus, einen langen, schwarzen Holzstall, aus dem hinten die Kuhfladen hervorquollen, einen Hühnerstall und einen großen Geräteschuppen mit Garage. Meine Familie wohnte seit Ende des 19. Jahrhunderts hier. Mein Urgroßvater hatte oben an den steilsten Hängen im Norden von Brekke eine kleine Kate besessen, hatte sie dann aber eines Tages verlassen, seinen Namen von Dahl zu

Gjørstad geändert, sich nach Meløya begeben und behauptet, die Insel gehöre ihm. Von diesem Tag an konnten im Sommer keine Schafe oder Kühe mehr dorthin getrieben werden. Denn mein Urgroßvater weigerte sich, Platz zu machen oder für den Boden, den er jetzt urbar machte, zu bezahlen. Ich wäre ihm gern begegnet. Ich verzehrte die letzten Pommes und dachte, dass die Gegend damals sicher nicht viel anders ausgesehen hat. Die Felder waren grün, das Gras bewegte sich im Wind, und oben bei der Burg äste am Waldrand das Wild. Ich sah, dass sich die Haustür öffnete und Stein Ove zusammen mit Mutter herauskam. Er war eine halbe Stunde im Haus gewesen. Worüber hatte er eine halbe Stunde lang mit Mutter gesprochen? Er neigte dazu, »vorbeizuschauen« und »eine Runde zu plaudern«, und immer verband er damit irgendeinen Zweck. Ich sah, wie er winkte, ins Auto stieg und dann zur Brekkebrücke fuhr. Ich erhob mich und wollte die Essensreste wegwerfen. Nils Ole stand auf dem Treppenabsatz, lehnte am Türrahmen und hielt ein kleines Fernglas in der Hand. Er war für seine Neugier bekannt und hatte sein Fernglas immer in Reichweite.
»Was hast du denn diesmal ausgefressen?«, fragte er.
»Gar nichts«, antwortete ich.
»Irgendwas muss es doch sein«, meinte er.
»Nicht dass ich wüsste«, sagte ich.
»Fünfundsiebzig, mit der Cola«, sagte er.
»Die kriegst du morgen«, sagte ich.
»Fünfundsiebzig mit der Cola, und das heute. Er hat seine Uniform an. Und das hat was zu bedeuten. Mach ja keinen Ärger hier bei mir«, sagte er, ging hinein in seinen Laden und stellte das Fernglas hinter der Theke ab. Ich folgte, bezahlte, ließ mir Wechselgeld geben, ging wieder hinaus. Stein Ove fuhr an der Tankstelle vor. Er stieg aus, knallte die Autotür zu und kam zu mir rüber. Er sah nicht aus wie ein Dorfbulle. Er hatte ein sommersprossiges, ein wenig bleiches Gesicht und

schütteres rotes Haar. Ich hatte sein Haar einmal berührt. Es war weich wie Babyhaar oder Seide. Ich setzte mich auf die Bank.

»Was hast du unten auf dem Hof gemacht?«, fragte ich.

»Wollte mit dir reden«, sagte er.

»Na, dann mal los«, sagte ich.

»Im Garten von Terje Trøgstad hat jemand von außen unaufhörlich in dessen Wohnzimmer geglotzt, zwei Abende hintereinander. Und irgendwer hat Galgen in seine Apfelbäume geritzt. Zudem gab es telefonische Morddrohungen. Und heute Nacht ist seine Setterhündin verschwunden.«

»Wem sollte Terje anzuglotzen Spaß machen?«, fragte ich.

»Du bist gestern Abend gesehen worden, vom Nachtportier des Bellevue«, sagte er.

Ich lachte. »Warum sollte ich so was tun?«

»Wir wissen, dass du Terje fertig machen willst, weil er auf Haugvollen Nina angegrabscht hat«, sagte er.

»Und woher wisst ihr das?«, fragte ich.

»Das hast du selbst gesagt.«

»Ich würde so was nicht sagen. Ich würde es gleich tun«, sagte ich, sprang auf und baute mich vor ihm auf. »Außerdem, wenn du mit mir reden wolltest, warum warst du dann eine halbe Stunde bei meiner Mutter?«

Er senkte den Blick. »Ich wollte auch die Hochwasserwarnung weiterleiten«, sagte er.

Ich trat noch dichter an ihn heran. »Und was sonst noch, Stein Ove? Sag es mir.«

»Ich habe gefragt, ob du gestern Abend auf Gjørstad warst.«

Ich packte ihn an der Jacke, schüttelte ihn wütend und drückte ihn auf die Bank. »Willst du meine Mutter zur Denunziantin machen? Wie mies kann man eigentlich sein?«, rief ich, packte ihn mit einer Hand an der Kehle und hob die andere. Er fauchte, ich solle ihn loslassen. Stein Ove war Polizist, aber das war nicht der Grund, warum ich ihn losließ. Ich hätte es nicht fertig gebracht, obwohl er mir an den Fersen hing, seit mein Vater draufgegangen war. Es war etwas mit seiner Stimme, seinen Augen, dem mageren Körper und den blassen, sommersprossigen Händen. Und der wollte Polizist sein? Er war zehn Jahre älter als ich, aber das sah man ihm nicht an. Er sah aus wie jemand ohne Alter. Ich ließ ihn los. Er holte aus und traf die Tüte mit dem französischen Hähnchen. Das kullerte auf den Boden und landete in einer Pfütze.

»Weißt du, was das da ist?«, fragte ich und zeigte darauf.

»Sieht aus wie ein Vogel«, murmelte er.

»Ein Landhähnchen aus der Provence. Weißt du, was das gekostet hat?«

»Ist mir doch scheißegal, ob der Vogel vom Land oder aus der Stadt kommt«, sagte er.

»Ich kriege zweihundertfünfzig Kronen von dir«, sagte ich.

»Wo warst du gestern Abend? Ich habe einen Zeugen«, sagte er.

»Zweihundertfünfzig«, sagte ich und machte einen Schritt auf ihn zu.

Er wich zurück. »Ich will dir doch nur helfen«, sagte er, spuckte auf den Asphalt, ging zu seinem Auto, stieg ein und knallte die Tür zu. »Du kriegst morgen Besuch. Und fühl dich nicht zu sicher, was deinen Hof angeht«, sagte er und gab Gas. Ich konnte dem hinteren Kotflügel gerade noch einen Tritt verpassen, das war alles. Er fuhr auf die Straße, hätte fast ein entgegenkommendes Auto gestreift, hängte sich aus dem Fenster und drohte dem Fahrer mit der Faust.

Ich hob das Hähnchen auf und steckte es wieder in die Tüte. Nils Ole stand noch immer auf der Treppe. Er wollte etwas sagen. »Was glotzt du denn so? Ich habe bezahlt«, sagte ich.

Ich sah die Sahnesoße über den roten Paprika, dem gedämpften Gemüse und den überbackenen Kartoffeln schon vor mir, die Belohnung nach einem langen und scheußlichen Arbeitstag. Hinter der Brücke kam ich an Tråseths Haus vorbei, das er Mitte der sechziger Jahre gebaut hatte. Als Kind hatte ich ihn und seine Frau oft besucht, aber gegen Ende der siebziger Jahre musste dann etwas passiert sein, denn er wurde mürrisch und misstrauisch und ließ sich nicht mehr bei uns sehen. In den achtziger Jahren wurde er dann ganz unerträglich. Wenn ich mit dem Fahrrad vorbeifuhr, stand er auf der Treppe und rief, wir sollten ihn in Ruhe lassen. Außerdem bildete er sich ein, ich hätte alles Mögliche von ihm geliehen und nicht zurückgebracht. Zum Beispiel behauptete er, ich hätte Karfreitag seine Schreibmaschine abgeholt. Das stimmte nicht, aber Tråseth war das egal. Alle drei Monate kam er vorbei, um seine Schreibmaschine zurückzufordern. Manchmal entwischte ich nach Melhus, aber es kam auch vor, dass ich die Zeit verpasste und er bereits auf dem Weg war, lang und dünn, in schwarzer Hochwasserhose. Er klopfte, wartete, bis jemand von uns öffnete, und sagte dann: »Es geht um die Underwood. Ich möchte wissen, wann ich sie zurückhaben kann.« Es hatte keinen Zweck zu fragen, was ich denn mit einer Schreibmaschine anfangen sollte. Er stand da, das Gesicht gelb und die Vorderzähne fleckig, und verlangte mit leise zitternder Stimme seinen Besitz zurück. »Das soll also heißen, dass du sie mir auch diesmal nicht zurückgibst?«, fragte er dann in dramatischem Tonfall, und wenn ich zum soundsovielten Mal beteuerte, die Maschine nicht zu haben, oder ihm vorschlug, anderswo zu suchen, sagte er: »Nun gut. Dann muss ich mich an die zuständigen Instanzen wenden«, und dann trottete er mit hängenden Armen und krummem Rücken zurück nach Hause. Ich fuhr mit dem Rad über die Brücke und schaute verstohlen zu seinem Küchenfenster hinüber. Er saß am Tisch und schraubte an etwas herum. Sein Gesicht hing wie ein Laken im Halbdunkel. Er beugte sich über das, was auf seinem Tisch lag, was immer das nun sein mochte.

Auf dem überschwemmten Feld glitten zwei Stockenten und ein Blesshuhn durch das Schilf. Ich bog um die letzte Ecke. Am Ufer, unter der knöchrigen alten Kiefer, neben der Felskuppe, stand Jonny in meinem Regenmantel und starrte in die Strömung.

Ich lehnte mein Fahrrad gegen die Kiefer.

»Was ist denn passiert?«, fragte ich.

Düster wie ein Weltuntergangsprediger schüttelte er den Kopf.

»Du hast dich doch wohl nicht zu ihr ins Bett gelegt?«

Er starrte seine abgenutzten Schuhspitzen an.

»Du weißt doch, dass du das nicht darfst. Sie kann das doch nicht ausstehen.«

Er blickte mich flehend an.

»Ich werde mit ihr reden«, sagte ich und legte ihm den Arm um die Schulter.

Jedes Mal, wenn ich Jonny begegnete, nachdem ich eine Suffrunde hinter mir hatte, verspürte ich einen Stich und hatte das Gefühl, dass etwas passieren würde. Ich wusste nicht, was das sein könnte. Es war nur das Gefühl, dass er allein nicht lebensfähig war, er war nicht so sehr daneben, dass er wirklich daneben gewesen wäre, aber er war trotzdem so weit daneben, dass er nicht allein zurechtkam.

Ich nahm das Fahrrad und ging mit ihm auf Geräteschuppen, Haus und Stall zu. Im Stall standen neunzehn Kühe und drei Bullenkälber. Die Kühe fand ich in Ordnung, der Hühnerstall ärgerte mich. Mutter war für die Hühner zuständig und behielt das Geld für die Eier, aber ich verabscheute den Gestank, die Legebatterien und das verlauste Federvieh, das in seinem eigenen Scheißgestank herumtorkelte. Ich mochte den Stall nicht sauber machen, und ich wollte sie nicht füttern. Jonny half Mutter dabei. Er machte das gut, solange kein Huhn krepierte. Er war immer völlig verzweifelt, weil die anderen Hühner auf den Kadaver loshackten.

Unten in der Küche knallte Mutter die Schranktüren zu. Ich blieb vor Ninas Zimmer stehen. Sie saß mit einem ihrer Schundromane am Fenster und schaute hinaus auf die Masten, die sich den hinter dem Haus gelegenen Hang hinunterzogen. Ihr Transistorradio lief, so leise jedoch, dass ich nichts verstehen konnte. Ich kannte das bereits. Lange Regentage. Draußen war nichts zu sehen, aber sie starrte in die feuchte Luft hinaus, in einen weiteren Tag mit blaugrauem Regen. Sie blätterte in einem Buch, das sie schon längst gelesen hatte. »Der Mann vom Walde«. Auf dem Umschlag war das Bild eines jungen Mannes mit muskulösem Oberkörper, unbehaarter Brust und Augenklappe zu sehen. Er hielt ein Gewehr hoch. Hinter ihm brannte ein Schloss. Mit solchen Büchern vertrieb Nina sich die Zeit. Mit Schlossromanen und der Saga vom Eisvolk und anderem Schund mit Hochdruckdramatik und tödlichen Leidenschaften. An einer Wand stapelten sich die Taschenbücher, und jedes einzelne davon hatte sie mindestens einmal gelesen. Ich sah ja ein, dass eine Sechzehnjährige auf Meløya nicht sonderlich viel Abwechslung fand, aber ich fand es trotzdem beschissen, dass sie ununterbrochen las. Immer ging es in diesen Büchern um irgendeinen Mistkerl, einen Zigeuner oder fahrenden Gesellen, der eine arme Bauerntochter entführte, die von ihrem Vater misshandelt und von ihrer Mutter verspottet wurde. Bisweilen entführte der Mistkerl auch eine unglückliche junge Adelige; egal wie, es ging fast immer um irgendeinen Blödmann, der als Kind ebenfalls schlecht behandelt worden war und aus Rache nun junge Damen mit großem Busen und rabenschwarzen Haaren flachlegte. Kritik wollte Nina aber nicht hören. Wann immer ich »Die Fürsten der Finsternis« oder »Der Henker der Liebe« heruntermachte, machte sie sich noch viel begeisterter über diesen Müll her.
Sie legte das Buch weg, schaute die Masten an und kaute an einer blonden Locke. Sie hob die Hand und strich mit der

Fingerspitze über die Hasenschartennarbe. Dann schloss sie das Fenster und musterte ihr Spiegelbild. Für mich spielte es keine Rolle, dass sie diese Hasenschartennarbe hatte oder dass ein Auge nicht in dieselbe Richtung blickte wie das andere, aber für Nina war das natürlich wichtig. Es kam vor, dass sie die Narbe mit einem Finger bedeckte, wenn sie mit jemandem sprach oder wenn jemand sie ansah. Sie konnte das nicht lassen, obwohl ich ihr sagte, dass andere die Narbe erst bemerkten, wenn sie sie berührte. Sie untersuchte die Stelle zwischen Nase und Oberlippe, ließ ihre Fingerspitze darüber fahren, drückte darauf. Dann machte sie sich mit dem Fingernagel daran zu schaffen, bis die Stelle rot wurde. Dann öffnete sie das Fenster wieder.

»Was willst du hier eigentlich?«, fragte sie.

»Nicht rumfummeln. Du kratzt die Narbe bloß auf«, sagte ich.

Sie machte sich wieder daran zu schaffen. Ich ging auf mein Zimmer, ließ mein weißes Hemd auf den Boden fallen, zog meine Cordhose aus, kniff mir in den Schmerbauch. Ich zog ein sauberes Hemd an und ging mit der Tüte in der Hand nach unten. Es roch nach Essen. Ich ging in die Küche. Nina saß jetzt am Tisch. Mutter stand am Herd und rührte in einem Topf.

»Ich habe Hähnchen mitgebracht. Ein feines fettes Hähnchen aus der Provence«, sagte ich.

»Heute gibt's Frikadellen«, sagte Mutter und rührte.

Nina schaute in die Tüte.

»Ist das fett?«, fragte sie.

»Nicht fett, wie du meinst«, sagte ich. »Sondern schön fett.«

Nina rümpfte die Nase. »Schön fett? Was soll das sein?«

Ich wollte sagen, dass das Hähnchen an diesem oder spätestens am nächsten Tag gegessen werden müsse, aber Mutter fiel mir ins Wort. »Dienstags gibt es schwedische Frikadellen«, sagte sie mit scharfer Stimme. Ich hatte keine Lust auf eine weitere Runde. Ich legte die Tüte in den Kühlschrank, und als ich sie da zusammen mit den anderen Lebensmitteln sah, wusste ich, dass ich das Hähnchen nicht mehr essen würde. Es würde immer weiter nach hinten wandern und in zwei Wochen wäre es dann verschimmelt und würde weggeworfen.

Mutter stellte den Saftkrug auf den Tisch. Sie schaute die rote Jeansjacke an, die Nina jetzt trug. Ich hatte diese Jacke noch nie gesehen.

»Wo hast du die denn her?«, fragte Mutter freundlich.

»Das ist ein Geschenk«, murmelte Nina.

»Von jemandem, den ich kenne?«

»Nein, kennst du nicht.«

»Von einer Freundin vielleicht?«

»Nina hat keine Freundin«, sagte ich.

»Du hast Glück, dass du von den Jungs Geschenke bekommst«, sagte Mutter und wieherte. Nina gab keine Antwort. Sie wartete auf die nächste Frage. So würden sie jetzt weitermachen. Das war so eine Art krankhaftes Spiel. Ich wollte mir das nicht antun. Ich beschloss, später nach Hauger zu fahren.

Mutter stellte die Kartoffeln auf den Tisch.

»Ich habe heute im Postamt angerufen«, sagte sie, nahm den Deckel der Pfanne ab und kippte die Frikadellen in eine Schüssel.

»Jetzt sag schon«, sagte ich zu ihr.

»Wir sind wieder pleite«, sagte sie.

»Weiß ich nichts von«, sagte ich.

»Kann ich mir denken«, sagte sie.

»Ich habe von deinem Konto nichts abgehoben.«

»Er hat vom Konto nichts abgehoben«, sagte sie.

»Sicher nicht«, sagte Nina mit spitzem Lächeln.

Mutter bediente sich. Sie nahm sich immer als Letzte.

»Ich hoffe, dass alle hier guten Gewissens essen«, sagte sie,

nahm die Gabel, spießte eine Frikadelle auf, steckte sie in den Mund, kaute. Sie hatte schwarze Ringe unter den Augen und kaute sehr schnell. Ich legte Messer und Gabel hin.
»Hast du Jonny wieder weggejagt?«, fragte ich Nina.
Sie schob ihren Teller weg.
»Er begreift das nicht«, sagte ich.
»Er begreift das wohl«, sagte sie. »Außerdem wischt er sich nicht den Hintern ab, duscht nicht, hat fettige Haare. Ich will ihn nicht in meinem Bett haben.«
»Er macht das, weil er dich gern mag.«
Nina schob abrupt ihren Stuhl zurück und stand auf.
»Ich wünschte, er läge für immer unter der Erde«, fauchte sie.
Mutter sagte, Nina dürfe so etwas nicht sagen. Nina gab keine Antwort. Mutter sagte noch einmal, so etwas dürfe sie über Jonny nicht sagen. Ich schaute aus dem Fenster. Er stand vor dem Schuppen und hängte ein Netz auf. Sicher hatte er es so sorgfältig gesäubert, dass nicht einmal eine Algenfaser in den Maschen zurückgeblieben war.
Nina murmelte noch eine Gemeinheit. Sie war seit einiger Zeit ungenießbar.
»Halt die Schnauze«, sagte ich.
Sie starrte mich an. »Und was passiert, wenn ich es nicht tue?«, fragte sie lächelnd. Ich beugte mich über den Tisch und sagte so leise, dass Mutter es nicht hören konnte: »Feststellen, wer meine Unterschrift auf dem letzten Auszahlungsschein gefälscht hat.«
»Was hat er gesagt?«, fragte Mutter.
»Ach, das war ein Witz über Besoffene«, murmelte Nina.

Er saß auf der Petroleumtonne mit dem Teller auf den Knien und zerdrückte die letzte Kartoffel in der Soße. Ich stieg über die Netze hinweg. Mir fiel auf, dass er zur Burg hinaufschaute. Irgendetwas da oben schien ihn zu fesseln.
»Was starrst du denn da an?«, fragte ich.

Er zeigte mit der Gabel auf die Mauer. Dann grunzte er und machte das Zeichen für Mann.
»Hast du da oben einen Mann gesehen?«
Er nickte und zeigte auf die Bäume.
»Wann hast du ihn gesehen?«, fragte ich.
Er machte das Zeichen für Mittag.
»Hast du ihn erkannt?«, fragte ich.
Jonny schüttelte den Kopf, leckte den Teller ab und stellte ihn auf den Holzstapel.
Wir machten uns auf den Weg zur Burg.
»Und was hat er da gemacht?«, fragte ich.
Jonny hielt sich die Hände wie ein Fernglas vor die Augen. Wir gingen zum Waldrand hoch. Er zeigte auf die Ebereschen. Ich konnte nichts sehen. Es kam mir kaum glaubhaft vor, dass jemand zwischen den Bäumen stehen und uns mit einem Fernglas beobachten sollte. Ich schob die Zweige beiseite. Grüne Blätter, von Feuchtigkeit gesättigter Waldboden. Tannennadeln und verfaulte Zweige.
»Bist du sicher, dass da jemand war?«, fragte ich.
Jonny hob zuerst die Hand und dann drei Finger. Ich begriff nicht. Er zeigte auf die Büsche.
»Hast du ihn dreimal gesehen?«, fragte ich.
Er nickte. »Im Frühling?«, fragte ich. Er nickte, machte das Zeichen für Januar und hob einen Finger.
Ich ging ein Stück in den Wald hinein und betrachtete den Boden, konnte aber nichts entdecken. Aber ich glaubte ihm. Er log nie. Hier hatte also jemand gestanden und Gjørstad durch ein Fernglas betrachtet. Ich bat Jonny, mir Bescheid zu sagen, wenn der Mann wieder auftauchte, und die Sache Mutter und Nina gegenüber mit keinem Wort zu erwähnen.
Wir gingen wieder zum Hof hinunter. Mutter kam mit dem Eimer aus dem Hühnerstall. Ich öffnete das Tor und überlegte, wer der Mann sein könne. Tråseth war ausgeschlossen. Er hatte schon zu viel gesehen. Ich hatte Feinde genug, wusste

aber, dass die lieber ganz andere Dinge tun würden, als mich mit dem Fernglas anzuglotzen. Ich beschloss, mich auf der Burg umzusehen, vielleicht könnte ich dort ja etwas entdecken. Ich ging hinüber zu Mutter, die gerade den Futtereimer ausspülte. Sie schrubbte ihn mit ihren roten Patschhänden, klopfte darauf herum, füllte ihn mit Wasser und goss das Wasser dann aus.

»Ich geh eine Runde spazieren«, sagte ich.

Sie füllte den Eimer mit neuem Wasser und schrubbte noch härter.

»Nina kann die Kühe reinholen«, sagte ich.

»Ja, geh du nur spazieren«, sagte sie tonlos, ging zu den Hühnern in den Stall, stellte den Eimer ab.

»Ja, sag ich doch«, sagte ich.

»Ja, tu das nur. Geh du nur spazieren«, rief sie.

Im Haus rief jemand.

»Sag mal«, sagte ich, »warum muss ich mich eigentlich deshalb entschuldigen?«

»Habe ich eine Entschuldigung verlangt?«, fragte sie verblüfft und lief zum Haus. Auf der Treppe drehte sie sich um. »Du musst Jonny mitnehmen. Nina geht die Wände hoch. Sie hat ihre rote Woche.« Ich setzte mich in den Datsun und wartete, bis Jonny angerannt kam.

Hauger lag zehn Kilometer südwärts am Fluss bei Baksida. Im Dorf gab es einen Lebensmittelladen und ein kleines Café im selben Gebäude. Im Ort wohnten wohl an die siebzig Menschen. Hauger lag nur zehn bis zwölf Kilometer nördlich von Melhus, aber es fuhr fast niemand hin, es gab dort nichts zu tun, man konnte nur am Hang jagen oder in dem Bach plätschern, der am Café vorüberfloss.

Ich fuhr über die Rohre, die ich selber vor vielen Jahren zusammen mit Vater und Hugo gelegt hatte. Jedes Jahr bahnte der Fluss sich zwischen Meløya und Baksida einen neuen Lauf. Während ich in der Stadt war, hatte die Kvenna ihren

Lauf über die Steine gefunden, die trotz der Bäume leuchteten. Mir gefiel das Wasser, das durch die Rohre floss. Mir gefielen die bronzegelbe Farbe des Wassers und die Steine, die unten leuchteten, und ich stand gern im Dickicht am Ufer versteckt, um einen Hecht an den Haken zu kriegen. Unmittelbar nach dem Laichen waren die Hechte besonders gierig. Dann bissen sie einfach bei allem an.
Wir fuhren vorbei am Bach mit der Steinbrücke und dem überwucherten fünfzig Meter hohen Hang. Ich trat aufs Gaspedal und jagte vorbei am verlassenen Hof Jørsum. Dann ging es um die Ecke und bergab in Richtung Lebensmittelladen und Café von Hauger. Ich blieb im Wagen sitzen und betrachtete die Fenster mit der Reklame für Biermarken, die es längst nicht mehr gab. Dann ging ich neben Jonny langsam die Treppe hoch und ins Lokal. Am Fenster saß ein Mädchen. Ein alter Knacker malte auf seiner Serviette herum. Ich ging zum Tresen. Jonny setzte sich ans Fenster. Die Cafébesitzerin kam aus dem Hinterzimmer.
»Marmorkuchen und Kaffee«, sagte ich.
Sie kannte das schon. Ich sagte: »Ich muss ihn für eine Stunde hier lassen. Gib ihm einfach, was er will. Dann ist er bestimmt ruhig.«
Sie sah mich an. »Eine Stunde, nicht mehr.«
Ich legte einen Hunderter auf den Tresen und trug Kaffee und Kuchen zum Fenster. »Hör mal«, sagte ich. »Ich muss mal kurz weg. Eine Stunde, mehr nicht. Du kannst so lange flippern.«
Er nahm die Tasse mit beiden Händen und stieß eines seiner Affengeräusche aus.
»Du kannst so viel spielen, wie du willst. Nur eine Stunde und ein paar Minuten.«
Er nahm den Kuchen und biss hinein. Einige Krümel fielen auf die Tischdecke. Ich nahm den Teller, ging zum Tresen, stellte den staubtrockenen Kuchen neben die Kasse, nahm

mir einen neuen Teller und ein neues Stück Kuchen und ging zurück.
»Es dauert nicht lange«, sagte ich.
Ich schaute vom Parkplatz aus durch das Fenster. Er starrte den Kuchen an, der sicher ebenso trocken war wie der davor. Dann ging ich über die Brücke und bog rechts in den kleinen Weg ab. Oben lagen zwei Häuser, im unteren wohnte Ester, eine kleine, schmächtige Frau um die fünfzig, die nicht verheiratet war, im oberen wohnte Siv. Siv war gleich nach Neujahr dort eingezogen. Das Haus gehörte einer verwirrten Tante von ihr.
Sie trug eine fleckige Latzhose, ihre Hände waren blau. Einen Moment lang schaute sie mich verwundert an, dann riss sie die Tür auf. »Komm rein, ich streiche gerade Stühle an«, sagte sie, ging ins Schlafzimmer und zog sich um. Ich nahm den Duft des Hauses in mich auf. Sie legte etwas in den Schrank, es roch ein wenig nach Lavendel oder Salbei. Dann kam sie wieder zum Vorschein. Ich küsste sie, fasste sie an.
Im Frühling hatte ich ihr beim Renovieren geholfen. Ich hatte im Badezimmer ein neues Waschbecken angebracht, hatte die Wohnzimmerfenster ausgetauscht und den Rasen neu eingesät. Die Arbeit hatte Spaß gemacht. Ich ging ins Wohnzimmer.
»Ist etwas passiert?«, fragte sie.
»Angeblich habe ich Terje Trøgstad telefonisch bedroht, seinen Hund entführt und als sei das noch nicht genug, auch noch in seinem Garten gestanden und Galgen in die Bäume geritzt.«
»Über Terje kam gestern etwas in den Nachrichten. Offenbar ist in den Bus seiner Band eingebrochen worden«, sagte sie, ging in die Küche und öffnete den Kühlschrank.
Sie brachte mir ein Glas Burnetts und Tonic.
Ich nahm einen langen Schluck. »Danke«, sagte ich und streichelte ihr Haar. Sie war klein und hatte mollige Hüften und

große Brüste. Ihr Gesicht war voll, ihre Wangenknochen hoch, ihre Augen waren groß und grün mit braunen Streifen. Es war ein Gesicht, das ich immer wieder gern ansah.
Plötzlich wurde es hell im Zimmer. Einige breite Sonnenstreifen wanderten über die Wand. Die Wolkendecke war zerrissen. Ich war die Sonne so wenig gewöhnt, dass ich mich abwenden musste.
»Das ist sicher drei Wochen her«, sagte ich.
»Komm, wir machen einen Spaziergang«, sagte sie.
Sie ging hinaus und zog ihre Turnschuhe an. Sie wusste, was sie wollte. Auch das gefiel mir. Ich wusste nichts, was mir an ihr nicht gefiel, abgesehen davon, dass ihr Bauch zu dick war. Mein Bauch störte mich nicht, ihrer wohl. Mehr plagte mich der Gedanke, was sie anstellte, wenn ich nicht in ihrer Nähe war. Ich wolle mich auch nicht aufdrängen. Sie war verheiratet, lebte jetzt aber getrennt. Sie kam mit zwei Strandlaken aus dem Badezimmer, stopfte sie in eine Tasche, und dann gingen wir über die Wiese und in den Wald, zum Wasserfall. Als wir den Wald erreicht hatten, wurde es stiller. Ich legte den Arm um sie. Sie sah mich an, etwas lag in ihren Augen, etwas Zärtliches, das ich sehen wollte, und noch etwas anderes, das ich lieber nicht gesehen hätte. Ich drückte sie an mich. Ein Specht machte sich über eine Tanne oder Kiefer her. Irgendwo hinter den Bäumen hörte ich das leise Rauschen der Jøra. Wir kamen zu den hohen Kiefern, wo wir im Spätsommer Steinpilze und Butterpilze sammelten. Wenn wir diesen Teil des Waldes erreichten, versuchte ich immer, mir vorzustellen, dass Siv und ich wirklich zusammen wären. Während wir so im Wald unterwegs waren, ging mir auf, dass ich liebend gern geheiratet, auf Gjørstad ein neues Haus gebaut und es zusammen mit ihr bezogen hätte.
»Woran denkst du?«, fragte sie leise.
»Woran denkst du?«, fragte ich.
»Hier ist es schön«, sagte sie.

Ich blieb stehen und buddelte etwas hervor, das nur zur Hälfte sichtbar unter einem Blätterhaufen gelegen hatte. Es war ein Kompass.
»Schau mal«, sagte ich.
Sie griff nach dem Kompass. Wir betrachteten die Nadel, die sich einfach nicht von der Stelle rührte, so heftig wir den Kompass auch schüttelten. Ich ärgerte mich darüber, dass sie die ganze Zeit in dieselbe Richtung zeigte. Siv steckte den Kompass in die Tasche und ging weiter. Ich folgte ihr und fragte mich, warum, wenn man verliebt ist, jede Bewegung der geliebten Person zu einer Art bewusstem Zug wird, alles, was sie tut, geschieht, um etwas unter Beweis zu stellen. Warum ist das Gefühl, an einem Spiel beteiligt zu sein, so stark, wenn man endlich die Richtige gefunden hat? Warum kann nicht alles so sein, wie es aussieht, und sei es nur für einige Minuten?
Wir erreichten den Wasserfall, zogen uns aus, breiteten die Badetücher aus.
Wir gingen in das kühle Wasser hinein, stöhnten und bibberten, schwammen zum Wasserfall hinüber. Bald war es nicht mehr kalt. Die Betäubung legte sich wie ein dünner Film über unsere Haut. Wir schwammen unter den Wasserfall, und das Wasser kitzelte und prickelte und streichelte Beine und Bauch und Schritt. Dann kletterten wir hoch, durchbrachen das Wasser, das an der glatt gescheuerten Felswand nach unten dröhnte, setzten uns dahinter in den Hohlraum. Wir lehnten uns gegen die Steine, hielten die Füße in die Gischt, beugten uns vor und ließen das Wasser auf Rücken und Schultern hämmern. Nach einer Weile sprangen wir in der Strömung nach unten und in den schäumenden Kessel. Noch immer schien die Sonne. Von Norden kamen dunkle Wolken, aber sie waren noch weit weg und würden uns nicht stören. Wir kletterten wieder an Land, trockneten uns gegenseitig ab, fanden eine warme Steinplatte und liebten uns noch einmal.

Danach blieben wir eng umschlungen liegen und ich schlief ein, ehe ich mich ganz aus ihr herausgezogen hatte. Ich döste vor mich hin, merkte, dass ich nicht schlaff wurde, sondern noch immer in ihr war, und nach einer Weile bewegte sie sich, und ich wurde wieder wach.

Auf dem Rückweg nahmen wir eine Abkürzung. Etwas fiel mir an ihr auf. Sie war nachdenklich.
»Ich habe Geld bekommen«, sagte sie endlich.
»Von wem?«
»Von meiner Mutter«, sagte sie, stieg die Böschung hoch, schaute auf Hauger hinunter.
»Wie viel denn?«, fragte ich.
»Mehr als genug. Als Vorschuss auf das Erbe.«
Ich steckte die Hände in die Taschen und pfiff vor mich hin. Ich konnte ihrer Mutter nicht verbieten, ihr Geld zu schicken. Ich hoffte nur, dass das Geld wirklich von ihrer Mutter stammte.
»Und was willst du damit machen?«
»Was meinst du?«, fragte sie.
Wir gingen an der Jøra weiter. Sie rauschte leise.
»Was willst du mir eigentlich sagen?«, fragte ich.
»Ich will eben, dass du das weißt«, sagte sie und schob einige Weidenzweige beiseite.
Wir betraten die Wiese. Die war dicht an dicht mit gelben und lila Blumen bewachsen. Am Rand stand hohes Gras. Wir waren in hellen Sommernächten über diese Wiese gegangen und hatten einander alle Dummheiten der Welt gesagt, Dinge, die unmöglich von Dauer sein können.
Wir gingen ins Haus.
»Du kannst es mir doch sagen«, sagte ich.
»Ich werde weggehen«, sagte sie.
Ich sagte nichts. Das hatte ich schon erwartet.
»Ich kann hier nichts werden.«

»Das ist mir schon klar«, sagte ich.
»Ich werde bald vierzig«, sagte sie.
»So siehst du nicht aus«, sagte ich.
»Ich muss eine richtige Beschäftigung finden. Hier gelingt mir das nicht«, sagte sie.
Ich schaute auf das Tal. Die dunklen Wolken im Norden hatten sich nicht bewegt. Einige Kinder liefen unten auf der Eisenbrücke über die Jøra. Siv trat neben mich.
»Warum kannst du nie um etwas bitten?«, fragte sie.
»Was sollte das denn sein?«, fragte ich.
Sie öffnete eine Tür der Bar und nahm eine Flasche Bacardi heraus. Sie füllte ein Glas, leerte es und stellte das Glas dann wieder hin. Ich goss mir auch eins ein.
Ich sagte: »Warum willst du nicht zu mir ziehen?«
»Zu deiner Mutter und deiner verrückten Schwester und deinem stummen Bruder?«
Ich leerte mein Glas. Sie schenkte mir nach. »Ist es denn nicht auch so schön mit uns?«
»Doch«, sagte ich und schaute auf die Wiese, die sich im Sonnenschein badete.
»Ich warte nicht lange.«
Ich konnte nicht antworten. Ich dachte an Jonny. Ich dachte an Nina. An Mutter. Und an den Hof und das Wasser, das am Hof vorüberglitt, und an mein frisch geteertes Boot. Ich dachte an die friedliche Stille, die Meløya nachts umgibt, an den hellen Himmel und die dunklen Felder.
Ich schaute auf die Uhr. Ich war seit fast zwei Stunden unterwegs.
»Ich muss jetzt los«, sagte ich und ging zur Tür, ohne Siv jedoch anzusehen. Sie folgte mir.
»Ich rufe dich an«, sagte ich, zog die Tür hinter mir zu und dachte: Warum sagt sie nicht, was sie stört?
Ich ging über den kleinen Hofplatz, vorbei an Ester Haugs Haus und hinunter zur Brücke. Am Waldrand blieb ich ste-

hen. Ich fröstelte und schwitzte. Meine Brust tat weh. Ich hätte gern etwas in Stücke geschlagen und stieg einen Hügel hinunter und schlug zwischen den Laubbäumen um mich. Ich trampelte im Schlamm, rutschte aus, fiel in den Farn, kam wieder auf die Beine. Ich sah Siv vor mir, im Schlafzimmer mit dem Bett und den grünen Wänden, ich nahm den sauberen Geruch der Bettwäsche wahr, Sivs Geruch am Morgen, ich sah ihr Gesicht, die grünen Augen mit den braunen Streifen, den Mund mit den schmalen Lippen. Aus einem Baum sickerte Regenwasser in meinen Nacken. Ich kletterte wieder hinauf auf den Weg, strich mir die Haare aus der Stirn, lief zur Brücke und dann ins Café. Das Mädchen war verschwunden. Der Alte war noch immer mit Zeichnen beschäftigt.

»Wo steckt Jonny?«, fragte ich die Wirtin.

»Der war weg, als ich aus dem Hinterzimmer kam«, sagte sie und nahm eine Sahnetorte aus dem Glasschrank.

Ich drehte mich zu dem Alten um. »Haben Sie gesehen, wo er hingegangen ist?«

Er hob eine Serviette hoch und hielt sie mir hin. Ich trat zu ihm und nahm sie. Es war eine Zeichnung von Jonny.

»Vierzig? Oder dreißig?«, fragte der Alte.

Ich warf die Serviette auf den Tisch und stürzte aus dem Haus. Jonny war nicht zum ersten Mal verschwunden.

Ich rief seinen Namen und rannte zum Auto, stieg ein, zog die Schlüssel aus der Tasche, überlegte, ob er nach Hause oder in Richtung Stadt gegangen sein konnte. Einmal war er von zu Hause bis nach Melhus gelaufen, weil er gehört hatte, wie ich ihn als überflüssig bezeichnet hatte. Was ich gesagt hatte, war, dass Mutter und Nina dafür sorgten, dass er sich überflüssig fühlte, aber das hatte er eben falsch verstanden. Und lief weg. Ich ließ den Wagen an, schaute mich um, um nicht mit dem Wagen der Wirtin zusammenzustoßen, und dann sah ich ihn. Er stand an der Hausecke.

Ich sprang aus dem Auto und lief zu ihm hinüber.
»Wo hast du denn gesteckt?«, rief ich.
Er zeigte auf die Klotür.
»Du blutest an der Stirn«, sagte ich.
Er hatte geweint, seine Augen waren rot und geschwollen. Ich ging zum Klo und schaute hinein. Im Waschbecken lag eine Gabel. Sie war blutverschmiert. Ich blieb stehen und schaute die Gabel an. Dann spülte ich sie ab und ging wieder hinaus. Auf dem Hof stand Jonny, der keine Miene verzogen hatte. Ich ging ins Café, legte die Gabel auf den Tisch und bat um Pflaster. Die Wirtin machte wieder ein saures Gesicht. Ich schlug auf den Tresen, ehe sie ein Wort sagen konnte.
»Pflaster«, sagte ich.
Sie murmelte etwas wie, es sei nicht nötig, so laut zu schreien, stapfte ins Hinterzimmer und brachte mir dann zwei Pflaster. Ich riss sie ihr aus der Hand, ging hinaus und sagte zu Jonny, er solle stillhalten. Er jammerte und fing wieder an zu weinen. »Nicht heulen«, sagte ich und nahm ihn in den Arm. »Verzeihung. Es wird nie wieder vorkommen. Ich lauf dir doch nicht weg. Du bist mein Bruder.« Die Wirtin und der Alte schauten uns durch das Caféfenster zu. Ich führte Jonny zum Auto und überlegte, ob ich erklären sollte, warum ich so lange bei Siv geblieben war, oder lieber sagen, es habe nichts mit ihm zu tun, aber das war unmöglich, denn es hatte doch mit ihm zu tun. Ich öffnete die Tür. Er blickte mich traurig an. »Schau nicht so. Es ist meine Schuld. Nicht deine«, sagte ich, schob ihn hinein, setzte mich dann ans Lenkrad, schaltete, trat das Gaspedal durch und hielt im Rückwärtsgang auf den neuen japanischen Jeep der Wirtin zu. Ich kam einige Zentimeter vor der Tür neben dem Fahrersitz zum Halten, sah, wie sich hinter dem Caféfenster etwas bewegte, und jagte los.

Tråseth stand unterhalb der Hauptstraße am Ufer und stocherte mit einem langen Holzstock im Wasser herum. Ich nahm Jonny mit und kletterte zu den Felsbrocken am Ufer hinunter. Tråseth zog den Stock aus dem Wasser.
»Was machst du denn da?«
»Den Wasserstand messen«, sagte er.
»Ist der Fluss in letzter Zeit gewachsen?«
Er schaute mich an, als hätte ich eine unvorstellbare Dummheit geäußert. »Ob der Fluss gewachsen ist?«
»Ja, ist er angestiegen?«
»Ich habe das hier markiert«, sagte er und zeigte auf einen der Felsen unten im Wasser. Ich beugte mich vor. Er hatte den aktuellen Wasserstand mit einem weißen Farbstrich vermerkt. Unten im Wasser waren drei weitere weiße Striche zu sehen.
»Ganz schön viel, so früh«, sagte ich.
»Nein, das ist kaum der Rede wert.«
»Glaubst du, in diesem Jahr gibt es eine Überschwemmung?«, fragte ich.
»Davon können wir einwandfrei ausgehen«, sagte er.
Jonny trat ans Ufer, um sich die Striche anzusehen. Tråseth packte ihn am Regenmantel und zog ihn zurück. »Aufpassen. Der Boden gibt hier nach«, sagte er.
»Ich sollte wohl einen Wall anlegen«, sagte ich.
Er schüttelte den Kopf. »Nicht nötig.«
»Hast du nicht gesagt, dass es dieses Jahr eine Überschwemmung gibt?«
»Ein Wall bringt doch nichts«, sagte er selbstsicher. Ich betrachtete die grauschwarzen Felsen, die schwer über Baksida hingen, betrachtete den gleichmäßigen dunklen norwegischen Wald, einige wenige Häuser, in denen irgendwelche Alp-Öhis wohnten, die Leuten, die vor dem Fernseher saßen oder Gemüse aßen oder ein Auto besaßen, nur Verachtung entgegenbrachten. Zwanzig Kilometer im Norden von Baksi-

da lag ein Weiler, einige Häuser, die sich aneinander drängten und alle, die vorüberhuckelten, anzustarren schienen. Ich hatte keine Ahnung, wer dort hauste. Ich hatte keine Ahnung, ob es schlechte oder gute Menschen waren oder was sie so machten. Es konnte sich um eine Herde von verkorksten Inzuchtsgeschöpfen handeln, vielleicht hatte ich aber auch zu viele Filme gesehen und zu viele Zeitungen gelesen. Mir war hier draußen noch nie ein Redneck-Imitator begegnet, die Typen, die sich hier herumtrieben und Ärger machten, waren, wie sie waren, und hatten ihre Gründe, wenn sie etwas sagten oder taten. Beispielsweise Tråseth. Auch er hatte seine Probleme zu bewältigen. Ich wusste, woher er kam und wie er in seinen ersten dreißig Lebensjahren behandelt worden war. Es war eine Geschichte, die sicher nicht sonderlich originell war, aber darum ging es nicht. Ich sah einen Burschen vor mir, der in gestricktem Pullover in einem zugigen Kuhstall sitzt, Frostrauch ausatmet und mit den Zähnen klappert, nachdem sein jüngerer Bruder ihn aus dem Haus geworfen hat. Aber gut, er war entkommen, hatte eine Frau gefunden und geheiratet. Er bekam ein Pferd und einen kleinen Stall, er besaß ein Haus, und darin lebte er, zwischen Gjørstad und der Kvenna. Dann starb das Pferd. Und dann starb die Frau. Aber er wohnte noch immer dort. Er fürchtete sich und fing an, sich seltsam zu verhalten. Das konnte man verstehen. Ich sah sein hohles Gesicht an, das aus hellgelbem harten Kunststoff zu bestehen schien, sah sein verschlissenes Sakko, an dem zwei Knöpfe fehlten, sah die Hose, die in die schwarzen, hohen Stiefel gestopft war.

»Hast du Lust, mal bei uns reinzuschauen?«, fragte ich.

Er riss die Augen auf. »Was?«

»Hast du Lust, morgen zum Essen zu kommen?«

Er blickte mich lange an. »Zum Essen?«, fragte er.

»Ja, zum Essen, und danach auf einen Schnaps?«

Er wandte sich ab. »Danach auf einen Schnaps?«

»Ja, einen Schnaps, wie früher.«
»Ich weiß nicht«, sagte er. »Ich weiß wirklich nicht.«
»Wir sind doch Nachbarn«, sagte ich.
Er schaute mich wieder an, klappte seinen Zollstock zusammen, bückte sich und nahm den Eimer. »Das muss ich mir überlegen«, sagte er. »Ja, so machen wir das«, fügte er hinzu und ging hoch zur Straße. Ich schaute der hoch gewachsenen Gestalt nach. Er ging über die Brücke und hinunter zu seinem Haus, das die Autofahrer sich ansahen, wenn sie vorüberbrausten, und die, die genau hinschauten, konnten an seinem Dach allerlei Krimskrams entdecken. Viele Jahre lang hatte er im Wald verkrüppelte Baumwurzeln gesammelt, war dann aufs Dach geklettert und hatte die Wurzeln am Giebel angenagelt, von einer Seite bis zur anderen.

Ich lag auf dem Bett und las zwei Briefe, die ich geschrieben, aber niemals abgeschickt hatte. Ich war mit ihnen nicht zufrieden, aber nicht deshalb hatte ich sie behalten. Es ging darin um mich selber. Ich beschrieb, was ich in den vergangenen zwei Wochen getan hatte, was auf Gjørstad passiert war, sie handelten von meinem Vater und meiner Mutter, von Nina und Jonny. In einem Brief war von Hugo die Rede. Ich erzählte von damals, als er mir in die Storgate gefolgt war, und ich hatte hinter einer Ecke bei Rud auf ihn gewartet und ihm einen Stoß versetzt. Ich schrieb über das Handgemenge, das dann gefolgt war, und worüber die Bauern sich so amüsiert hatten, ich schrieb, dass ich Hugo die Hände um den Hals gelegt und ihn zu Boden gezwungen hatte, und als er unter mir lag, hatte er geflüstert, ich würde noch für alle Schande büßen, mit der ich den Namen Gjørstad beschmutzt hatte. Am Ende lag er schlaff unter mir, ohne Widerstand zu leisten, aber das schrieb ich nicht, denn ich begriff es nicht; damals hatte ich es nicht begriffen. Ich schrieb fast nichts über Siv; darüber, wie ich sie sah, was ich von ihr wollte. Das kam mir jetzt feige vor. Es kam mir so vor, als stammten diese hingekritzelten Briefe von jemandem, der sich nur für sich selber interessierte. Ich versuchte noch einmal, mir einzureden, dass sie früher oder später begreifen würde, dass ich der einzig Richtige war. Siv hatte mich zweimal auf dem Hof besucht, als die anderen weg waren, und es hatte ihr gefallen. Es machte ihr Spaß, bei den Tieren zu sein, Trecker zu fahren und Mist zu schaufeln. Mir machte es Spaß, ihr dabei zuzusehen. Die Hofarbeit machte sie schön.

Ich hörte ein Auto. Es blieb unten auf der Straße stehen, wagte nicht, den ganzen Weg durchzufahren. Ich zog meinen Morgenrock an und legte die Briefe zurück in den Schrank. Das Auto drehte und fuhr davon. Ich ging zum Fenster. Nach einer Weile hörte ich den Kies knirschen. Sie war wieder in der Stadt gewesen. Dann wurde es still. Sie kam durch das regennasse Gras zur Tür. Ich dachte darüber nach. Sie war sechzehn und fast jeden Abend unterwegs. Noch vor wenigen Jahren hatten wir zusammen Sonnen und Bäume gemalt. Sie hatte kleine Gedichte über Chinesen und Astern geschrieben. Seit der ersten Klasse war sie zu mir gekommen, wenn sie etwas quälte oder ihr Kopfzerbrechen machte. Aber damit war jetzt Schluss. Plötzlich hatte sich alles geändert. Sie kam schon lange nicht mehr zum Reden in mein Bett. Ich hatte ihr früher oft die Haare gestreichelt, aber jetzt wich sie zurück, sowie ich nur die Hand hob. Anfang Mai, als sie einmal sehr müde ausgesehen hatte, hatte ich versucht, ihre Wange zu berühren. Sie war zurückgefahren und hatte mich voller Ekel angestarrt. Ich band den Gürtel meines Morgenrocks zu, hörte unten die Tür, sie zog die Schuhe aus und schlich sich die Treppe hoch zu ihrem Schlafzimmer am hinteren Ende des Flurs. Ich ging ins Badezimmer. Es lag neben ihrem Zimmer. Ich konnte hören, dass sie Licht machte, einen Schrank öffnete, etwas herausnahm. Ich setzte mich auf den Klodeckel. Ich wollte wissen, wo sie gewesen war.

Plötzlich rief sie etwas, riss die Tür auf und rannte ins Erdgeschoss hinunter.
Nina stand in Jonnys Zimmer, vor seinem Bett. Im Bett lag Jonny und presste sich die Hände an den Kopf. Nina trat nach ihm. »Du kranker Arsch! Jetzt reicht es! Jetzt kommst du zu den anderen ins Heim!« Ich legte ihr den Arm um die Taille und zog sie zur Tür. Sie blieb fauchend stehen. »Das war das letzte Mal!«, rief sie. Jonny presste sich noch immer die Hände an den Kopf. Er ließ eine Art Kratzen hören, ein Geräusch wie das eines Zahnrades mit Sand im Getriebe. Ich fragte, was passiert sei. »Schau mal in meinem Bett nach«, sagte sie, bespuckte Jonny und verließ das Zimmer. Ich schaute ihr nach. In der Küche stand Mutter, in hellblauem Morgenrock, mit zerzausten Haaren und cremeblankem Gesicht. Ich setzte mich auf die Bettkante, streichelte Jonnys Gesicht, bat ihn, etwas zu lesen, und ging zu Nina hoch. In ihrem Bett, auf dem Laken, lag ein Amseljunges. Es hatte schon Flaum. Es war tot. Ich nahm es an den Beinen, öffnete das Fenster und warf es hinaus. Dann zog ich Laken und Bettbezug ab, bezog das Bett neu, ging zu Jonny und sagte, was ich gefunden hatte.
Er zeigte auf das offene Fenster und dann auf das Bett.
»Woher weißt du das? Warst du bei ihr?«, fragte ich.
Er schüttelte den Kopf. Ich wusste nicht, was ich glauben sollte. Es kam vor, dass er sich in ihr Bett legte oder zu Nina nach oben ging, wenn er aus einem Albtraum hochschreckte. Es kam vor, dass er ihre Kleider und ihre Schminke durchwühlte. Aber Vogeljunge umbringen? »Sie hatte Angst, deshalb hat sie getreten. Ich rede mit ihr«, sagte ich, deckte ihn zu und ging.
Mutter stand noch immer in der Küche.
»Was soll ich machen?«, fragte sie und packte mich am Arm. Ich löste ihre Finger. Sie packte wieder zu. »Ich begreife das nicht, hier gibt es nur Zank und Streit«, klagte sie.
»Geh mal zu Jonny«, sagte ich.

Ich ging nach oben. Nina saß zugedeckt im Bett.
»Er war es nicht«, sagte ich. »Das ist sicher durchs Fenster hereingekommen.«
»Das kannst du ja wohl nicht wissen«, sagte sie.
»Wo warst du heute Nacht?«, fragte ich.
Sie wandte sich ab und schaute in eine andere Richtung.
»Wo treibst du dich nachts herum?«, fragte ich.
Sie lachte. »Was geht dich das an?«
»Du bist erst sechzehn«, sagte ich.
Plötzlich warf sie die Decke weg. Sie war nackt. Sie drehte sich zu mir um und öffnete die Oberschenkel.
»Lass das«, sagte ich.
»Ich bin doch erst sechzehn«, sagte sie, deckte sich wieder zu und kehrte mir den Rücken zu. Ich fragte mich, ob Nina wohl wusste, was sie da tat. Ich glaubte es fast. Bald würde sie an Taxiständen stehen und mit ihrem frechen Mundwerk Holzfäller zur Schnecke machen.

Stein Ove Sand

Nachdem ich Orkerød verlassen hatte, schaute ich in Sunde vorbei, und auf der Weiterfahrt geriet ich in eine so dichte Nebelsuppe, dass ich nur noch wenige Kilometer weit blicken konnte. Ich schlich an der Abzweigung zum Gut Vasshaug vorbei, wo Rolf Vasshaug mit seiner Frau Else und den drei Söhnen wohnte. Von der Hauptstraße aus sah es beeindruckend aus, stand da mit seinen gepflegten Wirtschaftsgebäuden und erzählte voller Wärme von vergangenen Zeiten, und auf gewisse Weise brachte es Leben in eine Welt, die ausgestorben und überholt wirken mochte, die es aber trotzdem noch gab. Nicht alle hatten Geschichte und Charakter ihres Zuhauses vergessen. Auf Vasshaug standen an die achtzig Stiere, aber nicht die Stierzucht hatte Rolf Vasshaug klingende Münze eingebracht, sondern die Firma SAMCO A/S. Er betrieb sie zusammen mit zwei anderen Gutsbesitzern aus dem Tal, die ihre Höfe mehr oder weniger stillgelegt hatten. SAMCO beschäftigte sich mit Produktentwicklung, und nach zwei Jahren waren sie durch Werbekampagnen im ganzen Land bekannt. Nach allem, was ich hörte, lief es sehr gut. Ich konnte das Wohnhaus von Vasshaug nicht sehen, konnte am Ende der Straße aber einen Schatten erahnen, einen Trecker oder einen Viehwagen. Der Schatten schien lange Arme zu besitzen. Ich drosselte mein Tempo noch mehr, um zu sehen, ob der Schatten zur Hauptstraße fuhr, aber das tat er nicht, er kämpfte sich nur dort unten durch das fettige, dunkle Nebelmeer und schien festzustecken wie in einem Netz. Ich kurbelte das Seitenfenster herunter, hörte aber nur den Motor und das ferne Rauschen der Kvenna. Ich fuhr eine Weile so weiter, doch dann mischte sich ein Brummen in das Dröhnen meines Motors. Plötzlich huschte ein gelber Schatten am Streifenwagen vorbei und war sofort verschwunden. Ich fuhr achtzig oder neunzig, riss das Lenkrad herum, und jetzt lag die Nebelsuppe plötzlich hinter mir. Die Bushaltestelle bei Brekke tauchte auf, und ich fuhr weiter. Ich sah das Wartehäuschen, wo Robert und Nina immer auf den Bus gewartet hatten. Robert und Nina, nebeneinander, zwei Geschwister aus dem Dorf, ein junger Mann und ein Mädchen, sie musterten stumm die vorüberfahrenden Autos oder ignorierten das Hupen irgendeines Menschen, der zu wissen glaubte, wer sie waren und was sie so machten.

Ich fuhr über die Brücke, hielt an und ging zu Gunnar Tråseth hinunter. Ich klingelte und klopfte, aber er machte nicht auf, obwohl er sicher zu Hause war. Ich hinterließ einen Zettel mit der Nachricht, er solle sich auf der Wache melden, und ging wieder zum Auto zurück.

Die Spuren auf dem Karrenweg nach Gjørstad waren tief und verschlammt. Sie hatten sich nie die Mühe gemacht, eine richtige Straße anzulegen. Vielleicht sollte das eine stumme Mitteilung an die wenigen Besucher aus der Umgebung sein, die es überhaupt über sich brachten, von der Straße abzubiegen und über die Brücke zu fahren. Auf den letzten Metern riskierte man den Verlust des Auspuffs. Immer schon war irgendwas mit Gjørstad nicht in Ordnung gewesen, mit Georg und Grete und ihren Geschwistern. Ludvik, Gretes Vater, war nach dem Krieg in Verruf geraten. Die ganze Sippe schien von einer Wolke aus Abweisung und Gemeinheit umgeben zu sein. Man konnte ihnen ansehen, dass sie ständig irgendeinen Mist suchten, in den sie ihre Nase stecken konnten, und wenn es keinen gab, dann richteten sie ihn eben selber an. So war es immer schon gewesen, das wusste der ganze Ort, die Leute bogen in die Seitenstraßen ein, um ihnen nicht begegnen zu müssen. Nach Georgs Tod gab es viel Gerede, und das nicht ohne Grund, auch wenn ich glaubte, dass Hugo die Wahrheit gesagt hatte. Ich hatte Dienst, als an einem späten Augusttag der Funkspruch hereinkam, und ich fuhr mit den anderen nach Meløya. Ich weiß noch, wie ich den Hof mit dem Wohnhaus, dem niedrigen schwarzen Stall, dem Schuppen und dem Hühnerstall betrachtete. Alles lag wie gemalt unten an der Kvenna. Ein Tourist hätte bei diesem Anblick gedacht, dass dieses Land unbeschreiblich schön war. Aber ich war kein Tourist, ich war in Melhus aufgewachsen, kam frisch von der Polizeischule, und mir grauste davor, über die Brücke zu fahren, Grete und Hugo und Robert gegenüberzutreten. Mir grauste vor dem Anblick, der sich uns bieten würde. Ich war als Kind regelmäßig auf Meløya gewesen, und jetzt sollte ich die Leiche von Georg holen, vor dem ich mich schon mit sechs oder sieben erbärmlich gefürchtet hatte. Grete stand mit einem Schal um die Schultern auf dem Hof und zitterte. Sie winkte uns mit sich, ohne ein Wort. Roger und ich folgten ihr zum Stall. Sie blieb davor stehen. Sie wollte keinen Schritt weitergehen. Roger und ich gingen um das verwitterte Gebäude herum. Auf der Rückseite, bei einem Misthaufen und einem Septiktank, stand der Traktor, mit dem Hugo seinen Vater im Rückwärtsgang überfahren hatte. Der Deckel des Septiktanks lag auf dem Boden. Wir gingen hinüber, schauten uns um, blieben zwei Minuten stehen, schauten in den Tank. Ich hatte keine Ahnung, was ich sagen sollte. Es gab nichts zu sagen, es war alles nur schrecklich, Georg war sozusagen der Hals umgedreht worden, so, als habe jemand den Kopf abschrauben wollen. Wir liefen umher und fragten, wo Hugo sei, und Grete, die auf einem Stein saß und mit großen Augen zum Himmel hochstarrte, presste aus sich heraus, er sei in den Wald gelaufen und habe sich bestimmt in der Burg versteckt. An ihre großen Augen kann ich mich noch gut erinnern. Sie hatte ihr ganzes Leben auf Georg aufgebaut. Alles, was sie tat, tat sie für ihren Ehemann. Georg war ein schöner Mann gewesen, als sie ihn kennen gelernt hatte, es war kein Wunder, dass die jungen Damen aus Melhus es auf ihn abgesehen hatten. Aber jetzt war er nicht mehr da, und für Grete brach die Welt zusammen. Die Sache wurde auch nicht leichter, als Hugo zum Verhör auf die Wache geholt wurde. Er musste kommen, weil der Pathologe es für unmöglich hielt, dass Georgs Kopfhaltung die Folge eines Zusammenstoßes mit dem hinteren Ende des Treckers oder des Tanks war. Hugo machte seine Aussage und durfte wieder gehen. Wir konnten nichts machen. Aber es gab zwei Dinge, über die ich später viel nachdachte. Das eine war, dass Hugo Georg an diesem Vormittag beschimpft hatte. Wir konnten aus ihm herausholen, dass er jahrelang einen wütenden Zorn gegen seinen Vater gehegt hatte und dass dieser Zorn gerade an diesem Augusttag aus ihm herausgebrochen war. Er hatte dem Vater seine Meinung ins Gesicht geschrien. Georg hatte sich nicht gewehrt, sondern sich von seinem Sohn um das Haus jagen lassen. Ich glaube, es war eine große Enttäuschung für Hugo, dass sein Vater vor ihm davonlief, das war viel schlimmer, als wenn er ihn verprügelt hätte. Die ganze Sache rückte Hugo in kein besseres Licht, bei der Vernehmung kam ich aber zu dem Schluss, dass er die Wahrheit sagte. Er stellte sich selber viel zu negativ dar. Er war nicht clever genug, um uns an der Nase herumzuführen. Nein, Hugo war trocken wie eine uralte Brotkruste. Die zweite Sache jedoch wurde ich nie wieder los. Hugo sagte, er sei hinter den Kuhstall gefahren und habe dabei etwas gesehen, unmittelbar vor dem Zusammenstoß mit Georg. Er konnte nicht sagen, was, sein Vater konnte es jedoch nicht gewesen sein.

Es war eine Bewegung, die er aus dem Augenwinkel wahrgenommen hatte, irgendetwas, das aufgetaucht und dann verschwunden war. Keiner von den anderen auf der Wache hatte Lust, dieser Aussage nachzugehen. Ich fand, wir hätten überprüfen müssen, ob nicht noch jemand anders am Tatort gewesen war, aber das passierte nicht. Im Laufe der Jahre dachte ich bisweilen daran, was Hugo gesagt hatte, und ich glaubte, dass etwas an seiner Aussage nicht stimmte oder dass er uns etwas verschwieg.

Eine Zeit lang erzählte Grete den Leuten im Bus von Georg. Sie sprach mit schriller Stimme über ihren wunderbaren Mann, und niemand konnte sie davon abbringen. Nach sechs oder sieben Monaten hörte sie aber damit auf, eines Tages saß sie im Bus, die Handtasche sittsam auf den Knien, sie lächelte und war nett und höflich. Nein, sie war nicht das Problem. Grete kam auf irgendeine Weise schon zurecht.

Ich stellte den Motor ab und blieb eine Weile in der Stille sitzen. Der Hofplatz bot ein Bild der Ordnung, hinten beim Schuppen waren allerlei Geräte nebeneinander an die Wand gelehnt. Robert war schlampig, aber nichts auf diesem Hof ließ das erkennen. Ich dachte daran, wie er nach der Beerdigung im Gemeindehaus in einer Ecke gestanden hatte. Während der Beisetzung hatte er kein einziges Wort gesagt. Ich stand auf der anderen Seite des Grabes und beobachtete ihn, etwas an ihm erinnerte mich wohl an mich selber, ich war nicht sicher, was, aber ich behielt ihn heimlich im Auge, betrachtete seine langen blonden Haare, den dunkelblauen Anzug und die großen Augen. Auf dem Weg zum Gemeindehaus hielt ich mich ganz bewusst neben ihm. »Wenn du etwas brauchst oder mit jemandem reden möchtest, dann ruf einfach an oder schau auf der Wache vorbei. Egal, wann«, sagte ich. Er musterte mich mit abweisendem Blick. »Was sollte das denn sein?«, fragte er und ging schneller. Im Gemeindehaus fanden wir eine in Tränen aufgelöste Grete vor. Als sie Robert sah, schluchzte sie und fiel ihm um den Hals. Er stand ganz gerade da, ohne sie zu umarmen, und starrte die Wand an. Grete schluchzte: »Du Armer! Du Armer! Was soll jetzt aus dir werden?« Robert befreite sich unsanft von ihrer Umklammerung, ging in die hinterste Ecke und blieb dort stehen. Im ganzen Raum war es still geworden, doch nun unterhielten die anderen sich wieder leise. Robert stand in seiner Ecke wie ausgestellt, wie eine so menschenähnliche Schaufensterpuppe, dass sie einfach nicht lebendig sein konnte. Hugo hatte mit dem Mann vom Bestattungsunternehmen gesprochen und setzte sich jetzt neben Grete. Er nahm ihre Hand und drückte sie. Dann entdeckte er Robert. Die anderen redeten weiter, aber etwas Neues schwebte jetzt in der Luft, und alle sahen gespannt Hugo an. Hugo stand auf, ging zu Robert hinüber und sagte: »Setz dich doch. Wir müssen jetzt zusammenhalten.« Robert gab keine Antwort. Hugo legte ihm die Hand auf die Schulter, worauf Robert sich über ihn hermachte wie eine Katze, die einem Hund die Augen auskratzen will. Genauso sah es aus. Robert fauchte und zielte auf Hugos Augen. Er hatte ihm bereits die Stirn zerkratzt, da zog ich ihn von Hugo weg. »Das hast du absichtlich getan«, schrie Robert und versuchte, sich loszureißen. Hugo verzog bei diesem Ausbruch keine Miene. Ich packte mir Robert und trug ihn hinaus. »Du hast gesehen, dass er dort stand«, heulte er, er schlug um sich und Tränen und Rotz strömten über sein Gesicht. Ich trug Robert zum Rasen und hielt ihn fest, bis er schlaff in meinen Armen hing. Danach setzte ich ihn auf einen Stein. Sein Kopf kippte nach vorn, seine hellen Haare hingen in Strähnen herab, und sein weiches Gesicht mit den großen Augen war vor Wut verzerrt. Und da fasste ich einen Entschluss. In Gedanken schwor ich mir, alles zu tun, was in meiner Macht stand, um Robert in den folgenden Jahren beizustehen. Ich war Anfang zwanzig, sah aber, worauf das Ganze hinauslief. Damals, draußen auf dem Rasen, als ich ihm ein Taschentuch gab, damit er sich Rotz und Tränen abwischen konnte, war mir das nicht so klar, aber jetzt weiß ich, dass ich meinen Entschluss auch fasste, weil er so hübsch war. Nicht dass ich auf Jungen gestanden hätte oder so, aber ich konnte die Vorstellung nicht ertragen, sein Gesicht könne zerstört werden und er könne schon mit Ende zwanzig wie ein aufgedunsener Müllhaufen umherwandeln. Ich wollte nicht, dass Robert, der etwas Feines an sich hatte, das man hier oben nicht sehr oft zu sehen bekommt, zu einem versoffenen und kriminellen Lügner würde, dem niemand Respekt entgegenbrächte. Später wünschte ich mir natürlich, dass ich niemals neben Robert im Garten gestanden und diesen Entschluss gefasst hätte. Nicht weil es sich als hoffnungslose Aufgabe erwiesen hätte. Das hat es nämlich. Nicht weil ich mich damit kaputtmachte. Nein, es gab einen anderen Grund, dass ich nämlich in einem lichten Moment einsah, dass manche Dinge geschehen müssen. Wenn man dagegen etwas unternimmt, muss man die Folgen, die dieses Eingreifen mit sich bringen, auch tragen.

Auf dem Weg zum Haus hörte ich von der Burg her einen Schrei. Ich kannte diesen Schrei, er stammte von einem Hasen, der gejagt wurde. Es klang wie der Angstschrei eines Kindes. Ich konnte das Feld unterhalb der Anhöhe, auf der die Burg aus der Eisenzeit lag, erkennen. Oben auf dem Feld war ein kleiner Grabhügel entdeckt worden. Das Grab enthielt das Skelett einer jungen Frau, daneben lag das eines Kindes. Dem war der Schädel eingeschlagen worden. Das Grab wurde Anfang der sechziger Jahre von Rasmus gefunden, Gretes Onkel. Rasmus hätte seinen Fund lieber verschwiegen, aber als irgendwer aus der Familie andeutete, der Staat könne für die Leichen vielleicht etwas bezahlen, überlegte er sich die Sache anders. Sie meldeten den Fund, Archäologen kamen und holten die Skelette ab, aber der Staat gab Rasmus nicht einen Öre. Stattdessen wurde an der Brücke ein Hinweis-

schild aufgestellt, das Rasmus herunterriss. Die Gemeinde versuchte es einige Jahre später mit einem neuen Schild, doch auch das wurde von Rasmus wieder entfernt.
Ich ging zum Haus. Grete kam heraus.
»Hast du mit Hugo gesprochen?«, fragte sie.
»Ich habe mir alle Mühe gegeben.«
»Was sagt er?«, fragte sie gespannt.
»Gehen wir ins Haus? Ich brauche einen Kaffee.«
Sie lief hinein. Ich ging ins Wohnzimmer. Man hätte meinen können, dass Robert zu Hause überall seinen Kram herumliegen ließ, aber das tat er nicht. Das Wohnzimmer war frisch gestrichen. Die wenigen Gegenstände, die es enthielt, waren gepflegt und wohnlich. Eine Kommode aus geflammter Birke. Ein großes Sofa aus den fünfziger Jahren und ein kleiner Wohnzimmertisch aus Eiche. Wenige Dinge. Zwei scheußliche Bilder an der Wand, Grete hatte darauf bestanden, dass sie aufgehängt wurden. Und dann war da noch ihr Tonkopf. Sie hatte einen Töpferkurs gemacht und als Abschlussarbeit einen Männerkopf modelliert.
Sie brachte den Kaffee.
»Also, was ist herausgekommen?«
»Er hat keine Antwort gegeben«, sagte ich.
Grete setzte sich, mutlos.
»Du weißt, wie Hugo ist. Er braucht Zeit.«
»Es war zu viel Hin und Her. Wir sind nicht gut genug für ihn. Warum sollte er ja sagen?«
»Was sagt er denn überhaupt?«, fragte ich.
Sie ging zum Fenster und knackte mit den Fingern.
»Er will erst kommen, wenn Robert ausgezogen ist, aber das wird Robert nicht tun. Wir müssen sie doch irgendwie dazu bringen, dass sie damit aufhören. So können sie nicht weitermachen«, sagte Grete.
»Oder Robert muss ausziehen«, sagte ich.
Sie drehte sich zu mir um.

»Der Hof ist alles für Robert«, sagte sie.
»Bist du sicher, dass er am Freitag hier war?«
Sie schaute wieder aus dem Fenster.
»Das habe ich doch gesagt«, murmelte sie.
»Den ganzen Abend und die Nacht?«
»Ja, oder etwa nicht?«, murmelte sie. »Warum schlittern sie immer in etwas hinein? Warum kann es nie einfach glatt gehen?«
Ich griff zum Wetterbericht. Der war der offizielle Grund für meinen Besuch. Sie wohnten gleich am Fluss, und nach dem endlosen Regenwetter und den warmen Temperaturen der letzten Wochen hatte die Schneeschmelze eingesetzt. Wir wussten, dass es Hochwasser geben würde. Die wenigsten rechneten mit einer wirklichen Überschwemmung, aber wir wussten, dass das Wasser höher steigen würde als in den vorigen Jahren. Ich gab ihr den Bericht, und sie las langsam und umständlich, und als sie von den Bögen aufschaute, hatte ich den Eindruck, dass sie nichts begriffen hatte. »Was soll das hier sein?«, fragte sie.
»Eine Warnung«, sagte ich.
»Was denn für eine Warnung?«, fragte sie.
Grete war nicht dumm, aber sie verfügte über eine ganz besondere Fähigkeit, Tatsachen zu verleugnen. Wenn sie in der entsprechenden Stimmung war, behauptete sie von allem das genaue Gegenteil. Dann konnte die Königin von England plötzlich Adele Victoria heißen. Niemals waren Menschen auf dem Mond gelandet. Ihr Vater hatte nicht im Gefängnis gesessen, sondern als hoch geachteter Arzt in Narvik gelebt. Und jetzt würde wohl kein Wasser mehr durch die Kvenna fließen, sondern Haferbrei.
»Das steht hier«, sagte ich und zeigte darauf. »In einigen Tagen wird das Wasser steigen, und das Beste wäre, wenn ihr so schnell wie möglich packt und euch zum Aufbruch bereitmacht.«

»Warum sollten wir?«
»Es ist doch nur für ein paar Tage. Vielleicht eine Woche. Falls das Wasser den Hof erreicht oder sonst etwas passiert.«
Sie sah mich mit leerem Blick an.
»Das Wasser ist noch nie bis hierher gekommen. Und wer verfasst überhaupt solche Wetterberichte?«
»Die kommen vom Amt für Gewässerwirtschaft.«
»Und wo sitzt dieses Amt?«
Ich zeigte ihr die Adresse. Grete strahlte.
»Das ist doch weit weg. Was können die schon wissen?«
Ich sagte, sie sollten sich noch vor dem Wochenende bereitmachen. Die Flut würde vermutlich am Sonntag ihren vorläufigen Höhepunkt erreichen. Grete lächelte und bedachte mich mit einem Blick, der verriet, dass sie das alles nicht begriffen hatte. Ich schenkte mir Kaffee nach und starrte den Tonkopf an, der im Regal stand, neben den fünfzehn Büchern, die es in diesem Zimmer gab, und wieder ging mir auf, dass dieser Kopf einen Gesichtsausdruck hatte, der mir bekannt vorkam. Etwas an ihm erinnerte mich an einige ältere Männer aus dem Dorf, eher schlichte Gemüter, die sich mit Arbeit um den Verstand brachten, ohne je darüber nachzudenken, was sie da eigentlich taten und ob sie das wollten. Ich fand es seltsam, dass Grete einen so ausdrucksvollen Männerkopf modelliert haben sollte. Und es machte mich unsicher. Wer war sie? Was wusste sie über andere oder über sich selber? Wenn ich von dem Kopf ausging, musste ich annehmen, dass sie Durchblick besaß. Aber wenn ich mich an ihrem Verhalten orientierte, dann konnte davon wohl kaum die Rede sein. Ich fand, dass sie sich selber die ärgsten Schwierigkeiten machte, und das hatte ich schon gedacht, als ich noch ziemlich jung war und meine Eltern mich sonntags mit nach Gjørstad zu Besuch genommen hatten, als Georg noch lebte. Ich saß dann meistens gelangweilt am Tisch, zusammen mit Robert und Hugo, die jünger waren als ich, aber eines Sonn-

tags, während das endlose Geplauder wie ein zähflüssiger Strom an Kaffee und Kuchen vorbeizog, richtete ich zum ersten Mal den Blick auf Gretes Beine, und dann starrte ich sie die ganze Zeit an, in der jähen Erkenntnis, dass Grete sexy war. Sie hatte schöne Hüften, einen wunderbaren runden Hintern und spitze Brüste, und dann waren da eben noch diese Beine. Sie wippten unter ihrem Kleid auf und ab, doch ab und zu hörten sie mit Wippen auf, und dann setzte sie sich anders hin und wippte wieder. Mir fiel auf, wie ihre Waden zu wachsen und zu schrumpfen und zu wachsen schienen, und wie ihre sommerbraune Haut glatt und glänzend über dem Muskel lag und ihn auf eine Weise betonte, dass er ein eigenes Leben zu führen schien. Ich hatte mir nie überlegt, dass Beine so aussehen könnten. Sie erhob sich und ging aus dem Zimmer, und ich folgte ihr mit den Blicken, sah, wie sich die Waden über den nackten Füßen bei jedem Schritt spannten und wie lebendig es unter der sonnenverbrannten Haut zuging. Und als sie zurückkam und sich setzte und aufs Neue loswippte, wanderte mein Blick von selber von ihren Waden über ihre Hüften und die großen, spitzen Brüste zu ihrem Gesicht, und dabei stellte ich fest, dass sie mich beobachtete. Ich zuckte zusammen. Sie hatte mich mit einem überraschten kleinen Lächeln angesehen. Mir ging auf, dass die anderen im Zimmer aller Wahrscheinlichkeit gemerkt hatten, was mich da so interessierte, aber als ich endlich wagte, mich umzuschauen, redeten sie weiter wie zuvor. Ehe wir an diesem Sonntag aufstanden und uns verabschiedeten, sah Grete mich noch einmal an, mit diesem verständnisinnigen Blick. Das war schmeichelhaft, stürzte mich aber doch in Verlegenheit. In ihrem Blick lag die Aufforderung, dass ich mich als mehr erwies, als nur ein pickeliger Sechzehnjähriger zu sein. Nichts hätte ich lieber getan, aber niemand konnte mir damals sagen oder zeigen, was ich tun sollte, um mehr zu werden als ein verlegener, verwirrter Teenie. Niemand konnte mich in

die Geheimnisse einweihen, die zur Männlichkeit gehörten, niemand konnte mir beibringen, mich Frauen gegenüber ganz selbstverständlich zu verhalten. Aber nachdem ich von Grete ertappt worden war, wurde ich aufmerksamer. Ich beobachtete, wie Grete sich verhielt, wenn andere Männer in der Nähe waren. Nach und nach ging mir auf, dass sie Männern gegenüber mehrere Signale gleichzeitig aussandte. Sie konnte sich zum Beispiel über jemanden aus dem Dorf ereifern, der beim Ehebruch ertappt worden war, und gleichzeitig für ihren Gesprächspartner ein Stück Oberschenkel entblößen. Sie konnte in Wut geraten, weil irgendein Mistkerl sich an einem kleinen Jungen vergriffen hatte, und sich zugleich die Lippen lecken und einem Mann einen feuchten Blick zuwerfen. Sie hatte etwas an sich, das wie eine Aufforderung wirkte, aktiv zu werden und nicht nur höflich neben ihr zu sitzen. Etwas an ihr wollte genommen worden, doch zugleich schlug sie auf den Tisch, empört über Unrecht, Verrat und Betrug. Ich glaube, dass Grete Gjørstad alles Mögliche mit irgendwem hätte treiben können, ohne das für unmoralisch zu halten.
»Du musst das ernst nehmen«, sagte ich.
Sie schob die Berichte weg, griff zu der Fliegenklatsche, die auf dem Tisch lag, und schlug nach einer über dem Wohnzimmertisch herumsurrenden Fliege. Sie knöpfte ihre Bluse auf und seufzte.
»Es ist warm, nicht wahr?«
»Ja, sehr warm«, sagte ich.
»Und schwül«, klagte sie mit einem Unterton, als jucke es sie irgendwo und als wisse sie nicht, wo. Sie nahm die Fliege mit spitzen Fingern, ging zur Verandatür, öffnete sie und schnippte die Fliege hinaus.
»Er müsste jetzt hier sein«, sagte sie und schaute mit zusammengekniffenen Augen in den Nebel hinaus.
In der Wohnzimmertür stand Nina.

»Hallo«, sagte ich.
»Hallo«, sagte Nina und lehnte sich gegen den Türrahmen. Ihre Art, aufzutauchen, war etwas ganz Besonderes. Plötzlich war sie da, in einer Türöffnung, an einer Ecke, hinter einem Fenster, und hatte vielleicht schon sehr lange dagestanden und einen angesehen, ohne dass man etwas gemerkt hatte. Nicht dass sie ein Mädchen gewesen wäre, das man nicht bemerkt. Im Gegenteil. Aber auf irgendeine Weise machte sie sich unsichtbar, und wenn man sie dann endlich erblickte, fuhr man zusammen. Und hatte das Gefühl, seinem Schicksal zu begegnen. Sie war groß und schlank und hatte sandfarbene, glatt nach unten hängende Haare, und sie trug sehr kurze Kleider, wie sie Ende der sechziger Jahre modern gewesen waren. Manchmal, wenn ich sie sah, dachte ich an Twiggy oder Marianne Faithfull. An eine hoch gewachsene Twiggy mit Kurven, an eine entstellte Marianne Faithfull. Sie war keine von beiden, sie war nie mit Mick Jagger im Bett gewesen oder hatte die Titelseite einer Teeniezeitschrift geziert.
Grete schloss die Verandatür.
»Wo hast du dich denn rumgetrieben?«, fragte sie Nina. Dann wandte sie sich mir zu. »Immer ist sie allein unterwegs. Nicht wahr, Nina?«
Nina wieherte. Sie hatte ein trockenes Pferdelachen. Dieses Lachen war das einzig wirklich Unschöne an ihr.
»Stein Ove sagt, dass es eine Überschwemmung gibt«, sagte Grete.
»Ach«, fragte Nina hoffnungsvoll, »so eine richtig große?«
»Sie kann ziemlich heftig werden, ja«, sagte ich.
»Aber eigentlich glauben sie nicht, dass es schlimmer wird als sonst«, sagte Grete.
»Ach«, sagte Nina und lehnte sich wieder gegen den Türrahmen, als sei jetzt alles auf das alte öde Gleis zurückgekehrt, wo das Leben seinen normalen Lauf nahm.

»Ich muss die Wäsche aufhängen«, sagte Grete und ging hinaus.
»Wie geht's mit dir und Robert?«, fragte ich.
»Er liest mein Tagebuch. Hört mir heimlich beim Telefonieren zu. Bezeichnet mich als kleine Hure«, sagte sie.
»Gibt es irgendjemanden, der dich belästigt?«, fragte ich.
Sie rümpfte die Nase. »Wer sollte das denn sein?«
»Ich weiß nicht. Ich frag ja nur. Gibt es jemanden?«
Sie schnaubte und starrte vor sich hin.
»Könntest du dir vorstellen, für ein paar Tage zu mir zu ziehen?«, fragte ich.
Sie ging zum Tonkopf und spielte daran herum.
»Warum willst du, dass ich zu dir ziehe?«
»Du brauchst eine Veränderung. Bei mir hast du deine Ruhe. Ich gehe arbeiten. Ich habe mit Grete darüber gesprochen. Sie findet das auch«, sagte ich.
Sie rieb sich die Hasenscharte.
»Was glaubst du, was Robert sagen wird?«, fragte sie.
»Was geht den das denn an?«, fragte ich.
»Der würde dir die Haut abziehen«, sagte sie und stemmte eine Hand in die Hüfte. Sie hatte sich die Augen groß geschminkt. Nicht hart, aber so, dass sie groß aussahen. Alle auf Gjørstad hatten große Augen, abgesehen von Jonny. Nina blies sich einige Haare aus der Stirn und schaute mich von der Seite an. Ich betrachtete ihre Hand und ihren Hüftschwung.
Ich bückte mich, öffnete meine Ledertasche, zog zwei Bücher heraus und gab ihr eins davon. Es hieß »Ares Tochter«. Sie nahm das Buch und betrachtete das Titelbild. Ich reichte ihr das andere Buch. Sie zog eine Grimasse. »Was ist das denn hier?«, fragte sie.
»›Mädchen wehren sich‹, von Marit Ystad«, sagte ich.
»Mädchen wehren sich? So, wie die aussehen?«, schnaubte sie und starrte das Bild mit den drei Hippiemädchen an. Dann

gab sie mir das Buch zurück und vertiefte sich in das Titelbild von »Ares Tochter«, auf dem sich eine blonde Frau an einen langhaarigen Mann klammerte, unter dessen aufgerissenem Spitzenhemd ein Waschbrettbauch zu sehen war.

Unten bei Orkerød war der Bus nach Brekke in den Graben gefahren.
Kim Adamsen saß auf dem untersten Trittbrett und rauchte. Im Graben hockte ein dunkel gekleideter Mann mit langen schwarzen Haaren und sah sich die Margeriten an. Ich bremste. Adamsen schaute auf, betrachtete seine Zigarette und schlug eine lange Aschenspitze ab.
»Das ist nur eine Panne«, sagte er.
Er ließ die Zigarette fallen und trat sie mit dem Absatz aus.
»Dir ist nicht zufällig das Benzin ausgegangen?«, fragte ich.
Der andere Mann stieg aus dem Graben. »Ja, das wäre doch möglich?«
»Was weißt du denn schon von Bussen? Halt du dich an den Satan«, sagte Adamsen sauer.
»Aber der Bus hat geröchelt, ehe er stehen geblieben ist«, sagte der Mann.
Adamsen starrte ihn wütend an, worauf der Mann mit den Schultern zuckte und sich abwandte. Jetzt erkannte ich ihn. Er war blasser als früher und trug ein schwarzes T-Shirt und einen Nietengürtel. Auf dem T-Shirt stand ein Bandname. Er hatte eine Fototasche bei sich.
»Lange nicht mehr gesehen«, sagte er und reichte mir die Hand.
»Was machst du hier?«, fragte ich.
»Auftrag für die Zeitung«, sagte er.
Adamsen erhob sich vom Trittbrett. Er nahm sich noch eine Zigarette, steckte sie an und zog daran, bis die Glut aufzischte.
»Kommt Hilfe?«, fragte ich.
»Finn ist schon unterwegs«, sagte er bitter.

»Stefan will doch nur helfen«, sagte ich zu ihm.
»Einige nutzen am meisten, wenn sie krankgeschrieben sind«, murmelte er.
»Was hast du gesagt?«, fragte ich.
Er starrte mich mit demselben verbohrten Ausdruck an.
»Ich nehme Stefan wieder mit«, sagte ich.
Wir stiegen ins Auto und fuhren durch das Nebelmeer. Ich fragte, ob er zu Besuch bei seinen Eltern sei. Er schüttelte den Kopf. »Nein, ich bin wieder umgezogen.«
»Zurück nach Hauger?«, fragte ich.
»Ja, nach Hause zu meinen Eltern.«
»Was ist mit Lene?«, fragte ich.
»Das ist schon lange vorbei. Ich komm bei Frauen einfach nicht an.«
»Ich dachte, du gondelst durch die Weltgeschichte und machst Fotos?«
»Hab's eine Zeit lang versucht. Aber das ist nichts für mich. Hab nicht den richtigen Blick.«
Die Fototasche lag auf seinen Knien. »Und was machst du jetzt?«, fragte ich.
»Mach die Vertretung in der Sportredaktion. Komm gerade von einem Schützenfest.«
»Aber sind Schützenfeste nicht reichlich öde?«
»Sicher, und deshalb muss ich einen originellen Aufhänger finden. Und das ist nicht immer ganz leicht«, sagte er und schaute hinaus in den Nebel.
»Und wie soll der Aufhänger diesmal aussehen?«, fragte ich.
»Zwei Kilometer vom Schützenplatz entfernt ist eine kleine Lawine runtergegangen, unten bei Tælja. Wir konnten das genau sehen. Ein Auto wurde von der Lawine in den Fluss gerissen. Wir sprangen in die Wagen, jagten hin und halfen dem Besitzer, seine Karre aus den Erdmassen zu ziehen. Das wird der Aufhänger, eine Lawine und eine schnelle Autorettungsaktion.«

»Und ein paar gute Bilder«, sagte ich.
Er schaute mir in die Augen. »Nein, ich musste doch an der Rettungsaktion teilnehmen.«
Plötzlich schien ihm etwas aufzugehen.
»Scheiße«, murmelte er, öffnete seine Fototasche, nahm die Spiegelreflexkamera heraus, öffnete die hintere Klappe und zog den Film heraus. Dann legte er Kamera und Film wieder in die Tasche.
»Wie ist das Leben als Polizist?«, fragte er.
»Ich war eine Weile krank, aber jetzt bin ich wieder dabei«, sagte ich.
»Und was macht Siv? Habt ihr Kinder?«
Ich sagte nichts. Ich hatte mit niemandem darüber gesprochen, das kam mir nicht richtig vor, es war einfach kein Thema.
Er wiederholte die Frage.
»Wir leben getrennt«, sagte ich.
»Ach«, sagte er und verstummte. Dann sagte er: »Wie schade. Ich fand, Siv war etwas ganz Besonderes. Wir haben alle von ihr geträumt. Auf der Grundschule war ich heimlich in sie verliebt.«
»Ist schon gut.«
»Ich weiß noch, wie du einmal zu Beginn der achtziger Jahre mit Siv durch die Storgate gegangen bist«, sagte er. »Ihr hattet braune Lederjacken und Stiefel an. Ich saß auf einer Bank und wünschte mir, ich sähe so toll aus wie du, obwohl das ja unmöglich war. Siv hielt die Schallplatte »Easter« von Patti Smith in der Hand. Sowie ihr vorbei wart, bin ich zu Expert gelaufen und hab mir die LP gekauft, und dann hab ich mich in den Bus nach Hauger gesetzt und sie zu Hause gehört. Ich habe die Texte gelesen und auswendig gelernt, ohne sie zu verstehen.« Er lachte. »Weißt du, was? Ich habe davon geträumt, deine Jacke und deine Schuhe und deine Handschuhe zu tragen. Ihr wart die einzigen echten Bohemiens in der

Stadt, und du warst das Vorbild aller jungen Rocker.« Wieder lachte er, nicht im Geringsten verlegen. »Aber dann bist du auf die Polizeischule gegangen, und da ... niemand hat das kapiert. Stein Ove Sand auf der Polizeischule? Nicht dass an der Polizeischule etwas auszusetzen wäre«, fügte er rasch hinzu.

Ich setzte mich gerade und schaute aus dem Fenster.

»Habt ihr noch Kontakt?«, fragte er.

»Dafür gibt es keinen Anlass«, sagte ich.

Er bat für diese Frage um Entschuldigung. Ich sagte, das sei nicht nötig.

»Hast du mit Robert gesprochen?«, fragte ich.

»Nein, nach der Sache mit Lene nicht mehr.«

»Das ist längst vergessen. Danach war er schon mit vielen anderen zusammen.«

»Nein, Robert vergisst nie. Er hat mich einmal in Oslo angerufen und mich bedroht.«

»Es ist vergessen. Unternimm irgendwas mit ihm, ich glaube, er braucht eine Abwechslung«, sagte ich.

»Glaub ich nicht«, sagte er, öffnete die Fototasche und nahm die neueste Nummer von »Fotografie« heraus. Ich musste an die Lawine denken, sah sie vor mir, und mir fiel ein, dass ein Großteil von Melhus auf Lehmboden erbaut war. Ich rutschte hin und her. Ich pfiff und trommelte dazu mit den Fingern auf das Lenkrad. Der Nebel lichtete sich ein wenig. Wir fuhren an grünen Feldern vorbei. Auf einem Ackerfetzen stand ein Reh im Dunst und lauschte. Ich stellte mir die Lawine vor, die zum Fluss hinunterglitt, und das von den Erdmassen gefangene Auto.

Die Wache lag in einem grauen Betongebäude mit langen vertikalen Fensterreihen. Außer uns beherbergte das Haus noch das Gericht, das Standesamt, eine Spirituosenhandlung und ein paar andere öffentliche Einrichtungen. Davor lag ein

Parkplatz, auf dem jeden Frühling die Schüler der Gesamtschule lagen, knutschten oder für die Prüfungen büffelten. Der Blick ging auf Kirche und Stadtpark. Ich ging in den ersten Stock hinauf. Im Passamt stand Henrik Tiller und sprach mit einer der Frauen am Schalter. Dann sah er mich und kam heraus.

»Du musst um halb fünf hier sein. Wir müssen uns mit den Leuten aus den anderen Orten besprechen und ein Notquartier im Bürgerhaus planen.«

»Ein Notquartier? Brauchen wir das jetzt schon?«, fragte ich.

»Einige meinen sicher, wir brauchten das genaue Gegenteil«, sagte er.

Henrik Tiller hatte einen Hang zur Ironie. Wenn man etwas zu ihm sagte, musste er einfach eine spitze Bemerkung machen oder einen mit einem ironischen Blick bedenken. Jetzt stand er vor mir, mit einem Ausdruck, der verriet, dass etwas passiert war, und ich würde erst erfahren, was, wenn ich danach fragte. Ich ging über den Flur. Er kam hinterher. Wir gingen an seinem Büro vorbei, das größer war als meins. Henrik Tiller war Hauptkommissar. Und so einer musste ein größeres Büro haben als ein einfacher Polizeibeamter. Er fing an zu pfeifen. Ich blieb vor meinem Büro stehen, drehte mich zu ihm um, wollte schon sagen, dass er mich nicht bis zu meinem Schreibtischstuhl begleiten müsse, als ich im Zimmer Siv entdeckte.

»Sie ist schon seit einer ganzen Weile hier. Sie will mit dir reden«, sagte Henrik.

Ich schaute durch das Glasfenster. Sie saß am Fenster mit einer Illustrierten auf den Knien und starrte meinen Stuhl an. In letzter Zeit hatte sie mich ein paar Mal angerufen. Sie hörte sich nicht gut an, in ihrer Stimme gab es einen Unterton, einen verstörten Beiklang, bei dem sich mir der Magen zusammenkrampfte. Ich betrachtete sie eingehend. Sie war dünner geworden, hatte sich die Haare wachsen lassen und

rot gefärbt. Das veränderte ihr Gesicht. Sie kam mir jünger vor.
»Ich habe dir doch gesagt, dass ich sie nicht hier haben will«, sagte ich.
»Sie will unbedingt mit dir sprechen«, sagte er leise.
Siv schaute zur Tür herüber. Ich trat einen Schritt zurück. Henrik musterte mich neugierig. Ich lehnte mich an die Wand und verschränkte die Arme.
»Ich glaube, es ist wichtig«, sagte er.
Ich brauchte keine Hilfe. Das sagte ich und bat ihn dann, sich nicht in mein Privatleben einzumischen.
»Dann trag es nicht hierher«, sagte er mit funkelnden Augen, und die Muskeln in seinen Wangen bewegten sich. Ich sprach mit Henrik nicht über Siv, ich sprach mit niemandem. Ich wollte nicht verraten, dass ich seit vier Monaten an nichts anderes denken konnte. Henrik war ein jovialer, sportlicher Mann, und ich glaube, er ging davon aus, dass alle Paare einander betrogen und dass das auch ganz richtig sei. Ich weiß noch, wie er sich darüber amüsiert hatte, als sein Bruder in einer Winternacht halb erfroren und mit viel Promille im Blut in einer Schneewehe gefunden worden war. Er hatte herausgefunden, dass seine Angebetete fremdgegangen war, hatte sich darauf sinnlos betrunken und in die Schneewehe gelegt, um dort zu erfrieren. Später sagte Henrik, es sei typisch für seinen kleinen Bruder, um eine Bagatelle wie eine Frau so viel Aufhebens zu machen und es zu einer Frage von Leben und Tod zu erklären. Sein Bruder könne doch jede kriegen, und dann wolle er sich wegen einer neunzehnjährigen Tusse umbringen. Er hielt mich für einen Idioten, als ich sagte, bei Frauen könne es wirklich um Leben und Tod gehen. »Männer wie du sind daran schuld, dass manche Leute noch immer an den Weihnachtsmann glauben«, sagte er, und als ich fragte, was der Weihnachtsmann mit der Sache zu tun habe, lachte er. »Alles, Stein Ove. Alles.«

Das Schlimmste war, dass er dermaßen selbstsicher auftrat, dass die Leute blindes Vertrauen zu ihm hatten. Er konnte absolut an den Haaren herbeigezogenes Zeug reden, und die anderen hielten es für die pure Wahrheit, weil er eben so auftrat. Ich weiß nicht, ob die anderen auf der Wache durchschaut hatten, wie gefährlich es war, dass er so viel Verantwortung trug. Ich glaube, Kåre hatte seine Zweifel, als er Henrik zur Beförderung vorschlug. Aber er musste es tun. Henrik war gelassen und furchtlos und konnte schnelle Entscheidungen treffen. Er hatte sein Leben im Griff, und deshalb spielte es keine Rolle, dass er niemals etwas riskierte und sich auf nichts einließ, was ihn verletzen oder seine Lage hätte erschweren können.

In meinem Büro klingelte das Telefon. Siv fuhr zusammen.

Ich lief zu der Frau, die an diesem Tag in der Telefonzentrale saß, und bat sie, das Gespräch in Toves Büro zu legen.

Es war meine Mutter. Meinem Großvater gehe es schlecht. Er kränkelte schon seit einiger Zeit, und jetzt war es schlimmer geworden. Sie fragte, ob ich vorbeikommen könne. Ich schaute auf die Uhr. Ich konnte es schaffen. Ich sagte: »Ich komme sofort.« Meine Mutter war dankbar, sie freute sich darüber, dass ich das wichtig nahm. Denn es ging ihm jetzt wirklich schlecht. Und Papa, der war ja nur mit sich beschäftigt.

Ich versprach noch einmal, sofort zu kommen.

»Danke, Stein Ove«, sagte sie mit warmer Stimme.

Auf dem Flur wartete Henrik.

»Es geht um meinen Großvater. Ich muss hinfahren. Sag Kåre Bescheid. Zur Besprechung bin ich wieder da«, sagte ich und lief zum Ausgang.

Das Haus lag in einer Lichtung an einem spärlich bewachsenen Hang, einige hundert Meter unterhalb der Baumgrenze. In diesem Haus war ich aufgewachsen. Ich stand vor dem

Holzschuppen. Großvaters Teil des Hauses sah gar nicht gut aus. Die Windmühle, die er neben dem Weg erbaut hatte, war umgekippt. Der Bretterstapel, der nach Auskunft meines Vaters schon vor vielen Jahren ein Arbeitsschuppen hätte werden sollen, verbarg sich unter zerfetzten Planen. Ich drehte mich um. Meine Mutter stand im Wohnzimmer und schaute heraus. Mir lief es eiskalt über den Rücken, und ich suchte nach einem Vorwand, um gleich wieder fahren zu können. Aber hier ging es ja nicht um meine Eltern. Ich knöpfte meine Uniformjacke zu und ging ins Haus.

Ich nahm sie in den Arm. Ich fand es seltsam, meine Mutter zu umarmen.

»Wie geht's denn so?«

Sie schüttelte den Kopf.

»Er schafft das schon. Du kennst ihn doch«, sagte ich.

»Er ist fünfundachtzig«, sagte sie.

Ich hörte im Wohnzimmer das Klappern einer Tastatur. Vater saß in der Ecke und surfte im Internet. Das Klappern verstummte, und alles war still.

»Ich gehe rauf«, sagte ich.

Mutter blickte flehend hinter mir her. Sie wollte etwas sagen. Es ging um meine Schwester Katrin. Sie kam einfach nicht. Ich konnte nichts daran ändern.

Ich zog meine Uniform gerade, klopfte an die Tür und ging hinein.

Er lag in dem breiten Doppelbett, das sonst unten in seinem Trakt gestanden hatte. Er sah aus wie ein Vogeljunges und war rot um die Augen, wie geschminkt. Seine Hände waren mager und fleckig.

»Bleib nicht da hinten stehen. Ich seh dich nicht«, ächzte er.

Ich ging zum Bett. Er schaute hoch. Seine Augen waren klar. Er schien durch mich hindurchzusehen. Er räusperte sich und wischte sich über den Mund.

»Das ist ein Scheiß«, sagte er.

»Ich habe gehört, dir geht's nicht gut«, sagte ich.
»Das ist ein Scheiß«, ächzte er. »Dein Vater hat mir gestern die Zeitung vorgelesen. Da stand was über Pflegeheime. Und weißt du, wie die Überschrift lautete? ›Es geht uns richtig gut‹. Geht es uns richtig gut? Die haben keine Ahnung. ›So ein Scheiß‹. Das hätte dort stehen müssen.«
Er versuchte, sich aufzusetzen, was ihm aber nicht gelang, also ließ er sich zurücksinken. Er atmete schwer, schaute zur Decke hoch, seine knochigen Hände gefaltet.
»Wie geht es dir?«, murmelte er.
»Ich arbeite jetzt wieder. Wir bereiten uns auf die Überschwemmung vor.«
Er nickte. »Was ist mit Siv? Siehst du sie manchmal?«
»Wir haben keinen Kontakt mehr. Das habe ich doch erzählt.«
Er schmunzelte. »Keinen Kontakt? Auf was für einem Amt arbeitest du eigentlich? Du hörst dich an wie ein Köter, der eine Stunde im Eiswasser herumgeschwommen ist.«
»Mir geht es wirklich gut. Alles läuft, wie es soll«, sagte ich.
»Weißt du nicht mehr, was ich gesagt habe, als du in deinem Konfirmationsanzug dastandest und dir anhören musstest, dass du jetzt ein Mann bist, und du keine Ahnung hattest?«, fauchte er.
»Das ist lange her, Opa.«
»Tust du mir einen Gefallen, ehe alles zu Ende ist?«
»Es ist noch lange nicht zu Ende«, sagte ich.
»Ich will, dass du Siv mit herbringst.«
»Warum sollte ich? Es ist aus.«
»Das hast du schon mehrmals gesagt, ja«, sagte er.
Er konnte unglaublich hart und starrköpfig sein. Es kam vor, dass er mich mit einem Knüppel oder einem seiner Spazierstöcke schlug. Ich dachte an diese Schläge. Und empfand dabei eine Art Dankbarkeit. Ich sagte: »Ich werde versuchen, sie mit herzubringen. Wenn sie mich überhaupt sehen will.«

Er schloss die Augen und bat um Wasser. Ich gab ihm welches.
»Du glaubst also nicht, dass es zu Ende ist?«, fragte er.
»Nein. Du bist stark wie ein Pferd«, sagte ich.
»Du irrst dich. Ich spüre es. Es steckt mir im Leib.«
»Bald bist du wieder auf den Beinen und kannst spazieren gehen«, sagte ich.
»Fängst du jetzt auch noch an zu heulen?«, fragte er.
»Nichts da, ich heule nicht.«
»Bist du erkältet?«, fragte er.
»Ja, ein bisschen erkältet«, sagte ich.
»Ja«, sagte er, und dann war es still im Zimmer, und als ich aufschaute, sah ich, dass er eingenickt war. Ich starrte noch eine Zeit lang sein Gesicht und seine Hände an. Ich weiß, dass es pure Einbildung war, aber sein vertrocknetes und fleckiges Gesicht schien zu leuchten. Ich legte eine Hand auf die Decke neben seine Hand. Meine Hand war groß und kräftig, seine war klein wie eine Affenhand mit hervortretenden Adern. Ich wusste, dass er Recht hatte. Diesmal war es so weit. Ich musterte wieder unsere Hände und wurde wütend, weil seine Hand so klein und verschrumpelt war, meine dagegen groß und gesund, und ich wurde wütend, weil er so aussah, als habe er sich entschlossen zu sterben.
Ich stand auf.
»Ich wollte noch etwas sagen«, sagte er.
Ich ging zum Klo und dann zu ihm zurück.
»Hilf mir beim Aufsetzen«, sagte er.
Ich stopfte ihm ein Kissen in den Rücken.
»Kannst du dich an Ludvik erinnern, an Gretes Vater?«
»Ich weiß, dass es jemanden gab, mit dem niemand in der Familie reden wollte«, sagte ich.
»Das war Ludvik Gjørstad. Du hast ihn nie kennen gelernt, weil er nicht nach Meløya kommen durfte. Er wohnte viele Jahre ganz allein oben bei Hammeren.«

»Warum?«
»Er war von der Insel verjagt worden.«
Ich sah ein, dass es dauern würde, und setzte mich wieder hin.
»Ludvik und ich waren Halbbrüder«, sagte er.
»Warum hast du mir das nie erzählt?«, fragte ich.
»Darum nicht. Wir sind getrennt aufgewachsen, waren dann aber viele Jahre dicke Freunde, vom achten Schuljahr an, lange vor dem Krieg. Er wohnte unten auf Meløya und ich oben bei Orkerød, ja, das weißt du ja. Wir waren wohl beide ziemliche Einzelgänger und fanden in einer Art Not zueinander. Wir waren einander aber gar nicht ähnlich, Ludvik galt als geheimnisvoller, düsterer Typ, und außerdem hatte er ein Temperament, das den anderen in unserem Alter eine Sterbensangst machte. Ich war nicht so jähzornig, hatte aber eine freche Klappe, und meine Klappe ist wohl größtenteils daran schuld, dass ich immer so viel allein war.«
Er holte Atem, gönnte sich eine kleine Ruhepause.
»Aber zurück zu Ludvik. Mit fünfzehn hat er sich mit seiner Familie zerstritten und wurde auf Gjørstad, das damals ein kleiner und armseliger Hof war, vor die Tür gesetzt. Ludvik fand Arbeit als Stallbursche, fand das aber so schrecklich, dass er sich in der Gegend herumtrieb und bald als Dieb galt, vor dem man sich in Acht nehmen sollte. Er war angeblich gefährlich und streitsüchtig. Deshalb sei er zu Hause ja auch herausgeflogen, wurde erzählt. Aber ich wusste es besser. Er hatte sich zu Hause nicht danebenbenommen. Er hatte zwar ein hitziges Temperament, aber das musste ja nicht unbedingt ein charakterlicher Fehler sein. Nein, mit fünfzehn Jahren musste er bereits allein zurechtkommen. Er lungerte einige Jahre herum, danach fand er Arbeit in der Druckerei des »Boten« und blieb einige Jahre dort. Dann kam der Krieg. Und der stellte alles auf den Kopf. Ludvik Gjørstad tat das, woran die meisten anderen kleinen Leute hier oben nie ge-

dacht hätten, er ergriff die Gelegenheit beim Schopfe und trat in die Partei ein, und das Unglaubliche passierte, er wurde Chefredakteur beim »Boten«, da er in der Druckerei gearbeitet und auch einige kleine Artikel geschrieben hatte. Es war sicher ein Missverständnis, ich weiß das nicht so genau, aber es gab noch zwei andere, ausgebildete Redakteure, die auf diesen Posten spekuliert hatten. Ludvik wurde also Chefredakteur und sollte hier oben für die Propaganda sorgen, und das tat er auch, er leitete die Zeitung mit harter Hand und verschonte niemanden. Zum Beispiel schnappte er irgendwelchen Klatsch über drei Lehrer aus der Gegend auf, drehte die Geschichten um und setzte sie auf die erste Seite. Die Lehrer wurden nach Finnmark geschickt, einer kam im Arbeitslager ums Leben. Und so ging es zwei Jahre lang, Ludvik Gjørstad wurde gefürchtet, gehasst und bewundert, je nachdem. Ich fand es schrecklich zu sehen, wie der Mann sich in ein Ungeheuer verwandelte, und das in so kurzer Zeit. Alle seine unangenehmen Seiten schienen an die Oberfläche zu kommen und am Ende das Einzige zu sein, was er zeigen konnte. Doch dann verschwand er. War eines Tages ganz einfach nicht mehr da. Niemand hatte eine Ahnung, was da passiert sein konnte, aber die meisten dachten sich ja ihr Teil und stellten sich vor, dass er irgendwo im Wald vergraben war oder unten in einem See lag. Alles atmete auf, und der Druck, den er auf Melhus ausgeübt hatte, ließ nach, sehr sogar, da auch die Nazis sich mit einem so übereifrigen und im wahrsten Sinne des Wortes kleinen Quisling nicht wohl gefühlt hatten. Ich glaubte übrigens nicht, dass er liquidiert worden war.«

Er fasste sich an die Seite und hielt den Atem an.

»Gib mir mehr Wasser«, sagte er heiser.

Ich gab ihm das Glas. Er trank.

»Danke«, keuchte er dann. Ich nahm das Glas und stellte es wieder ab.

Dann starrte er eine Weile die Decke an.

»Ich hatte übrigens Recht, wie sich dann herausstellte. Schon wenige Tage nach Kriegsende erfuhren wir, dass er in Narvik im Gefängnis saß. Weißt du, was dieser Schuft sich geleistet hatte?« Er lachte heiser und schüttelte den Kopf. »Was war das für ein Mistkerl, dieser Ludvik. Also, an dem Abend, an dem er verschwunden war, hatte er sich auf den Weg nach Norden gemacht, nach Harstad, und in Harstad hatte er sich unter falschem Namen beim Widerstand eingeschlichen. Er war bestimmt ein guter Schauspieler, denn die Milorg muss doch von dem Gauner in Melhus gewusst haben. Jedenfalls schlüpfte er in eine neue Rolle, kam im Widerstand nach oben, beteiligte sich an einigen Aktionen, genoss mehr und mehr Vertrauen, und am Ende war er dann dabei, wenn Leute auf Boote gebracht wurden, um nach England zu emigrieren. Soviel ich gehört habe, war er Denunziant für die Nazis, und die tauchten auf und schnappten sich einen Widerständler nach dem anderen. Einige wurden wohl gleich ermordet, andere nach Deutschland geschickt, und von denen kamen dort einige ums Leben. Ich habe keine Ahnung, wie viele er auf dem Gewissen hatte, aber wenige waren das nicht. Ich kann mich gut an die wütende Stimmung in Melhus erinnern, als wir hörten, dass er noch lebte. Zwei von denen, die ihn am allermeisten hassten, wollten in den Norden gehen und ihn erschießen. So weit kam es aber nicht. Wir dachten, er sollte oben im Norden hingerichtet oder zur Hinrichtung nach Oslo geschafft werden, aber das passierte nicht, sein Fall zog sich in die Länge. Und das rettete ihm das Leben. Übrigens ist Grete da oben gezeugt worden, während des Krieges. Ludvik hatte eine Frau kennen gelernt, die nach Narvik zog, nachdem er verurteilt worden war, und während seiner ersten Haftjahre wohnte sie dort zusammen mit Grete. Ende der vierziger Jahre holte Ludviks älterer Bruder, der Gjørstad betrieb, die beiden nach Meløya. Rasmus war ein redlicher Mann, er wollte nicht, dass Ludviks Tochter für Ludviks Ver-

brechen büßen musste. Nein, Rasmus war schon in Ordnung. Schade, dass er so früh gestorben ist.«
Er musterte mich mit seinem klaren Blick. Er war müde, seine Mundwinkel waren weiß, und sein Gesicht sah jetzt gelber aus. Ich stand auf, ging zum Fenster, öffnete es. Draußen sangen leise die Vögel. Es war still hier oben. Ich ging zurück.
»Dann kam er zurück. Mitte der fünfziger Jahre. Kannst du das fassen? Ludvik hatte sich im Gefängnis lammfromm verhalten und war deshalb begnadigt worden. Es war unglaublich, dass er so billig davonkam, fanden die meisten hier, und noch unglaublicher war es, dass er sofort nach Melhus zurückkehrte.« Er lachte. »Die Leute hatten schreckliche Angst. Schlossen ihre Türen ab, legten Riegel vor, bewaffneten sich. Na ja, vielleicht nicht alle, aber viele, und vor allem die, die ihn nicht kannten und nur die Geschichten gehört hatten, wurden hysterisch. Ludvik hatte sich vor dem Krieg oben bei Hammeren eine Jagdhütte gekauft, und da ließ er sich nieder. Er meldete sich bei seinem Bruder und der übrigen Familie auf Meløya, aber die wollten ihn nicht treffen und nicht mit ihm reden. Auch seine Frau durfte er nicht sehen. Das war alles. Und so fing sein neues Leben in Melhus an, als halb unsichtbarer Waldbewohner, der mit niemandem redete und niemanden grüßte, der aber hier lebte, auf stille und unbemerkte Weise. Er legte sich ein Gewehr zu, musste auf die Jagd gehen, wenn er sich satt essen wollte, und niemand sagte etwas dazu. Nein, es war seltsam, ich wohnte ja nicht weit weg von Hammeren, und am frühen Morgen sah ich ihn immer wieder mit seinem Gewehr oben auf den Hügelkämmen.« Er schob sich ein wenig höher, räusperte sich, spuckte auf den Boden.
»Was hat das mit deinem Gewissen zu tun?«, fragte ich.
»In den fünfziger und sechziger Jahren ist er mir einige Male begegnet. Und obwohl wir doch Halbbrüder und ehemals dicke Freunde waren, grüßte ich ihn nicht und sprach nicht

mit ihm. Ging einfach an ihm vorbei, als sei er gar nicht da. Er trug einen zerfetzten Hut, hatte einen langen Bart und eine zerlöcherte Hose, ging gebeugt. Immer wenn wir uns auf der Straße begegneten, wurde er langsamer und schaute mich fragend an, aber ich tat so, als hätte ich ihn nicht gesehen, und ging weiter, ohne zu nicken oder ein Wort zu sagen. Ich glaube nicht, dass er selbst jemanden erschossen oder hingerichtet hat, aber sein Denunziantentum kam mir schlimmer vor als ein Mord. Egal. Einige Jahre verstrichen, Ludvik fristete oben bei Hammeren sein jämmerliches Dasein, und ich verlor meine Frau Randi und sah mich nach einer anderen Behausung um, und zu Anfang der siebziger Jahre passierte dann etwas.« Er unterbrach sich, schluckte einige Male, griff nach dem Wasserglas und leerte es. Ich stellte es wieder auf den Nachttisch. »Ist es nicht seltsam, wie anders uns die Dinge zu einer anderen Zeit vorkommen können? Wenn ich mir jetzt dieses Wasserglas anschaue, dann finde ich, dass es hässlich und traurig aussieht. Aber warum? Das muss damit zusammenhängen, dass ich seit vielen, vielen Jahren solche Wassergläser habe. Aber zurück zu diesem Tag. Dem Tag, an dem ich seit seiner Rückkehr zum ersten Mal mit Ludvik sprach. Ich war zum Preiselbeerpflücken im Wald. Es war ein frischer, klarer Septembertag, das weiß ich noch. Sonne und feine, kühle Luft. Ich beuge mich gerade über einen Strauch, als es in der Nähe knallt. Ich richte mich auf, bleibe stehen und horche. Etwas an der Stille nach dem Schuss stört mich. Die Stille kommt mir anders vor als die Stille nach einem normalen Jagdschuss. Also nehme ich meinen Eimer und gehe in die Richtung, aus der der Schuss gefallen ist, und nach zweihundert Metern komme ich zu einem mit Gras bewachsenen Hang, und in dem hohen Gras liegt ein Mann, und dieser Mann ist Ludvik Gjørstad. Ich laufe zu ihm, und als ich ihn erreicht habe, sehe ich, dass er aus einer Schusswunde an der Schläfe blutet. Neben ihm, im

Gras, liegt das Gewehr, eine Krag Jørgensen. Ich ging davon aus, dass er sich erschossen hatte oder von einem Fehlschuss getötet worden war. Es war seltsam, ihn so auf der Seite liegen zu sehen, wie bei einem Nickerchen. Ich dachte, das war's nun endlich, du alter Teufel, und bückte mich, hob das Gewehr auf und öffnete es. Die Kugel steckte noch immer im Lauf. Einige Sekunden begriff ich gar nichts mehr, dann ging mir der Zusammenhang auf. In der Nähe musste noch jemand sein. Ich schaute mich auf der Lichtung um, schaute zum Wald hinüber, der die Lichtung umgab, und mir war klar, dass hinter einem Busch oder Baum ein Mensch saß oder stand und mich beobachtete. Und dieser Mensch hatte Ludvik eine Kugel in die Schläfe gefeuert. Dieser Mensch hatte ihn aufgesucht und vielleicht sein Gewehr in der Hand gehalten, bereit zum Schießen, als ich angekommen war. Und das hatte alles unterbrochen, und jetzt saß oder stand dieser Mensch irgendwo und sah mir zu. Das war scheußlich. Ich wusste, wenn ich das Gewehr ins Gras legte, dann würde der Mensch wissen, dass ich alles durchschaut hatte. Ich schloss das Gewehr wieder und blieb stehen. Ich versuchte zu erraten, wer es sein konnte, ob ich ihn möglicherweise kannte. Von Ludviks Jagdgewohnheiten wussten viele, aber sie kannten sie nicht gut, er lebte ja mutterseelenallein, und deshalb musste es jemand sein, der wusste, wo er sich gewöhnlich aufhielt, oder jemand, der ihn seit einiger Zeit beobachtet hatte. Das dachte ich jedenfalls damals. Und dann dachte ich, dass ich nicht mehr wissen wollte. Ich wollte auch nicht raten. Es war schrecklich, Ludvik mit blutender Schläfe vor sich liegen zu haben, aber ich hätte meine Lage nur verschlimmert, wenn ich versucht hätte, den Schützen ausfindig zu machen. Also beschließe ich, ein bisschen zu warten, das Gewehr abzuschießen und dann Leute zu holen, die ihn abholen können. Ich gehe in die Hocke und sehe plötzlich, dass Ludvik die Augen geöffnet hat und mich ansieht. Ich fahre dermaßen zusammen, dass ich das Gewehr fallen lasse, und denke nur noch, dass ich wegmuss. Aber ich bleibe hocken und sehe ihn an und erwidere seinen Blick. Ich glaube, ich habe seinen Namen gesagt, das weiß ich aber nicht mehr genau, ich glaube, es war so: Ich bückte mich, hob das Gewehr auf und sah, dass er bei Bewusstsein war. Ich sah mir die Schusswunde an. Die Kugel war in seinen Kopf eingedrungen, aber nicht wieder ausgetreten, musste also noch drin sein. Er würde nicht überleben. Ich konnte nichts machen. Ich legte mir das Gewehr auf die Knie, sah, wie seine Lippen sich bewegten. Er versuchte, etwas zu sagen. Ich richtete mich wieder auf, stand über ihm, zerbrach mir den Kopf, schaute ihn an, als er versuchte, den Kopf zu bewegen, um mich betrachten zu können. Der Bursche lag auf dem Boden und verblutete, musste sterben, wollte mich aber bei sich haben. Ich wusste nicht, was ich tun sollte. Ich riss ein wenig Gras aus und setzte mich neben ihn, damit er mich sehen konnte. ›Setz mich zu dir hin‹, sagte ich, und er zwinkerte. Er hatte graue Augen, wie Hugo, und eine große Nase und große Ohren. Ich sah ihn an und dachte an die vielen Jahre, die vergangen waren, und ich staunte darüber, wie ähnlich er sich sah, wie wenig er sich seit der Schulzeit verändert hatte. Er hatte dasselbe Gesicht, dieselben Augen, dieselbe Nase und denselben Mund. Ich dachte daran, wie elend er gekleidet war, dass er die zerlumpte Hose trug, den zerfetzten Hut, die Jacke mit den großen Löchern an den Ellbogen und im Rücken. Es war nicht richtig, dass er erschossen worden war, auch wenn er den Tod von anderen verursacht haben mochte. Seine Lippen bewegten sich, er schien mir unbedingt etwas sehr Wichtiges sagen zu wollen, und plötzlich wusste ich, was das war. Ich legte das Gewehr hin und schaute ihm in die Augen. Ich sagte: ›Ludvik? Mach die Augen auf und zu, wenn du mich hören kannst.‹ Er bewegte die Lippen nicht mehr, aber er zwinkerte, und dann versuchte er etwas zu sagen, immer wieder, Worte, die einfach nicht aus seinem durchlöcherten Schädel kommen wollten. Ich sagte: ›Nein, nichts sagen. Ich will nichts hören.‹ Ich schaute über die Wiese auf den Wald und den Hang dahinter, und dann sah ich wieder Ludvik an. Seine Lippen bewegten sich nicht mehr. Er hatte mich gehört. Aber jetzt trat ein anderer Ausdruck in seine Augen. Da lag er nun und wusste, dass er sterben würde, und obwohl er sein Leben sicher schon lange satt hatte, wollte er jetzt nicht, dass es ein Ende nahm. Aber ich konnte ihm nicht helfen. Ich konnte nur bei ihm bleiben, das war alles. Also sagte ich: ›Ludvik. Du musst jetzt sterben. Das ist in Ordnung so. Ich bleibe hier, bei dir.‹ Er lag noch immer in derselben Haltung da, auf der Seite, einen Arm unter dem Körper, den anderen im Gras ausgestreckt. Sein bärtiges Gesicht war verdreckt, und unter dem Dreck war seine Haut weiß wie Mehl. Ich hatte keine Lust, ihn zu berühren, aber jetzt tat ich es doch, ich legte ihm eine Hand auf den Arm, beugte mich über ihn und sagte ihm leise und ruhig ins Ohr: ›Nicht dagegen ankämpfen. Du musst jetzt loslassen.‹ Danach geschah etwas in seinem erschöpften, verdreckten Gesicht. Er sah aus wie ein Tier, das begreift, dass es sterben muss, und das etwas denkt, das Tiere eigentlich nicht denken können: Es ist zu Ende. War das alles? Die Furcht verflog, und seine Augen wurden ruhig. Ich streichelte seinen Arm. ›Schon gut, Ludvik. Es ist besser so.‹ Er starrte mich mit diesem seltsam traurigen Blick an, wie ein Tier oder ein kleines Kind, ich weiß nicht, wie lange es dauerte, aber ich weiß noch genau, dass alles um mich herum verschwand, Bäume, Luft, Sonne und Gras, ich kam mir vor wie in einem Tunnel. Die Landschaft war da, aber sie war weit weg und in ein vages Halbdunkel getaucht. Ich sah nur Ludviks ruhige Augen, die nichts mehr zu sagen hatten, die sich nur in den letzten Minuten vor dem Ende ausruhten. Ich streichelte seinen Arm, nickte, versuchte zu lächeln, und dann schlossen sich seine Augen, und Ludvik atmete nicht mehr. Er starb ganz still und ruhig, während das Blut als kleiner stetiger Strom aus dem Loch in seiner Schläfe floss. Ich zog meine Hand zurück und starrte sein verhärmtes Gesicht an. Wald und Wiese kehrten zurück. Nach einer Weile nahm ich das Gewehr, stand auf und gab den Schuss ab. Ich warf mir das Gewehr über die Schulter und schaute die Leiche an. Und bereute. Ich bereute, dass ich nie stehen geblieben war, um mich mit ihm auszusprechen. Wir waren nebeneinander durch die Kvenna geschwommen und hatten gemerkt, wie gut es tat, jemanden zu haben, mit dem man reden konnte, über Dinge, die man anderen nicht sagte, jemanden, auf den Verlass war. Wir waren weit hinten in den Bergen Ski gelaufen, hatten uns verirrt, in einer Schneehöhle gewartet und schreckliche Angst gehabt, wir könnten erfrieren, und um nicht zu erfrieren, hatten wir aufeinander eingeschlagen, wie zwei Idioten saßen wir eine Nacht in einer Schneehöhle und schlugen aufeinander ein, und diese Schläge retteten uns vor dem Erfrieren, davon bin ich überzeugt. Klar war es idiotisch von ihm gewesen, nach Melhus zurückzukehren, aber trotzdem. Da hatte er dann vor sich hin gewurschtelt, hilflos, stumm und beschämt. Und ab und zu war er mir begegnet, dem Einzigen, der vor vielen Jahren begriffen hatte, womit er zu kämpfen hatte, und ich hatte ihn nicht angesehen, obwohl er langsamer ging und sich sogar wie ein Bettler vor mir aufstellte. Nein, ich ging einfach an ihm vorbei, als sei er gar nicht vorhanden. Als ich neben der Leiche stand, auf der Wiese, in der schönen klaren Herbstluft, bereute ich wie ein Hund, dass ich nicht stärker gewesen war als mein Stolz, denn dann wäre ich früher stehen geblieben und hätte etwas gesagt. Ich hätte gesagt, dass ich wusste, was er getan hatte, und was ich davon hielt, und dass es unverzeihlich sei. Aber ich hätte es dann immerhin gesagt, hätte gezeigt, dass er noch existierte. Nein. Ich ging hinunter in den Ort und sagte Bescheid, den Schuss erwähnte ich aber nicht. Es gibt wohl nur zwei Menschen, die wissen, was damals wirklich passiert ist. Jetzt spielt es auch keine Rolle mehr. Das, was zählt, ist, dass ich meiner Feigheit nachgegeben habe und meine Reue nie losgeworden bin. Sie war in allen Jahren bei mir.« Er sackte zusammen, schloss die Augen und stieß mit heiserem Röcheln seinen Atem aus. Er schien jetzt wirklich zu verschwinden.

Ich erhob mich und ging zur Tür.

»Nein, warte«, hörte ich vom Bett her.

Er hatte sich wieder aufgesetzt und versuchte, etwas zu sagen.

»Es kann nicht zu Ende sein«, flüsterte er.

»Das ist es ja auch nicht. Noch lange nicht«, sagte ich.

Er schüttelte den Kopf. »Ich will, dass nach dem Tod noch etwas kommt. Ich will daran glauben. Das aber kann ich nicht. Denn wenn ich jetzt glaube, dann doch nur, um mich selber zu retten. Und das ist kein Glaube. Glaube ist … etwas anderes.«

»Sicher kommt noch etwas«, sagte ich.

Er schnitt eine hässliche Grimasse.

»Du glaubst jetzt also plötzlich?«, fragte er.

Ich sagte: »Was soll ich sagen? Ich bin hier. Auch ich habe Angst vor dem Tod. Aber ich habe nichts erlebt, was mir beim Glauben helfen könnte. Ich weiß nicht viel darüber.«

Ich legte ihm die Hand auf den Arm. Er schlief ein. Jemand klopfte an die Tür. Mutter.

»Wie geht es ihm?«, fragte sie.

»Er schafft es.«

»Glaubst du wirklich?«, fragte sie.

»Er ist aus Eisen«, sagte ich.

»Stein Ove?«, fragte sie eilig.

Sie fand nicht die richtigen Worte. Wie so oft. »Du musst einfach häufiger kommen. Wenn es unten im Klokkervei ruhig ist.«

»Ich bin gern zu Hause«, sagte ich.

Sie machte sich immer Sorgen um mich.
»Lässt du dein Handy an?«, fragte sie.
»Ja. Sag Bescheid, wenn es ihm schlechter geht«, sagte ich und ging ins Wohnzimmer. Mein Vater saß am Kamin und las ein Buch über den Vietnamkrieg. Er interessierte sich für diesen Krieg und noch viel mehr für John F. Kennedy. Er besaß einige Bücher über Kennedy. Er kannte die Namen des ganzen Kennedy-Clans und wusste die Wahrheit über den Mord an John F. Kennedy, aber die behielt er für sich. Er durfte sie wohl nicht weitererzählen, nicht einmal seinen nächsten Angehörigen. Ich wusste nicht, was ich sagen sollte. Ich wusste nie, was ich zu meinem Vater sagen sollte.
»Was liest du denn da?«, fragte ich.
»Ein Buch über die schwierige Erfüllung des Auftrags der USA in Vietnam.«
»Du meinst also, was die USA in Vietnam hatten, war ein Auftrag?«
Er nickte. »O ja. Die USA hatten einen schwierigen Auftrag in Vietnam.«
Er saß im grauen Licht, das durch die Fenster fiel. Draußen standen die Tannen in Reih und Glied.
»Und bei der Arbeit geht alles gut?«
»Ja, sehr gut«, sagte ich.
»Viel zu tun?«
»Mehr als genug«, sagte ich.
»Ja, das ist gut«, sagte er, blätterte um und vertiefte sich wieder in die Bilder des schwierigen Auftrags.

Nach der Besprechung verließ ich das Zimmer, das zwischen den Büros von Henrik Tiller und Tove lag. Sie wollten sich weiter oben im Tal mit Hilfsmannschaften über die Ausrüstung beraten. Henrik hatte die Hände in den Taschen.
»Wie geht es deinem Großvater?«
»Ich glaube, er schafft es«, sagte ich.

»Wer ist das denn da?«, fragte Tove.

Hinten im Flur stand Terje Trøgstad, Schneehuhnjäger und Bassist. Er hatte seit vielen Jahren eine eigene Band. Die Band war auch gut, aber aus irgendeinem Grund spielten sie nur Stücke nach. Eines Abends fragte ich Terje, warum sie nichts Eigenes brächten, so gut, wie sie waren. Er sagte, sie wüssten nicht, wie sie das anstellen sollten, sie könnten einfach nur andere kopieren. Ich hatte ihren Gitarristen schon sehr oft »Hey Joe« spielen hören, und ich fand die Version scharf. Also sagte ich zu Terje, er solle sich mit den anderen zusammensetzen und darauf vertrauen, dass sie mehr könnten als nur kopieren, und das stimmte dann auch. Ein halbes Jahr später gingen sie ins Studio und nahmen eine Single auf. Sie hieß »Die Sonne scheint auf uns herab«. In Melhus verkaufte sie sich gut. Nach und nach ging mir auf, dass die meisten sie kauften, um sich darüber lustig zu machen. Es war gar nicht mehr so lustig, Terje zu begegnen, nachdem ihm das auch aufgegangen war. Er konnte es nicht ertragen, wenn über ihn gelacht wurde.

»Ich wüsste ja gern, was jetzt schon wieder passiert ist«, sagte ich.

»Ich will das lieber gar nicht wissen«, sagte Henrik.

Terje war der Sohn des mächtigen Saab-Händlers Kjell Trøgstad, und seine Jugend im Automobilgeschäft hatte ihn geprägt. Noch ehe jemand etwas sagen konnte, zeigte er auf die Tür.

»Ich hab euch was mitgebracht«, sagte er.

Sein Wagen stand direkt vor dem Eingang. Wir gingen hinaus. Er öffnete den Kofferraum.

»Ich habe sie heute Nachmittag gefunden«, sagte er.

Im Kofferraum lag auf einer Plastikplane seine tote Setterhündin. Eine klaffende Wunde zog sich um ihren ganzen Hals.

»Wo hast du sie gefunden?«, fragte Henrik.

»Unter der Veranda«, sagte Terje.
Henrik beugte sich über die Hündin und untersuchte ihren Hals. Dann richtete er sich wieder auf. »Ich lasse sie zum Pathologen bringen. Gehen wir rein.«
»Steck einfach Robert in den Knast. Meine Frau hat eine Sterbensangst«, sagte Terje.
»Habt ihr ihn heute Nacht gesehen?«, fragte Henrik.
»Wer sollte es denn sonst gewesen sein?«
»Was ist oben bei Haugvollen passiert?«, fragte ich.
Er starrte mich wütend an. »Stehe ich etwa hier unter Verdacht?«
»Nein. Aber wir müssen das wissen«, sagte ich.
»Sie hat sich aufgedrängt. Die ist doch verrückt, diese Fotze. Musste sie wegstoßen, ehe es ...« Er drehte sich zu Henrik um. »Glaubt ihr etwa, ich lüge?«
»Gehen wir rein«, sagte Henrik.
Er schloss den Kofferraum.
Terje lief aufs Klo.
Wir warteten im Verhörzimmer.
»Du kennst Robert«, sagte Henrik. »Wäre er zu so etwas fähig?«
»Nein«, sagte ich, stand auf und schaute in den Korridor, wo Terje versuchte, den Reißverschluss hochzuziehen. Der hatte sich verklemmt. Er gab auf und kam herein.
»Na, was ist jetzt?«, fragte er.
»Robert ist nicht so feige«, sagte ich. »Der hätte sich gleich an dich gehalten.«
»Gleich an mich?«, brüllte er. »Er schleicht nächtelang durch meinen Garten, quält meinen Hund zu Tode, versucht, mein Leben zu ruinieren. Der Nachtportier vom Bellevue hat ihn im Prøysenvei gesehen. Und du behauptest, er ist nicht feige?«
»Er steht nur unter Verdacht«, sagte ich.
Terje setzte sich an einen Tisch.
»Ich hab's ja geahnt«, murmelte er.

»Was macht der Bus?«
»Der Bus? Was soll der machen?«
»Hat dich irgendwer angerufen? Manchmal wird als erstes der Besitzer informiert.«
»Nein. Hab nichts gehört«, sagte er und schnaufte, rot im Gesicht.
»Ich rufe heute Abend an«, sagte Henrik.
Terje schien plötzlich etwas einzufallen. Er schob eine Hand in seine Jackentasche.
»Die hier hab ich gefunden«, sagte er und reichte mir eine Klaviersaite.
Die Saite war blutverschmiert.
»O verdammt«, sagte Henrik.
»Du sagst es«, sagte Terje.
»Du sagst es«, sagte ich.
Ich ging zum Schrank und kam mit einer Plastiktüte zurück.
»Was ist denn los mit euch?«, rief Terje mit heiserer Stimme. Seine Unterlippe zitterte. Irgendetwas an ihm wirkte nicht ganz echt. Er schaute uns jedes Mal scharf an, wenn er etwas gesagt hatte. Wie um die Wirkung zu testen.
»Ich glaube, du hast schon verstanden«, sagte ich zu ihm.
Er stand sprachlos da und starrte mich an. Dann schob er die Unterlippe vor, schaute auf Henrik, und als Henrik schwieg, marschierte er aus dem Zimmer und knallte die Tür zu.
»Was meinst du?«, fragte Henrik.
»Nein«, sagte ich.
»Aber wer dann?«, sagte er und betrachtete die Klaviersaite. Er fragte: »Haben die auf Gjørstad ein Klavier?«
»Nicht dass ich wüsste«, sagte ich und dachte nach. »Es könnte Robert gewesen sein, es würde zu ihm passen.«
Henrik steckte die Saite in die Tüte.
»Ich übergeb den Fall an Tove«, sagte er.
»Das kannst du nicht«, sagte ich.
»Du weißt doch, wie das alles enden wird. Schlagzeile im ›Bo-

ten‹, mit dem Bild der Hündin eines verschuldeten Musikers? Und des selbst ernannten Beschützers des mutmaßlichen Täters?«

»Aber ich kenne alle Details«, sagte ich.

Henrik beugte sich über den Tisch.

»Der Typ träumt davon, dich in aller Ruhe zu erwürgen. Er hat die Einmischungen satt. Das sind die Details.«

»Ich bin Polizist«, sagte ich.

Er wischte sich den Schweiß ab. »Tove wird das übernehmen«, sagte er.

Ich ging in mein Büro. Es war halb sieben. Ich konnte mir das noch immer nicht vorstellen. Ich traute Robert nicht zu, dass er einer Setterhündin eine Klaviersaite um den Hals drehte. Er hätte sie erschossen oder totgeschlagen. Aber er schnitt keinem Tier mit einer Saite die Kehle durch.

Da stand ich nun in meinem Büro. Und wenn er es nun doch getan hatte? In den letzten Jahren hatte er sich einige schlimme Dummheiten geleistet. Ich wählte Hugos Nummer. Der saß um diese Zeit normalerweise im Pizzarelli. Er meldete sich auch sofort. Ich sagte, ich würde in zehn Minuten bei ihm sein, und legte auf, ehe er antworten konnte.

*

Er saß an seinem Stammplatz am Fenster. Jeden Tag zwischen sechs und sieben aß er ein Stück Kuchen und trank dazu Kaffee. Nach jedem Bissen schaute er auf die Straße, um nichts zu verpassen.

»Ich war heute auf Gjørstad«, sagte ich.

»Ach«, sagte er und schlürfte Kaffee.

»Hast du mit Grete gesprochen?«

»Keine Zeit gehabt«, sagte er.

»Ich finde, du solltest sie anrufen«, sagte ich.

Er stellte seine Tasse ab. Er wollte Robert um nichts in der

Welt über den Weg laufen. Er hätte sich anderswo mit Grete verabreden können, aber auch das schob er vor sich her. Er redete einfach nicht gern mit anderen.

»Willst du mir erzählen, dass ich meine Mutter anrufen soll?«, fragte er.

Ich bestellte ein Mineralwasser. Er legte die Hände auf den Tisch und starrte mich an. Hugos schiefergraue Augen konnten unter seinen Augenlidern wie gegossen aussehen.

»Hast du dich entschieden?«

Er fuhr sich gereizt durch sein struppiges schwarzes Haar, schluckte den letzten Kuchenbissen hinunter und starrte aus dem Fenster. Dann stand er auf und griff hinter sich nach der Schirmmütze und der alten braunen Lederjacke, die am Garderobenständer in der Ecke hingen.

»Musst du los?«, fragte ich.

»Muss noch arbeiten.«

Er zog die Jacke an.

»Es gibt eine Überschwemmung. Ich wollte Grete heute Bescheid sagen, aber ich glaube, sie will das nicht hören. Irgendwer muss ihr klar machen, dass es schlimm werden kann. Jemand, auf den sie hört.«

Er nickte kurz und abweisend.

»Vielleicht müssen sie Gjørstad für kurze Zeit verlassen«, sagte ich.

»Schon möglich«, sagte er, als sei die Rede von einem Ausflug in den Wald.

Ich gab es auf. Einmal hatte ich versucht, Hugo das Wort Dialog zu erklären. Er hatte ein Gesicht gemacht, als hätte ich ihn angespuckt. Er war ein Mann, der mit Revolver, Gewehr und Schlachterpistole von einem Hof zum anderen zog und Tiere tötete, wenn sie sich das Bein gebrochen hatten oder mit aufgeschwemmtem Bauch auf der Seite lagen. Ich hatte mir oft überlegt, dass er etwas mit sich herumschleppte, von dem niemand sonst wusste. Ich hatte mir den Kopf darüber zer-

brochen, was es sein könnte, war mir aber nicht so sicher, ob ich es wirklich wissen wollte.
»Was soll ich Grete sagen?«, fragte ich.
»Dass ich mich entscheide, wenn es so weit ist«, sagte er, drückte sich die Mütze auf den Kopf und stampfte in seinen hohen Lederstiefeln aus dem Lokal. Draußen goss es jetzt wie aus Kübeln. Sein Rücken verschwand in Richtung Storgate. Er wollte nach Hause in die Nordre gate und zusammen mit Betty, seiner Frau, fernsehen.

Ich trank zwei Bier und ging nach Hause. Mein Haus lag oberhalb der Stadt, an einem steilen Hang auf einer Felskante. Ich hatte eine phantastische Aussicht. Ich konnte die Stadt sehen, ich sah fast das ganze Tal, ich sah hinter den Hügeln die weißen Berggipfel, und ich sah unten den See. Ich bewohnte eine Art Blockhaus, das früher unten an der Hauptstraße gestanden hatte. Anfang des Jahrhunderts war es eine kleine Kutschstation gewesen. Als ich Mitte der achtziger Jahre, nach der Polizeischule, das Grundstück oben am Hang gekauft hatte, ließ ich das Haus abtragen und in den Klokkervei bringen. Dort wurde es wieder aufgebaut. Allerdings musste ich erkennen, dass es ein ziemlich anspruchsvolles Projekt gewesen war. Ich lud mir eine arge Schuldenlast auf und brauchte ewig zum Auseinandernehmen, Aufbauen, Ausgraben, Anfüllen, Sägen, Nageln, Einebnen und Pflanzen. Drei Jahre lang schuftete ich rund um die Uhr. Nach dem Dienst arbeitete ich am Haus und ging dann schlafen. Ich machte das alles, weil ich ein eigenes Haus besitzen und nicht unten in der Stadt etwas mieten wollte. Ich wollte mich von allem unabhängig machen, wollte niemandem etwas schulden, und damit meinte ich wirklich niemanden, abgesehen von der Polizei und von Siv. Ich ging ins Wohnzimmer hinauf, öffnete die Balkontür, machte mir einen Teller Cornflakes und setzte mich auf den Balkon. Ich betrachtete meinen Garten. Ich hatte am Teich Kräuter angepflanzt, Rosmarin, Salbei, Basilikum. An der Wand zum Wohnzimmer wuchsen Tomaten und Sonnenblumen. Zwischen den hohen, schattigen Bäumen wuchs alles wie in einem botanischen Garten. Ich aß und ging wieder ins Haus. Im Wohnzimmer blieb ich stehen und schaute mich um. Ich besaß von dem Hof bei Vinje in Telemark, wo mein Vater aufgewachsen war, allerlei Erbstücke. Mein Vater interessierte sich nicht mehr für diese alten Dinge, obwohl er sie schon als kleiner Junge gekannt und benutzt hatte. Ein Butterfass, eine Kommode, eine Ausziehbank, ein Mangelbrett, einen Wandbehang mit nordischen Motiven, den meine Großmutter gewebt hatte. Ich bewahrte das alles auf. Ich ging zum Eckschrank hinüber, berührte ihn, ließ meine Hand über die raue Oberfläche gleiten. Ich öffnete ihn, betrachtete ihn von innen und sah, dass er einen neuen Anstrich brauchte. Ich holte Farbe, Pinsel und Zeitungspapier, breitete die Zeitungen aus, öffnete die Farbdosen und fing erst dann an, den Schrank auszuräumen. In einem Fach fand ich das Bild von Siv und Finn. Ich hatte mit Finn nicht mehr gesprochen, seit ich die beiden zusammen erwischt hatte. Das Bild stammte von einem Ausflug, den wir zum Mjøsvatn unternommen hatten. Es war Sommer, der Himmel war tiefblau, und Siv und Finn standen oben auf Fjellvåken und schauten die Berge an, die den See umgaben. Wir waren sechs Tage mit dem Zelt in der Hardangervidda unterwegs gewesen. Finn war ein eifriger Fischer. Er fand es wunderbar, an einem See oder Wasserfall zu stehen und die Angel auszuwerfen, einzuholen, auszuwerfen, einzuholen. Ich fand das langweilig. Ich wanderte gern, das fand ich gut. Jeden Nachmittag, wenn wir unser Zelt aufgeschlagen hatten, nahmen er und Siv die Angelruten und zogen los. Sie kamen erst zurück, wenn es dunkel war, oft erst spätnachts. Ich kann nicht fassen, dass ich die Sache nicht früher durchschaut habe, Siv interessierte sich ja eigentlich nicht fürs Angeln, aber jeden Tag blieben sie länger aus, und wenn sie dann zurückkamen, brachten sie immer weniger Fische mit. Das alles lief direkt vor meiner Nase ab. Wie konnte ich so blind sein? Ich fand sogar Entschuldigungen für die beiden, wenn sie ganz besonders lange ausblieben. Nachts hörte ich sie dann irgendwo hinter den Sträuchern kommen, zuerst Sivs perlendes und Finns polterndes Lachen, und dann, wenn sie sich den Zelten näherten, ihr Gemurmel. Ich kam nur einfach nicht auf die Idee, dass sie es tatsächlich machten. Finn war mein Freund, Siv meine Frau, wir waren alle drei befreundet. Die Sache ging dann fast drei Jahre so weiter. Einmal verbrachte Finn Heiligabend bei uns. Ich ging früher ins Bett, hörte im Wohnzimmer ihre Stimmen, hörte, wie sie leiser und leiser wurden, am Ende so leise, dass sie fast flüsterten, und dann schlief ich ein. Siv und mein Kumpel. Unser Hausfreund. Ich weiß nicht, was schlimmer war. Was mich wirklich empörte, war, dass sich alles direkt vor meiner Nase abspielte und ich nichts bemerkte. Das, und dass es sich um meinen besten Freund handelte.

Eine Zeit lang hegte ich Rachepläne. Ich lief oben im Klokkervei hin und her und stellte mir vor, wie ich sie erschoss, in Plastiksäcke verpackte, auf den See hinausruderte und die Leichen versenkte. Aber das ging nicht. Ich tat nichts dergleichen, als ich sie oben im Bellevue erwischte, und später dann auch nicht. Im Bellevue sollte ich einen Trottel holen, der dort auf Kosten des Sozialamtes lebte. Als ich über den Flur ging, sah ich, dass sich eine Zimmertür öffnete, und heraus kam Siv, gefolgt von einem halb bekleideten Finn. Während Finn seine Jacke anzog, küsste er Siv. Ich stand vor ihnen, mit einem Kugelschreiber im Mund. Sie versuchten nicht einmal, irgendetwas zu erklären. Siv stand mit dem Rücken zur Wand und fing an zu weinen. Finn starrte mich mit seinem Porzellanlächeln an, die Jacke immer noch nicht richtig angezogen. Er hatte Angst, ich würde mich nun rächen. Aber so bin ich nicht. Ich ging in die Halle, setzte mich an einen Tisch, starrte die Wände an mit ihren Gemälden von Wasserfällen, Tannen und Holzzäunen. Ich ließ die Gelegenheit verstreichen. Finn verließ das Hotel. Zwei Minuten später kam Siv. Ich hätte sie schlagen können, aber das hätte auch nichts geändert. Mir wurde einfach nur schlecht, als ich ihr verängstigtes und aufgelöstes Gesicht sah. Sie wusste genau, was sie getan hatte, und flennte an den folgenden Tagen unaufhörlich und bat mich immer wieder um Verzeihung. Sie versuchte, mich weich zu kochen, indem sie sich klein machte, bis sie dann mit den Koffern in der Hand dastand, wie ein Opfer von etwas, über das sie keine Kontrolle hatte. Da warf ich sie hinaus, empfand aber keine Schadenfreude.

In letzter Zeit rief sie mich wieder an und kam zu Besuch. Ich wusste, was sie wollte. Finn war ausgezogen. Sie war allein. Es war nicht mehr lustig oben in Hauger. Ich legte das Bild in den Schrank, schloss die Tür, räumte Farbeimer und Zeitungen weg. Ich brachte es nicht über mich, es wegzuwerfen. Ich öffnete den Schrank, nahm die Schnapsflasche heraus und trank einen Schluck. Dann ging ich ins Schlafzimmer. Es war jetzt halb zwölf. Ich ging zum Fenster, öffnete es, machte dann Licht und sah mein Bett an. Es war nicht gemacht. Ich war noch nicht müde, deshalb ging ich aus dem Zimmer und fragte mich, wann das ein Ende nehmen werde. Mir war der kalte Schweiß ausgebrochen, ich betastete meine feuchten Handflächen und sagte mir, dass alles in Ordnung sei.

Gegen zwölf zog ich meine Jacke an und ging in die Stadt hinunter, genauer gesagt ins Øyvinds. Das Øyvinds lag südlich des Zentrums, gleich an der Hauptstraße. Es war ein Laden, in dem nichts passierte. Ich war einige Male dort gewesen.

Es war windig, der Regen kam in flachen, jähen Stößen, und warm. Ich blieb stehen, überlegte, ob ich nicht besser umkehren sollte, entschied mich dann aber dagegen und ging weiter. Ich bog um die Ecke, sah die hellen Fenster, und bald darauf stand ich im Lokal und wischte mir das Regenwasser von den Schultern. Fünf oder sechs Gäste waren da. Und sie stand hinter dem Tresen, lächelte mir zu. Ich setzte mich, bekam einen Halben.

Eine Viertelstunde später klatschte sie in die Hände und sagte, jetzt sei Feierabend. Die Gäste suchten ihre Sachen zusammen.

Sie räumte auf, wischte die Tische ab und löschte das Licht.

Wir gingen hinaus. Der Wind war stärker geworden, ihr Regenschirm stülpte sich um. Ich gab ihr meinen Regenmantel.

Es war kein Mensch zu sehen. Leere, regennasse Straßen.

Sie war älter als ich und nicht sonderlich hübsch, aber sie war witzig und wünschte sich auch Gesellschaft. Ich glaube nicht, dass ich der Schlimmste war, den sie je nach Hause mitgenommen hatte. Sie war auch nicht die Schlimmste, mit der ich je nach Hause gegangen war. Um ehrlich zu sein: Sie war fast die Einzige, mit der ich nach Hause gegangen war. Sie gefiel mir. Und ich ging gern mit ihr ins Bett.

Sie wohnte unten bei Mølla, in der alten Arbeitergegend.

»Was ist heute Abend los mit dir?«, fragte sie.

»Nichts Besonderes«, sagte ich.

Wir erreichten den Baldersvei.

»Woran denkst du?«, fragte sie.

»An nichts Besonderes«, sagte ich.

Sie sah mich an. Sie hatte ein etwas rundes Gesicht.

»Vielleicht sollten wir es doch lassen«, sagte sie.

»Wie meinst du das?«

»Vielleicht sollten wir heute Abend ausfallen lassen«, sagte sie.

Ich legte den Arm um sie. »Nein, wieso denn?«

»Das kommt auf dich an«, sagte sie.

Sie packte meinen Arm.

»Aber glaub ja nicht, dass das etwas bedeutet«, sagte sie.

»Was ist denn heute Abend so besonders?«, fragte ich und blieb stehen. Weiter unten in der Straße lehnte ein Mädchen an einem Transformatorenhäuschen. Ich sah sie mir genauer an. Es war Nina Gjørstad. Sie hatte mich noch nicht entdeckt. Ich hatte sie noch nie hier unten gesehen. Es war fast eins.
»Nina«, rief ich und ging auf sie zu.
Sie sah mich und lief los. Sie trug eine rote Jeansjacke. »Was machst du denn hier unten?«, rief ich ihr nach.
Sie schaute sich über die Schulter um. Ich folgte ihr. Sie verschwand in einer Seitenstraße. Ich bog ebenfalls um die Ecke. Nina war nicht zu sehen.
Grete hatte darüber geklagt, dass Robert so wütend sei, weil er glaubte, Nina treffe sich in Melhus mit jemandem, und er konnte einfach nicht glauben, dass es gleichaltrige Jungen und Mädchen waren, dass sie ins Kino oder essen gingen. Er verlangte, dass Grete Nina verbot, abends nach elf noch unterwegs zu sein. Ich hatte mich gefragt, ob sich dahinter eine zweifelhafte Eifersucht verbergen könnte. Aber ich wusste noch immer nicht, was Nina hier unten bei Mølla machte. Hier hatte sie nun wirklich nichts zu suchen. Es war eins der übleren Viertel der Stadt, wenn man hier überhaupt von einem Viertel reden konnte.
Ich ging wieder zurück.
»Wer war das denn?«, fragte sie.
»Ein Mädchen, auf das ich ein Auge haben soll«, sagte ich.
»Sie war schon häufiger hier. Mitten in der Nacht.«
»Allein? Oder zusammen mit anderen?«
»Allein, glaub ich. Was ist denn los mit ihr?«
»Das weiß ich leider auch nicht«, sagte ich.

Robert Gjørstad

Ich packte den Hecht unter den Kiemen, ließ ihn übers Dollbord schnellen und zog ihn so ans Ufer. Er öffnete das Maul und fauchte mich an. Ich zog mein Messer heraus, klemmte ihn mir zwischen die Beine, bohrte die Spitze in den steinharten Knorpel zwischen den Augen und schlug mit der Handfläche auf den Griff. Der Hecht spannte sich an, zuckte zweimal und wurde schlaff. Ich riss das Messer heraus, erhob mich, lief zum Wasser, holte die Fischwaage, befestigte den Haken und hob sie hoch.

»Zehneinhalb Kilo«, sagte ich.

Jonny stand auf einem Stein im Wasser und schaute zu. Es war der zweitschwerste Fisch, der jemals hier gefangen worden war, nachdem Jonny mit sechs Jahren einen von etwas über zwölf Kilo erwischt hatte. Und streng genommen hatte er ihn gar nicht erwischt. Der Hecht war in einem stillen Kolk am Ufer geschwommen, hatte sich gewunden und krank ausgesehen. Ich hatte die Angelrute genommen, den Schwimmer ausgeworfen, daran gerissen und das Vieh geholt. Jetzt gab ich Jonny die Rute, sagte, der Fisch gehöre ihm und sei der größte Hecht aller Zeiten. Er fasste ihn unter den Kiemen, hob ihn hoch und machte sich auf den Weg zum Hof. Ich vertäute das Boot, ging hinterher und hoffte, dass der Hecht

von Würmern zerfressen sei. Ich hatte keine Lust, in der Küche zu stehen und zu filetieren und zu braten und so. Ich ging auf das Haus zu und zur Treppe, wo Jonny mit dem Hecht stand und versuchte, mit dem Hintern die Tür aufzudrücken. Ich öffnete sie für ihn. »Wir sagen, dass du ihn gefangen hast. Leg ihn auf den Küchentisch«, schlug ich vor und zog meine Stiefel aus. Mit glücklichem Lächeln schleppte er seinen Fang in die Küche. Ich blieb stehen und betätigte den schwarzen Lichtschalter im Flur. Ich drehte ihn einmal und noch einmal und noch einmal. Es klickte nämlich, wenn ich ihn umdrehte. Ich mochte das Gefühl, nach Hause zu kommen und den Schalter umzudrehen und Licht zu machen, aber heute war das nicht so, jetzt kamen Schalter und Lampe mir traurig vor. Ich ging in die Küche, ließ meine Angeltasche fallen, schaute ins Wohnzimmer. Mutter saß am Tisch und schrieb etwas. Sie fuhr zusammen und bedeckte das Papier mit einem Arm.
»Nichts gefangen?«, fragte sie.
»Jonny hat einen Hecht erwischt«, sagte ich.
»Nein, nicht schon wieder ein Hecht«, sagte sie entsetzt.
Mutter konnte den Geruch, den Schleim und die im Spülbecken klebenden Innereien nicht ertragen. Sie weigerte sich, irgendeinen Fisch anzurühren, solange der nicht gereinigt und ausgenommen war, und wenn sie etwas um keinen Preis im Haus haben wollte, dann waren das zehn Kilo Hechtabfall.
»Was schreibst du denn da?«, fragte ich.
»Nur einen Brief.«
»An wen denn?«
»An eine Freundin.«
»An eine Freundin«, murmelte ich.
Sie richtete sich auf und sah mich an.
»Jonny wartet in der Küche«, sagte ich und ging. Nina stand in der Tür und sah Jonny zu, der inzwischen angefangen hatte, das Vieh sauber zu machen. Je mehr ein Hecht abgespült

wird, umso mehr Schleim entwickelt er, aber Jonny war das egal, er konnte auch einen halben Tag am Spülbecken stehen.
»Hat Jonny den gefangen?«, fragte Nina.
Ich nickte und ging zum Küchentisch.
»Wollen wir mal sehen, was der in letzter Zeit gefressen hat?«, fragte sie und griff zum Filetiermesser.
Ich ging zurück an die Wohnzimmertür. Mutter schrieb noch immer. Jetzt hob sie den Stift und brachte unten auf dem Bogen ihre Unterschrift an. Dann griff sie nach einem Briefumschlag, steckte den Brief hinein und klebte den Umschlag zu.
»So«, sagte sie, erhob sich und ging zur Küche.
Ich betete, dass sie nicht schon wieder einen Brief an den »Boten« geschrieben hatte. Ihr letzter Brief hatte die Überschrift »Der König lächelt nicht« gehabt, und sie hatte beschrieben, wie König Harald nach Melhus kam, um das neue Verkehrsmuseum zu eröffnen. Mutter hatte natürlich vor dem Museum gestanden, als der König das Band durchschnitt und eine Rede hielt. In ihrem Brief ging es aber nicht um das Museum, die Feierlichkeiten oder das anwesende Publikum. Nein, es ging um König Harald. Mutter meinte nämlich, der König sei eine Schande für seinen Vorgänger. Denn König Olav V. habe allen immer ein Lächeln geschenkt, der jetzige König Harald dagegen lächele so gut wie nie. Er habe ein mürrisches, unfreundliches Gesicht und sehe fast immer aus, als wünsche er sich weit weg. Norwegen sei also mit einem übellaunigen König geschlagen. Und wer wolle schon so einen König? Mutter schlug vor, den König zu schulen wie alle anderen, die »repräsentieren« mussten, wir lebten schließlich in einer Demokratie. Er solle einen Kurs machen, in dem er den lächelnden Umgang mit der Öffentlichkeit lernte, und sich auf diese Weise »Respekt und Bewunderung der Nation erwerben«. Ich ließ mich nach der Veröffentlichung des Briefes eine Woche lang nicht mehr in der Stadt sehen. Ich wusste, dass die Leute Mutters Briefe lasen und

darüber lachten und dass der für die Leserbriefe zuständige Redakteur Mutters Meinungen aus purer Gemeinheit druckte. Aber es brachte nichts, etwas zu sagen. Sie schnitt ihre Briefe aus der Zeitung aus – ob es darin nun um scheußlich angestrichene Häuser oder Bauarbeiten ging, die einfach kein Ende nahmen – und klebte sie in einen Ordner. Ich konnte ja immerhin hoffen, dass sie an eine Freundin geschrieben hatte, aber das war ebenso wahrscheinlich, wie dass Tråseth Hand in Hand mit einer bildschönen Frau zu uns käme.

»Ach, Herrgott«, heulte Mutter.

Ich ging in die Küche. Jonny und Nina beugten sich über das Spülbecken. Mutter stand hinter ihnen und hielt sich die Nase zu. »Was ist das denn da?«, fragte sie.

»Ein kleiner Hecht. Im großen Hecht«, sagte Nina.

Jonny hielt einen bleichen Fisch mit weißen Augen hoch. Mutter stürzte aus der Küche.

Nina schnitt eine Grimasse. »Die fressen sich gegenseitig«, rief sie und lachte.

Ich ging aus dem Haus. Der Nebel lockerte auf. Ich konnte den Fluss sehen, die Kiefer, Tråseths Haus, den Heuschober hinten auf dem Feld. Ich ging um den Stall herum, stieg auf den Traktor und blieb dort sitzen. Ich wollte Heu holen und danach ausmisten. Die Arbeit im Stall tat mir gut. Es half mir, wenn ich die Kühe fütterte und molk. Ich drehte den Zündschlüssel, schaute mich nach dem Anhänger um, ließ den Schlüssel dann aber los, wie schon so oft. Ich dachte an Hugo, wie der neben dem Tank gestanden und hineingeschaut hatte, als grübele er, ob er selber darin herumstochern oder einen Schlammsauger besorgen solle. Ich war zu ihm gelaufen, doch als er mich entdeckt hatte, war ein wilder Ausdruck in seine Augen getreten, und dann hatte er sich auf mich gestürzt und mich weggezogen. »Hier gibt's nichts, hier ist nichts zu sehen«, hatte er geschrien. Ich ließ mich auf dem Sitz zurücksinken, schaute in den Himmel, begriff noch immer nicht, dass er damit durchgekommen war. Ich wollte, dass er für das einstand, was er getan hatte, dass er es zugab. Niemand glaubte mir, aber das konnte an den Tatsachen nichts ändern. Hugo hatte unseren Vater umgebracht und war ungeschoren davongekommen. All die Jahre zuvor hatte er zugeschaut, hatte sabotiert und kritisiert. Er stritt sich dauernd mit dem Alten, und wenn es keinen Grund für einen Streit gab, dann saugte er sich einen aus den Fingern. Immer gab es etwas, das ihm nicht passte. Es war ihm peinlich, dass Vater dreckige Hosen trug, er war sauer, wenn Vater einen fahren ließ, wenn andere dabei waren, er war wütend, wenn Vater bei einer Feier aufstand und seine Meinung über den Sportverein oder irgendein Mitglied des Gemeinderates kundtat. Er bat andere um Entschuldigung, wenn Vater sie ganz offen als Lakaien oder Speichellecker bezeichnet hatte. Ich weiß noch, wie ich auf dem Hof stand und Vater beim Graben zusah. Ich war neun oder zehn, und ich sah, wie gleichmäßig er die lehmige Erde aushob, wie er immer wieder denselben Bewegungsablauf durchführte, Oberkörper, Arme, Spaten, und mir gefiel das alles. So sollte es sein, dass mein Vater unten am Fluss in der Frühlingssonne einen Graben aushob, während die Schneeinseln tauten und das Schlammwasser vorübersickerte. Nach einer Weile kletterte er aus dem Graben, bohrte den Spaten in den Boden, schaute zu mir herüber, wischte sich den Schweiß ab, lehnte sich auf den Spaten und schaute zur Straße hinüber. So blieb er einige Minuten stehen. Dann hörte ich hinter mir Hugo. Er musterte Vater, der ihm halbwegs den Rücken kehrte, und verzog den Mund. »Sieh dir den Arsch an«, sagte Hugo und sah mich aus seinen grauen Schieferaugen an. »Sieh ihn dir doch bloß an, da steht er und heckt irgendwas aus«, sagte er. »Was denn?«, fragte ich. »Das Übliche«, sagte er. »Was ist das denn?«, fragte ich. »Etwas, für das du oder ich ziemlich bald werden bezahlen müssen. Du hast doch keine Ahnung, was in dem Kerl vorgeht«, sagte er, machte kehrt und ging zum Haus. Vater richtete sich auf, schaute mich an, wischte sich den Schweiß von der Stirn, kletterte wieder in den Graben und hob weiter mit gleichmäßigen Bewegungen den Boden aus. Ich hatte meinen Vater bei vielen seltsamen Dingen beobachtet, aber er hatte mich nie geschlagen, und Hugo auch nicht, jedenfalls hat Hugo so etwas nie erwähnt. Er soff nicht. Er war riesig und schweigsam, und er sagte jederzeit aller Welt die Meinung. Er konnte eine Stunde lang, ohne sich zu rühren, die Hügelkämme ansehen, dann ging er los und blieb bis zum späten Abend weg, ohne zu sagen, was er unternommen hatte oder wo er gewesen war. Er war ein unbeugsamer und gerechter Teufel, aber für Hugo war er die Hölle auf Erden. Einmal hatte Hugo vielleicht ein Dutzend Bilder von nackten Frauen an seine Zimmerwand geheftet. Er ließ die Tür offen stehen, damit Vater das sehen konnte. Und er sah es auch. Als wir vom Fußball zurückkamen, stand Vater in der Tür. Er schaute sich die Poster an. Hugo holte tief Luft und ging hinein. Vater schaute auf ihn herunter und trat dann zur Seite, um Hugo Platz zu machen. Dann ging er, ohne etwas zu sagen. Hugo blieb stehen und starrte die Bilder an. Er kämpfte mit den Tränen, schluckte und kaute so heftig, dass sich unter seinen feuerroten Wangen die Kiefermuskeln bewegten. Warum war er so wütend? Gab es einen anderen Grund, außer dass Hugo Sohn war und Vater Vater? Hugo hatte doch eine Begabung, die hatte ich nicht. Er konnte zeichnen. Sein ganzes Zimmer war damals mit Bildern voll gehängt. Er konnte Menschen und Tiere so zeichnen, dass sie aus dem Bogen herauszutreten schienen, und er beschäftigte sich ständig damit. Aber er zeigte seine Zeichnungen niemals anderen. Sein Norwegischlehrer auf der Grundschule hatte ein paar Bilder gesehen und war so begeistert, dass er nach Gjørstad kam, um meinen Eltern vorzuschlagen, Hugo auf eine Zeichenschule zu schicken. Aber dazu kam es nicht. Als Hugo begriff, was der Lehrer wollte, rastete er aus und rannte auf die Burg. Einige Monate darauf, in den Sommerferien, warf er alles weg, Zeichnungen, Stifte, Pinsel und Papier. Niemand versuchte, ihn davon abzuhalten. Vater zeigte keinerlei Interesse, hatte auch nichts gegen das Zeichnen. Trotzdem murmelte Hugo dann später immer wieder vor sich hin, wir anderen hätten ihn dazu gezwungen, mit dem Zeichnen und Malen aufzuhören.

Damals benahm er sich seltsam. Auf der Grundschule holte er sich ein Springseil, knüpfte damit eine Schlinge, legte sie sich um den Hals und hängte sich an der Feuerleiter des Schulhauses auf. Er war schon fast erstickt, als ein Lehrer ihn fand. Er fing an zu stehlen, und er führte Buch über alles, was er stahl und was es gekostet hätte. Vater fand das Heft und machte ein Heidenspektakel. Es war typisch für Hugo, über seine Diebstähle Buch zu führen. Danach wurde alles immer noch schlimmer, und ich verstand es nicht, hatte keine Ahnung, warum er eines Morgens herumjagte, als habe er plötzlich den Verstand verloren, warum er so losheulte, als Vater ihn festhielt, als Vater ihn einfach in die Arme nahm, wortlos. Ich saß an der Wohnzimmertür und hörte, dass Vater leise redete, verstand aber kein Wort. Ab und zu war ein Schluchzen zu hören, und einmal brüllte Hugo etwas, und am selben Nachmittag fuhr er Vater über den Haufen.

Mutter klapperte mit Töpfen und Pfannen und setzte Wasser auf. Ich sah ihren Rücken und ihre Hände, die zwischen den Töpfen hin und her huschten, ich sah ihre hochgesteckten grauen Haare mit den hellen Streifen. Sie rührte, hob den Kochlöffel und schlug damit gegen den Topfrand, dann steckte sie ihn in ein Litermaß. Und drehte sich um. Ihre Augen glänzten. »Was ist passiert?«, fragte ich.

»Nichts ist passiert«, sagte sie.

»Ist es wohl. Jetzt rede schon.«

»Stein Ove war gestern hier«, sagte sie.

»Und was wollte er?«
»Er hat den Wetterbericht mitgebracht. Da heißt es, dass das Wasser in den nächsten Tagen vielleicht den Hof erreichen wird. Er meint, wir sollten Gjørstad noch vor dem Wochenende verlassen.«
»Ist das alles?«, fragte ich.
»Was sollte denn sonst noch sein?«
Ich schaute meine Hände an. Die Handrücken waren voller Adern. Ich zog meine Jacke aus und setzte mich.
»Du hast schon mit vier Jahren hier gewohnt. Jedes Jahr kommt das Wasser, manchmal steigt es bis zur Straße, weiter aber nie. Wen interessiert schon, was so ein Besserwisser in einem Wasserwerk hundert Kilometer entfernt von sich gibt? Wir kennen die Kvenna doch?«
Sie nahm die Kartoffeln vom Herd, drehte die Platte aus.
»Aber was ist mit der Vorhersage?« Sie ließ nicht locker.
»Die bringen solche Warnungen, um ganz sicherzugehen. So ist es jedes Mal. Sie wollen sichergehen, dass ihnen nachher niemand vorwerfen kann, sie hätten sich verantwortungslos benommen und die Öffentlichkeit nicht informiert.«
Ich ging nach draußen. Jonny stand am Sägebock. Er hatte den Hecht auf den Bock gelegt und wollte ihm den Kopf absägen. Das ging nicht sehr gut. Ich ging zu ihm hinüber. Er schaute auf, machte weiter, aber die Säge bekam den Fisch nicht zu fassen. Jonny strengte sich sehr an, aber der Fisch gab nicht nach.
Ich holte die Axt und schlug mit einem Hieb den Kopf ab. Jonny las ihn aus den Sägespänen auf.
»Hatte der Würmer?«, fragte ich.
Jonny schüttelte den Kopf. Er zeigte auf den Geräteschuppen, ich sollte den Kopf annageln und den Hecht filetieren und Hechtklöße kochen. Er holte Hammer und Nagel aus dem Schuppen. Ich ging zu den grauen, platten Forellen, die Vater dort angebracht hatte, und nagelte den Hechtkopf darunter

an die Wand. Es sah einfach scheußlich aus. Jonny stupste mich an und zeigte auf den Hecht. »Ja, da bleibt er jetzt für die Ewigkeit«, sagte ich und betrachtete das Vieh mit dem aufgerissenen Maul. Ich ging in den Schuppen und räumte den Hammer weg. Jonny lief hinter das Haus. Er schleppte den kopflosen Fisch. Ich zeigte auf die Garage. »Muss Sahne, Knoblauch, Petersilie und Gemüse kaufen«, rief ich.

*

Ich fuhr nach Melhus, kaufte ein und setzte mich in die Kneipe. Morten brachte an die Wand über der Kasse eine leuchtende BUDWEISER-Reklame an. Er rückte sie gerade und sagte: »Ist die nicht toll?«
»Doch, sehr«, sagte ich und trank mein Bier. Draußen prasselte der Regen. Es war dunkel, wie an einem tristen Wintertag. Morten setzte sich hinter den Tresen.
»Siv war gestern hier.«
»Weiß ich nichts von«, sagte ich
»Sie hat zweimal nach dir gefragt.«
»War sie mit jemandem zusammen?«
»Nein. Stimmt etwas nicht?«
»Nein, was sollte nicht stimmen?«
»Irgendwas mit Stein Ove vielleicht.«
»Stein Ove ist raus aus der Sache«, sagte ich.
»Und wenn er etwas spitzgekriegt hat?«
»Dann hat er das ja wohl von dir.«
Morten machte sich auch ein Bier. Manchmal trank er bei der Arbeit. Aber er trank nicht heimlich, er machte es ganz offen. Er war schon zweimal wegen Verstoßes gegen die Schankordnung erwischt worden, und jedes Mal hatte er seine Kneipe für einen Monat dichtmachen müssen. Obwohl die ein Drecknest war, in der sich der ganze Abschaum von Melhus sammelte, machte die Gemeinde keinen Versuch, sie ganz zu

schließen. Und zwar, weil hinten im Lokal vier wild scheppernde Spielautomaten standen. Der Gemeinde war es nur recht, dass Junkies und Alks sich an diesen Automaten vergnügten. Magere, zugespeedete Typen aus Enevarg, x-beinige Tussen aus Alvheim, führerscheinlose Baggerfahrer aus Ljon, sie alle füllten auf diese Weise die Kasse der Gemeinde Melhus. Mortens Klientel steckte mehr Geld in die Kulturszene der Stadt als irgendjemand sonst. Tatsache war, dass Morten jedes Jahr viele tausend Kronen blechen musste, um diese Automaten aufstellen zu dürfen. Auf diese Weise flossen die Fünfer aus den Taschen von Kari und Jørn Ove und Hans Petter gleich in den Kulturetat und trugen dazu bei, dass Vierzehnjährige Eishockey spielen oder dass das Laientheater im Sommer auf Haugvollen eine weitere grässliche Inszenierung des »Trollschatzes« vorführen konnte. So ging es in Melhus. Das Lumpenpack wurde ausgenommen, und die Polizei fand das toll, denn so wussten sie, wo die Krachschläger sich herumtrieben.

»Noch eins«, sagte ich und schob mein Glas über den Tresen. Morten fing an zu zapfen. Die Glocke über der Tür klingelte. Morten stellte mir das Glas hin.

»O nein«, sagte er leise.

Ich drehte mich um und schaute in Terje Trøgstads rotes Schlagersängergesicht. Er nickte einem alten Kerl zu, kam herüber und legte einige Münzen auf den Tresen.

»Gib mir eine große Tasse Kaffee«, sagte er.

Morten schenkte ein. Terje nahm die Tasse und nippte daran.

»Genieß dein Bier, solange du das kannst. Morgen ist es zu spät«, sagte er zu mir.

Ich stellte mein Glas ab und zog meine Zigaretten hervor.

»Ich trinke, wann mir das passt«, sagte ich.

Er roch nach altem Büroschweiß. An seinem rechten Zeigefinger steckte ein Goldring, den er angeblich in der Via Dolorosa gekauft hatte.

»Heute Morgen hab ich etwas Interessantes gehört«, sagte ich zu Morten.
Der schaute auf. »Trink dein Bier«, sagte er leise.
»Ich habe gehört, dass Trøgstads Band pleite ist. Angeblich sind die hoch verschuldet.«
»Fang nicht damit an«, sagte Morten.
»Aber dann wird plötzlich der Bandbus geklaut, mit Instrumenten und allem Drum und Dran«, sagte ich.
Ich drehte mich zu Terje um. Der starrte mich mit seinen fischigen Glupschaugen an. Seine haarigen Nasenlöcher waren weit aufgerissen.
»Ist das nicht seltsam?«, fragte ich ihn.
»Wer hat das behauptet?«, brachte er mühsam heraus.
»Der Bus ist doch wirklich um fünf vor zwölf geklaut worden.«
»Wer hat das behauptet?«
»Hier gibt es offenbar ein Echo«, sagte ich, doch jetzt fuhr Trøgstad zusammen und regte sich noch mehr auf. Er stellte seine Kaffeetasse auf den Tresen, hob die Hand und bohrte einen Wurstfinger in mein Gesicht.
»Das nimmst du zurück«, sagte er.
Ich drückte seine Hand nach unten.
»Und damit können die Schulden bezahlt werden«, sagte ich.
»Nimm das zurück«, stöhnte er.
Ich hoffte, dass er sich jetzt wehren würde, aber ich konnte davon ausgehen, dass es bei dieser Hoffnung bliebe. Ich hatte das auf Dorffesten oft genug erlebt. Er stand mit dem Bass auf der Bühne und litt, wenn eine Keilerei losging. Er fand es schrecklich, wenn Leute geschlagen oder getreten wurden.
»Nimm dich bloß in Acht«, drohte er.
Ich drückte wieder seine Hand nach unten. Sie schnellte wieder hoch.
»Nimm du dich und deine Mischpoke lieber in Acht«, sagte er.
»Nimm deine Hand weg«, sagte ich.

»Deine Schwester, zum Beispiel«, rief er.
»Das reicht jetzt, Terje«, sagte Morten.
Ich schlug seine Hand weg.
»Lass die Finger von Nina«, sagte ich.
»Ich«, stieß er hervor und drohte wieder mit dem Finger. »Die hat sich doch über mich hergemacht. Weißt du, dass sie hier langsam zur Landplage wird? Das hast du noch nicht gewusst, was?«
Ich starrte die BUDWEISER-Reklame an.
»Robert«, sagte Morten leise.
Ich weiß nicht so recht, was dann passierte. Plötzlich stand ich neben den Toiletten an der Wand und wurde von drei zugedröhnten Suffköppen festgehalten. »Aufhören, Robert! Aufhören! Der hat genug! Aufhören!« Für einen Moment sah ich Terje, der neben einem umgekippten Tisch auf dem Hintern saß, zwischen Glasscherben und Bier und Asche. Er hielt sich mit der Hand den Mund zu. »Aufhören! Der hat genug!« Terje kam mühsam auf die Beine, stützte sich an einer Säule in der Mitte des Raums, schwankte und zwinkerte einige Male. Er blickte mich verständnislos an. Ich hatte ihn geschlagen, zum ersten Mal seit langem hatte er von mir die Prügel kassiert, die er verdiente, aber ich konnte mich nicht daran erinnern. Ich hob die Hände, um zu zeigen, dass ich ihn in Ruhe lassen würde.
Kåre, Alf und Audun ließen mich los.
»So was darfst du nicht tun«, sagte Kåre.
»Der ist doch nur ein armer Tropf«, sagte Alf.
»Du hast zu hart zugeschlagen«, sagte Audun.
Terje murmelte etwas von Polizei und ging schwankend nach draußen. Morten sagte, er solle den Wagen stehen lassen und ein Taxi nehmen, aber er gab keine Antwort, er torkelte durch die Tür und schleppte sich dann zum Park hinüber. Morten bat Kåre und Alf und Audun, aufzuräumen und den Dreck wegzuwischen. Dann baute er sich vor mir auf.

»Ich glaube, du hast ihm den Kiefer gebrochen«, sagte er.
»Hätte ihm gern den Schädel eingeschlagen«, sagte ich, meinte es aber nicht so. Terje sah reichlich armselig aus, wie er da von dannen wankte. Ich wünschte, ich hätte mein Verhalten richtig finden können.
»Was wollte er denn damit sagen?«, fragte ich.
»Das ist ihm nur gerade so eingefallen.«
»Nein, er meinte es ernst. Belästigt Nina hier in der Stadt irgendwen?«
Morten murmelte etwas von, ich solle gehen, ehe ich abgeholt würde.
»Wen belästigt sie?«, fragte ich und schubste ihn.
»Keine Ahnung. Das ist ihm sicher nur so eingefallen«, rief er und schob mich zu den anderen. Alf holte Eimer und Wischlappen. Sie fingen an, den Boden sauber zu machen und Glasscherben aufzulesen. Ich schaute ihnen dabei zu. Ich musste immer wieder an Terjes Bemerkung denken.
Kåre schaute auf. Er schien gut gelaunt zu sein.
»Wieso stehst du hier rum wie eine Badeente?«, fragte er.
Ich ging nach draußen, lief dann zum Notarzt, stellte mich vor dem Eingang auf und schaute durch die Glastür. Im Wartezimmer saß schwankend Terje. Ein Arzt hockte vor ihm, der seinen Kiefer betastete. Terje entdeckte mich, zeigte auf die Tür, rief etwas, griff sich an die Wange und brach dann zusammen.

Die Türen waren abgeschlossen. Ich setzte mich auf die Treppe. Ich wollte keinen Ärger, aber der kam trotzdem, er schien ganz einfach an mir zu kleben. Ich konnte auf keine Türklinke drücken, ohne dass das zu Schadensersatzklagen führte. Wenn ich kein Riesenglück hätte, dann würde Terje mich anzeigen, und dann würde es eine Verhandlung geben, und am Ende müsste ich dann eine turmhohe Zahnarzt- und Kieferchirurgrechnung plus Bußgeld bezahlen. Wie sollte ich das schaffen? Auf dem Hof verdiente ich zu wenig, Mutter und Jonny hatten ihre Rente, Nina putzte an den Wochenenden in der Schule.

Ich entdeckte Mutter und Jonny. Sie standen oben bei der Mauer. Ich winkte. Sie kamen herunter. Jonny öffnete das Tor. Mutter kam auf mich zu und verschränkte die Arme über der Brust.

»Sie wollten dich holen«, sagte sie.

»Wer war dabei?«, fragte ich.

»Tove Bakke und Roger.«

»Und deshalb seid ihr in den Wald gelaufen?«

»Wir sind nicht gelaufen. Jonny hat oben an der Mauer jemanden gesehen. Deshalb sind wir hochgegangen.«

»Warum sollte da oben jemand stehen?«, fragte ich.

»Weiß ich doch nicht. Er hat gesagt, dass da jemand stand.«

»Warum wollten die mich holen?«, fragte ich.

»Sie haben Trøgstads Hund gefunden. Jemand hat ihn getötet.«

»Jemand hat seine Setterhündin getötet?«, fragte ich.

»Mit einer Klaviersaite erwürgt«, sagte sie.

Ich schwieg eine Weile.

»Wir haben in der Scheune ein Klavier«, murmelte sie.

»Das weiß ich. Na und?«

Sie musterte mich mit sanfter, verständnisvoller Miene. Und diesen Blick konnte ich am allerwenigsten ertragen.

»Ich finde, du gehst jetzt mit mir zusammen hin, und dann sehen wir nach, ob an diesem verdammten Klavier eine Saite fehlt«, sagte ich.

»Nein, ich glaube dir«, sagte sie.

»Komm jetzt mit«, rief ich.

Sie fuhr zusammen, als hätte ich sie geschlagen.

»Was ist jetzt?«, fragte ich.

»Nichts«, flüsterte sie.

»Ich schlage nicht«, sagte ich.

Sie fuhr wieder zurück und kniff die Augen zu.
»Sei doch nicht so«, rief ich.
Mutter rannte zum Hühnerstall, das machte sie immer, wenn ihr die Lage über den Kopf wuchs.
Ich schloss die Tür auf, ging in die Küche, fing an, Filets zu schneiden. Ich konnte mir nicht vorstellen, wer die Hündin erwürgt haben könnte. Warum hatten sie eine Klaviersaite genommen, wenn die Sache mir angehängt werden sollte? Niemand wusste von unserem alten Klavier. Terje war verrückt genug, um so etwas zu tun; aber ich wusste auch, dass er seine Hunde liebte.
Ich legte die Filets in den Fleischwolf, gab Sahne, Maizena, ein wenig Olivenöl, fein gehackte Petersilie, Fischbrühe, Ingwer, fein gehackten Koriander und Knoblauch dazu. Jonny sah mir dabei zu. Ich hatte Lars Gundersen von der Fischzentrale mehrere Jahre mit Fischklößen beliefert, dann war herausgekommen, dass er Abrechnungen manipulierte, und er hatte den Laden dichtmachen müssen.
»Hattest du Angst, als sie gekommen sind?«, fragte ich und drehte den Apparat aus.
Er schüttelte den Kopf. Ich fragte noch einmal. Er nickte.
»Das war nicht wichtig. Sie wollten mich nur etwas fragen. Ich bleibe hier«, sagte ich und fing an, mit einem Löffel Klöße zu formen. Kochen war immer eine Hilfe. Ich legte den ersten Kloß in die Pfanne. Er zischte, und der Duft breitete sich aus. Ich wusste, dass Mutter auf dem Flur stand. Ich konnte nicht hören, ob sie atmete oder sich bewegte, aber ich wusste, dass sie dort stand.

An diesem Abend sah ich den Mann oben bei der Burg. Er stand am Waldrand und hielt etwas in den Händen. Es wurde jetzt dunkel. Als ich ans Wohnzimmerfenster trat, bewegte sich die Gestalt, ging an der Mauer entlang zum Wald und verschwand zwischen den Bäumen. Ich war nicht sicher, ob es ein Mann gewesen war, aber etwas sagte mir, dass es so sein musste. Ich drehte mich um. Mutter und Jonny sahen im Fernsehen eine Zusammenstellung der gewaltigsten Flutwellen des Jahrhunderts. »Mach noch einen Spaziergang«, sagte ich, ging in den Flur und nahm mir eine Taschenlampe. Draußen war es noch immer schwül. Das war schon seit mehreren Stunden so, über uns lag ein Druck, an dem wohl nur ein heftiges Gewitter etwas ändern könnte. Ich ging zur Mauer und folgte ihr hoch bis zur Burg. Auf dem Boden hinter der Mauer lagen Schokoladenpapier, zwei Pappbecher von McDonald's und eine leere Packung Kopfschmerztabletten. Ich bückte mich und hob das Schokoladenpapier auf. Hier hatte also ein Schokoladenfresser mit Kopfschmerzen gesessen, Cola gesoffen und uns angestarrt. Ich schaute zum Hof hinunter. Ich konnte ins Wohnzimmer hineinsehen, wo Mutter und Jonny noch immer vor dem Fernseher saßen. Warum sollte jemand auf so eine Idee kommen? Das war doch einfach krank. Mutter, Nina, Jonny und mich zu beobachten, wie wir umherliefen, uns stritten oder Karten spielten. Ich hatte Feinde, aber keine, die ich mir hier oben vorstellen konnte. Ich nahm die Becher und die Tablettenpackung und kehrte damit zum Hof zurück. Wenn es um Nina ging, dann änderte sich alles. Es konnte ein verschmähter Verehrer sein. Oder einer, von dem sie nichts wusste. Einer, dem sie das Herz gebrochen hatte, oder einer, der nicht wagte, sie anzusprechen.

Unten an der Brücke, am anderen Flussufer, stand im Abenddunkel Tråseth mit seinem Zollstock. Er maß wieder den Wasserstand. Seine lange, dürre Gestalt, die das Metermaß ins Wasser hielt, hatte etwas Trauriges, sie erinnerte an ein Leben, das bald vorüber sein würde und das sicher eintönig und vergeudet gewesen war. Ich rief: »Tråseth?« Er rappelte sich auf und schaute zu mir herüber. Ich winkte. »Schwül«, rief ich. Er nahm den Farbeimer, um einen Strich zu machen, zog den Pinsel aus einer Plastiktasche, hielt ihn in den Eimer. Es wurde noch dunkler, und Tråseth versank in der Dunkelheit und wurde vor der Felswand zu einem Schatten. Ich dachte an seine Frau, daran, wie leer das Haus geworden sein musste, nachdem sie sich hingelegt hatte und verwelkt war, nachdem sie alles aufgegeben hatte. Am Ende war sie nur noch Haut und Knochen, hatte sich wund gelegen, sprach kein Wort. Und Tråseth sagte auch nicht viel. Ich sah seinen schwarzen Rücken vor dem etwas helleren Berg, sah, wie er im leisen Rauschen des Flusses über die Brücke ging, wie er den Weg zu seinem Haus einschlug, den Eimer wegstellte, die Plastiktüte auf die Treppe legte, zu dem kleinen Garten mit den Apfelbäumen hinübersah. Und während er noch so dastand, trat er mit einem Fuß wütend gegen die Treppe. Der Knall, den er dabei erzeugte, hallte zwischen den Bergen wider. Dann öffnete er die Tür und war verschwunden. So was machte er manchmal. An einem frühen Morgen war ich auf den Hofplatz gekommen und hatte gesehen, wie er unten bei seinem Bootsanleger auf dem Felsen herumtanzte. Das ist jetzt nicht übertrieben. Es war nirgendwo Musik zu hören, aber er tanzte für sich allein im stillen Morgen, schwerfällig und unbeholfen wie ein Zirkuselefant. Ein Trampeltanz mit wilden Armbewegungen. Es war ein so schrecklicher Anblick, dass ich hoffte, er werde stolpern und sich das Bein brechen, aber das passierte nicht. Er hörte nur ganz plötzlich auf zu tanzen, als ob jemand einen Stecker herausgezogen hätte, und ging wieder ins Haus.

Ich zog meine Schuhe aus und schaute durchs Fenster. Jonny war ins Bett gegangen. Mutter saß vor dem Fernseher.

»Ich geh schlafen«, sagte ich.

»Sonst noch was?«, fragte sie.

»Was sollte das sein?«

»Frag mich nicht«, sagte sie.

Ich ging aufs Klo, pinkelte und zog ab.

»Robert«, rief sie aus dem Wohnzimmer.
»Was ist denn jetzt schon wieder?«, rief ich zurück.
»Ich wünsche dir alles Gute. Das musst du mir glauben. Du warst immer so ein lieber Junge.«
Oben auf dem Flur blieb ich vor dem Spint stehen, öffnete die Tür, griff hinten im Regal mit den Nageldosen nach der Flasche reinen Alkohols, die ich von Stefan bekommen hatte. Die nahm ich nur in großer Not. Und jetzt war die Not groß, fand ich. Ich trank einen Schluck und dann noch einen. Und noch einen. Und noch einen. Und einen kleinen. Und noch einen, und noch einen. Und dann war die Flasche leer. Es brannte, aber nicht genug.
Ich schaltete das Radio an. Ich schwitzte und dachte an eiskalte, beschlagene Bierflaschen. An das wütende Zischen, wenn eine geöffnet wurde. Daran, wie ich die Flasche an den Mund hielt und zum ersten Mal nach einer langen, nüchternen Woche den Biergeschmack wahrnahm. Den Geschmack, diesen wahnsinnig wunderbaren Geschmack von kaltem Bier nach einer bierlosen Woche. Wie die erste Hälfte ruhig durch die Kehle gleitet, wie ich ein Aaah ausstoße, wie ich die Flasche in meiner Hand mustere, wie ich merke, dass ein Rülpser in mir hochsteigt, wie ich denke, dass ich nach diesem Zug eigentlich nichts mehr trinken muss.
Als ich so dasaß, fiel mir etwas ein, das Jonny vor einigen Jahren getan hatte. Damals fand ich ihn im Wald, mit einer Schleuder in der Hand. Vor ihm auf dem Weg lag eine dicke Kröte mit drei Stahlkrampen im Rücken. Ich hatte vergessen, dass er diese Kröte angeschossen und gequält hatte. Ich sah sein unschuldiges Gesicht, als er sie betrachtete. Wie er die Schleuder hob und zielte und das Gummi losließ und zusah, wie die Krampe in den Rücken der Kröte eindrang. Wie die Kröte zusammenzuckte, mit den Beinen zappelte und weitersprang. Wie Jonny sie verfolgte, noch eine Krampe fand, sie in die Schleuder legte, das Gummi so weit dehnte wie nur

möglich. Das unschuldige Knabengesicht, das die zweite Krampe im Krötenrücken betrachtete.
Ich legte mich hin, schloss die Augen, wälzte mich hin und her. Alles, was jetzt nicht kommen sollte, kam. Ich schüttelte die Decke auf. Das half nichts. Ich machte Licht und starrte die Wand an, das Tapetenmuster, wie ich es sonst in schlaflosen Nächten auch tat. Während ich so wach lag, hörte ich unten die Tür. Nina kam nach Hause, zog sich die Schuhe aus und stieg die Treppe hoch. Ich hörte, wie sie sich wusch, die Zähne putzte und in ihrem Zimmer verschwand. Ich schloss die Augen. Ich hörte weit weg, wie Mutter auf ihr Zimmer ging. Ich schwebte in die Dunkelheit hinaus und war verschwunden.
Dann wurde ich von einer Stimme geweckt, die meinen Namen flüsterte. Es war Nina. Sie stand in meinem Zimmer.
»Was willst du?«, fragte ich.
»Ich kann nicht schlafen«, sagte sie.
»Warum nicht?«, fragte ich.
»Es ist zu warm. Und du?«
»Ich war schon im Traumland«, sagte ich.
Dann schwiegen wir beide eine Weile. Es gefiel mir nicht, dass sie keinen BH trug. Sie hatte große Brüste, und sie war meine Schwester.
»Du hast Glück, dass du schlafen kannst«, sagte sie.
»Ja, heute Nacht hatte ich Schwein«, sagte ich.
Sie rieb sich die Hasenscharte und schob sich eine Locke aus den Augen.
»Ich kann bestimmt schlafen, wenn ich mich zu dir legen darf«, sagte sie.
»Willst du in meinem Bett schlafen?«, fragte ich.
Sie kam zu mir rüber und setzte sich auf die Bettkante. »Ja, so wie früher«, sagte sie.
»Früher, ja«, sagte ich. »Aber das war früher.«

»Wieso nur früher?«, fragte sie. Ich sah die Lücke zwischen ihren Vorderzähnen. Die hatte mir immer schon gefallen. Sie stand ihr, so, wie ein Fleck einer Katze stehen konnte.
»Du weißt, was ich meine«, sagte sie.
»Nein, was meinst du?«, fragte ich mit gespielter Unschuld.
Sie schaute mich neckend an. Ich bat sie, zu gehen. Sie sprang auf, plötzlich sauer, und lief zur Tür. Ich überlegte mir die Sache anders und bat sie, zu warten. Das hätte ich nicht tun sollen. Als ich sagte, sie könne sich ein wenig zu mir legen, kam sie zurück, schlüpfte unter die Decke und drehte mir den Rücken zu. Sie rieb sich an mir.
Sie war warm und roch süß. Sie schaute mich über ihre Schulter an.
»Du riechst nach Bier«, sagte sie leise.
Ich schob meine Arme unter die Decke. Die Wand fühlte sich in meinem Rücken kühl an.
»Du bist ein Wrack, weißt du das?«, fragte sie, als sei das ein ganz besonderes Verdienst, und dann nahm sie meine Hand und legte meinen Arm um sich und platzierte meine Hand dann auf ihrem Bauch.
»Merkst du, wie kalt mein Bauch ist?«
»Nein. Kannst du meine Hand loslassen«, sagte ich.
»Reibst du ein bisschen? Dann werde ich warm«, sagte sie.
Sie führte meine Hand hin und her. Ich riss sie zurück. »Wollten wir nicht schlafen?«, fragte ich.
Sie versuchte, ein Bein um meine Beine zu schlingen. Ich schob sie zur Bettkante.
»Mache ich das nicht gut genug? Oder nicht richtig?«, fragte sie.
»Gute Nacht«, sagte ich und drehte ihr den Rücken zu. Ich hörte, wie sie sich aufsetzte, den Kopf auf eine Hand stützte und mich anstarrte. Ich kniff die Augen zu und versuchte, gleichmäßig zu atmen. Sie stieg ganz leise aus dem Bett, schlich sich zur Tür, öffnete sie vorsichtig und war ver-

schwunden. Es wurde still. Ich kam zur Ruhe, kniff die Augen nicht mehr zu, atmete normal.
Nach einer Weile konnte ich sie über den Flur trippeln hören. Sie kam wieder herein. Sie trug ein Nachthemd, das ich noch nie gesehen hatte und das eigentlich kein Nachthemd war, sondern eine Art Babydoll. Es war rosa und halb durchsichtig und hatte kleine rote Rosetten auf den Brüsten. Sie schaute mich wieder neckend an.
»Sieh mal, das hab ich mir gestern gekauft«, sagte sie.
Wieder nahm ich ihren Duft wahr. Der hatte sich verändert, war jetzt süßer und reifer.
»Warum drehst du dich nicht um?«, flüsterte sie.
Sie blieb vor dem Bett stehen und berührte meine Schulter ganz leicht mit den Fingerspitzen.
»Magst du mich nicht mehr?«, fragte sie leise.
Ich drehte mich um und sah im Halbdunkel die langen Beine, das hochgerutschte Babydoll.
»Bin ich nicht gut genug für dich?«, fragte sie und beugte sich über mich.
Ich schob sie weg und sagte, sie solle sich zum Teufel scheren. Sie knallte die Tür zu. Ich ging zum Sessel und ließ mich hineinfallen. Sie würde mich hassen. Das war gut. Das würde alles leichter machen. Ich lehnte mich zurück und schlief ein, ohne es zu merken. Gegen Morgen fuhr ich einmal hoch, weil ich etwas wie einen Donner gehört hatte. Ich taumelte zum Bett, legte mich auf den Bauch, drehte mich dann auf den Rücken und hörte noch einmal dieses donnernde Geräusch.

Der Wecker lärmte, ich stöhnte und schaltete ihn aus, tastete nach dem Wasserglas und den Kopfschmerztabletten, fand das Glas, nahm zwei Tabletten, spülte sie mit dem schalen Wasser hinunter, öffnete die Augen und sah zwischen den Vorhängen blauen Himmel. Ein Sonnenstrahl fiel ins Zimmer und traf die abgenutzten Bodenbretter. Ich stützte mich auf den Ellbogen. Es war halb sechs, noch war niemand aufgestanden. Ich hatte geträumt, vom ersten Mal, als wir zusammen waren. Nachdem Stein Ove sie vor die Tür gesetzt hatte, war sie zu einer Freundin gezogen, die als Krankenpflegerin im Bezirkskrankenhaus arbeitete. Und dort, auf einem großen Fest, war es passiert. Mir war plötzlich aufgegangen, wie hübsch sie geworden war. Hübsch war nicht das richtige Wort. Sie war schön geworden. Seit zwischen ihr und Stein Ove Schluss war, hatte sie in Gesicht und Augen einen Zug, den ich noch nie gesehen hatte. Ich konnte meine Blicke nicht von ihr abwenden. Und als sie mich dann ansah, wurde ich verlegen. Ich fand es nie schwer, mit Frauen zu reden. Aber plötzlich kam es mir fast unmöglich vor, von der einen Seite des Zimmers auf die andere zu gehen. Was sollte ich sagen? Und was, wenn ich irgendeinen Unsinn stammelte? Würde sie dann lachen? Ich verließ den Raum und ging aufs Klo. Siv war fast zehn Jahre älter als ich. Sie war dafür bekannt, dass sie grob mit Männern umging, dass sie ein heftiges Temperament hatte und auf jeden losgehen konnte. Einmal hatte sie sich auf einem Fest mit zwei Frauen geprügelt, weil die glaubten, sie hätte es auf ihre Männer abgesehen. Das war sieben Jahre her. Das alles riet mir, die Finger von ihr zu lassen. Aber etwas an ihrem Gesicht zog mich an. Etwas an ihren Augen, etwas, das sie wussten und das auch ich lernen wollte. Ich stand auf dem Klo und wägte wie ein altes Weib das Für und Wider ab, und dann ging die Tür auf und Siv kam herein. Sie schloss ab und stellte sich vor mich.

Das war vier Monate her. Mir wurde immer klarer bewusst, dass die ganze Sache auf die Hölle hinauslaufen würde. Aber ich musste ständig an sie denken. Ich dachte die ganze Zeit an sie.

Ich suchte meine Kleider zusammen. Ich wusste nicht, was ich ihr sagen sollte, aber ich musste sie sehen.

Ich zog ein frisch gewaschenes Leinenhemd an, schob die

Vorhänge zurück und merkte, wie still es draußen war. Ganz still. Die Sonne schien, und eigentlich hätten die Vögel singen müssen. Ich schaute mit zusammengekniffenen Augen in die Sonne, gewöhnte mich an das Licht und sah, dass die Birke auf dem Hofplatz umgestürzt war. Sie war auf einer Höhe von zwei Metern abgeknickt, war auf die Telefonleitung gefallen und hatte sie mitgerissen. Ich dachte, dass offenbar ein teuflischer Sturm gewütet haben musste, ging auf den Hof und sah mir den Baum und die Leitungen an, und noch immer war es zu still auf dem Hofplatz. Und dann sah ich es. Ich schaute zur Brücke hinüber. Die war verschwunden. Auf der anderen Seite des Ufers lagen noch einige Reste. Ich ging über den Hof und sah Tråseths Haus. Es lag ganz allein auf einer kleinen Insel. Ich drehte mich um und betrachtete die Kvenna, blieb für einen Moment stehen und lief dann zum Zaun. Der Fluss zog sich wie ein Binnenlandsfjord durch das Tal. Weiter unten bei Kista, in der Flusskurve, stand eins der Häuser von Veum, das das Strandhaus genannt wurde, bis zu den Fenstern unter Wasser. Ich konnte Vasshaug nicht sehen, aber im Stiergehege nördlich des Hofes schwamm etwas Weißes, die Badewanne, aus der die Jungstiere tranken. Ich ging durch das Tor und fand Mutter. Sie saß unten am Fluss, unter der Kiefer. Ich ging zu ihr, trat hinter sie. Sie hatte die Hände im Schoß gefaltet. Obwohl sie mich gehört hatte, drehte sie sich nicht um. Sie trug ein grünes Nylonkopftuch.

»Die Brücke ist weg«, sagte sie.

Ich sagte, das hätte ich gesehen, und ging zur Straße hoch. Das hatte ich also im Halbschlaf gehört. Keinen Donner, sondern die Brücke, die den Wassermengen nachgab und einstürzte und in die pissegelbe Strömung kippte. Ungefähr ein Drittel der Brücke lag zerschlagen und zersplittert auf der Hauptstraße, dort über dem gelben, schäumenden Wasser. Ich schaute wieder zu Tråseths Haus hinüber. Das Wasser hatte die Straße und sein Grundstück überschwemmt und floss jetzt auf beiden Seiten des kleinen Walles. Das Haus lag da wie eine Art erloschenes Monument der Einsamkeit und der seelischen Auszehrung. Die Apfelbäume standen unter Wasser. Der Holzschuppen war verschwunden.

»Wir müssen Tråseth rausholen«, rief ich.

»Der ist sicher schon weg«, hörte ich sie antworten.

Ich ging zu ihr zurück. Sie starrte wie gebannt auf den Fels auf der anderen Seite, suchte den weißen Streifen, den Rasmus in den fünfziger Jahren nach einer Überschwemmung angebracht hatte. Die Kvenna hatte diesen Strich nie wieder erreicht. Jetzt aber war er nicht mehr zu sehen.

»Wir haben nicht viel Zeit«, sagte ich und ging Richtung Auto. Mutter blieb sitzen. Ich machte kehrt und ging wieder zu ihr. »Wir haben verdammt wenig Zeit, habe ich gesagt.«

»Nur noch einen Moment«, sagte sie.

»Nein«, sagte ich.

»Doch, nur noch einen kleinen Moment«, sagte sie, den Rücken gerade, das Kinn gereckt und die Augen aufgerissen, so saß sie an dem glatten blauschwarzen See, der in der Sonne glitzerte. Ich nahm sie am Arm und zog sie hoch.

Ich weckte Nina und Jonny und ging wieder nach unten. Mutter stand in der Küche und deckte den Tisch. Sie verteilte die Teller, holte Gläser, Messer und Teelöffel.

»Hart oder weich?«, fragte sie.

Ich gab keine Antwort. Sie holte die Eierbecher und stellte sie auf den Tisch, dann Brot und Aufschnitt, aber nicht so schnell wie sonst, jetzt bewegte sie sich langsam.

»Wir müssen alles, was Wert hat, in den ersten Stock bringen«, sagte ich.

»Hart oder weich?«, fragte sie.

Nina kam herein, schaute runter auf die Kvenna und dann hinüber nach Brekke.

»Wo ist die Brücke?«, fragte sie.

»Heute Nacht weggeschwemmt worden«, sagte ich.

»Hart oder weich?«, fragte Mutter sie.
»Die Brücke ist weggeschwemmt worden? Ich mag kein Ei«, sagte Nina.
»Dann nicht«, sagte Mutter, zerschnitt Tomaten, legte sie auf einen Teller und dekorierte sie mit einem Büschel Petersilie. Dann goss sie Milch in die weiße Kanne. Danach betrachtete sie ihr Werk. Jonny kam herein. Er ging zum Tisch, setzte sich, nahm sich ein Stück Brot, fing an zu schmieren, schaute hoch, wartete darauf, dass wir uns setzten. Mutter zeigte auf die Kanne. »Meine Mutter hatte auch so eine«, sagte sie und schaute hinaus auf den Hof, wo die Birke die Telefonleitung heruntergerissen hatte. »Einmal hat Rasmus hinter der Waschküche eine tote Birke gefällt. Als die Birke fiel, riss ein Stück des Stammes auf. Darin klaffte ein Hohlraum. Als Rasmus sie zersägte, sahen wir, dass sich im Hohlraum etwas Blaues befand. Und zwar die Scherben von Mutters Milchkanne, die plötzlich verschwunden war. Sie hatte geglaubt, eins von uns Kindern habe sie zerbrochen und die Reste weggeworfen, um nicht ausgeschimpft zu werden, aber das hatte nicht gestimmt, denn sie lagen dort in der Birke. Wie sie dort hineingeraten waren, wusste niemand. Aber da waren sie nun einmal. Mutter klebte die Scherben dann wieder zusammen.« Sie goss uns Milch ein.
»Was wohl aus dieser Kanne geworden ist? Ob sie noch auf dem Dachboden liegt?«, fragte sie, starrte eine Weile vor sich hin und goss dann noch mehr Milch ein.
»Mutter, wir müssen packen«, sagte ich.
»Jetzt setzt euch doch«, sagte sie.
Nina setzte sich.
»Nina, ich habe gesagt, wir müssen hier weg«, sagte ich.
Sie schaute mich wütend an. Mutter setzte sich, summte ein Lied und schien sich auf das Frühstück in der sonnigen Küche mit Blick nach Osten zu freuen. Sie würde sich nicht vom Fleck rühren. Mochte der Fluss auf den Hofplatz schäumen, mochte sich das Haus von seinem Fundament ablösen und

von dannen wirbeln wie das Präriehaus im »Zauberer von Os«, Mutter würde weiter »Noch niemals war das Meer so blau« summen.
Ich ging in den Keller, holte den großen Zinkeimer und knallte ihn auf den Tisch.
»Weg hier«, sagte ich.
Alle sprangen auf. Mutter sah mich an. Sie wusste, was jetzt kommen würde. Nina und Jonny liefen in die Ecke der Küche. Ich nahm die Teller mit Eiern, Tomatenscheiben und Petersiliebüscheln und warf sie in den Eimer. Dann ließ ich Brotschnitten, Butter, Leberwurst, Käse, Ölsardinen, Erdbeermarmelade, Kaffeetassen, Milchgläser, Eierbecher, Milchkartons, Gurken und Tomaten folgen, stellte den Eimer auf den Boden, trat mit dem Fuß Frühstück und Besteck und Teller platt, um mehr Platz zu schaffen, und fegte dann den Rest, der noch auf dem Tisch gestanden hatte, ebenfalls hinein. Milch und Eierschalen und Tellerscherben und Glassplitter. Ich trat noch einmal nach, etwas zerbrach, und Glassplitter flogen durch das Zimmer. Ich ging zu Mutter und hielt ihr den Eimer hin. »Hier hast du dein Frühstück. Du kannst im Auto essen«, sagte ich.
Sie nahm den Eimer, ließ ihn fallen, und er kippte auf dem Boden um.
»Wir haben eine Stunde«, sagte ich. »In der Zeit sucht ihr alles zusammen, was ihr braucht, um Gjørstad für ein oder zwei Wochen verlassen zu können.«
Jonny jammerte los.
»Wir gehen nach Melhus«, sagte ich.
Jonny jammerte weiter.
»Hast du Angst?«, fragte ich.
Er jammerte noch lauter.
»Was ist los? Freust du dich?«, rief ich.
Er schüttelte den Kopf und fragte per Zeichensprache, wo wir wohnen sollten.

»Wir finden schon was«, sagte ich.
Er schüttelte den Kopf und sagte per Zeichensprache: »Uns will doch niemand.«
»Was sagt er da?«, fragte Mutter.
»Er will wissen, wo wir wohnen werden.«
»Im Bellevue«, sagte Mutter und ging zum Telefon. Sie hielt sich den Hörer ans Ohr und schaute mich verwundert an.
»Das funktioniert nicht«, sagte sie.
Ich ging in den Stall.
Das Vieh konnte auf dem Feld weiden. Die Euter der Kühe würden bis zum Bersten gefüllt sein, aber ich konnte sie nicht den weiten Weg nach Hauger treiben. Ich ließ die Hühner auf den Hof und trieb Kühe und Kälber hoch zur Burg. Große, schwarze Wolken wälzten sich von Norden her über das Tal. Bald würde es wie aus Kannen gießen.
Mutter nahm jetzt gerade die Wäsche von der Leine.
»Jetzt verlieren wir alles, was wir haben. Alles, was wir sind«, sagte sie.
»Nein«, sagte ich. »Gjørstad kann eine Überschwemmung aushalten.«
»Aber was ist danach? Wenn das Wasser sinkt? Was dann?«
»Dann kommen wir zurück und bauen alles wieder auf.«
»Aufbauen? Wovon denn? Vom Geld, das wir auf der Straße finden?«
»Von dem Geld aus der Versicherung«, sagte ich.
Sie blickte mich völlig verstört an.

Ich ruderte im Boot über den Fjord, erreichte die ersten saugenden Wirbel, konnte das Boot drehen und in Richtung Garten zwingen. Ich erreichte die Apfelbäume, steuerte das Haus und die Treppe an, merkte, wie der Kiel über Gras schleifte. Ich sprang heraus und vertäute das Boot am Treppengeländer. Ich war seit dem Herbst, als er auf der Treppe gestolpert und gestürzt war, nicht mehr bei Tråseth gewesen,

doch sowie ich das Haus betrat, erinnerte ich mich an den Geruch von Linoleumboden, feuchter Kleidung, die zu lange ungelüftet herumliegt, angebrannten Koteletts und gekochtem Kohl, ein Geruch, der sich in den Wänden festgesetzt hatte. Ich ging ins Wohnzimmer. Dort standen dieselben Möbel wie in den siebziger Jahren, und auf dem Boden stapelte sich der »Melhuser Bote«. Ich wusste, dass Tråseth wild auf Nachrichten war. Aus seinem Wohnzimmer kam von fünf Uhr nachmittags bis Sendeschluss blaues Licht. Ich hatte ihn beobachtet, wie er Meldungen über Gewalt unter Jugendlichen, Attentate auf schwarze Präsidenten, Messerstechereien in Algerien und Flugzeuge, die explodierten und über Wohnvierteln abstürzten, in sich aufgesogen hatte. Der Dreck und die Gemeinheit der ganzen Welt sammelten sich bei diesem Mann, der es nie geschafft hatte, unter Leute zu gehen. Bei Tråseth, der in seinem Sessel saß und glotzte, Abend für Abend, während sein Gehirn mahlte und brummte und pling, plong machte. Während seine Augen Schusswechsel zwischen Nationalisten und Antirassisten im härtesten Osloer Ostend in sich aufsaugten. Gesetzlosigkeit, dreihundert Kilometer entfernt. Aber gleich um die Ecke.
Ich ging die Treppe hoch und schaute mir die verblichenen Familienbilder an den Wänden an. Tråseth und sein Vater im Wald. Auf dem Sportplatz, mit einem Speer in der Hand. Die beiden Brüder, die ihn wie einen Köter durch die Gegend getreten hatten. Eins zeigte ihn und seine Frau. Ich hatte fast vergessen, wie sie ausgesehen hatte, hatte sie aber erschöpft und langweilig in Erinnerung. Dort auf der Treppe ging mir auf, dass manche Frauen mit dem Alter immer weniger aussehen wie sie selber. Am Ende gleichen sie dann nicht mehr Jenny oder Marit, sondern mehr und mehr dem Bild, wie Frauen nach dreißig Jahren harter Arbeit und Enttäuschungen auszusehen haben. So war es Tråseths Frau gegangen. Ich erreichte den Flur und schaute in ein Zimmer, in dem sich

ein Sofa und ein Transistorradio befanden. Hinten im Flur war eine Tür angelehnt. Ich klopfte und schaute in das Zimmer. Tråseth saß mit dem Rücken zu mir an einem Plastiktisch und schaute aus der Fensterluke. Das ganze Zimmer war voller Zeitschriften, Magazine und Illustrierten. Es waren sicher an die zweitausend Zeitschriften. *Aktuell, Norsk Ukeblad, Reader's Digest, Die Familie, Das Kriminaljournal, Der Verbraucher-Rapport, Auto und Motor, Allers, Fakta,* alle Zeitschriften, die ich aus den siebziger und achtziger Jahren noch kannte. Zwischen den verstaubten Stapeln, zwischen den Bildern von Harald Tusberg, Jon Eikemo, Anders Lange, Wencke Myhre, Königin Sonja und Turid Øversveen saß Tråseth mit krummem Rücken, wie ein Seemann, der auf einer einsamen Insel aus sonnengebleichtem Papier gestrandet ist.

Er drehte den Kopf und musterte mich aus zusammengekniffenen Augen.

»Was willst du hier?«, fragte er.

»Hast du dir den Fluss angesehen?«, fragte ich.

»Ich hab nichts getan«, murmelte er.

»Das hab ich auch nicht behauptet.«

Im Zimmer hing ein trockener Geruch. Ich fand, es rieche nach allem, was im Laufe der Jahre in Vergessenheit geraten war. Nach Dingen, die für jemanden wichtig gewesen waren, an die sich jetzt aber niemand mehr erinnerte, nach denen niemand mehr fragte.

»Schau mal aus dem Fenster«, sagte ich.

Er rieb sich die Nase, beugte sich vor und schaute hinaus.

»Was siehst du da?«, fragte ich.

»Das Eichhörnchen«, sagte er und starrte nach draußen.

»Was für ein Eichhörnchen?«, fragte ich.

»Ein ganz normales rotes Eichhörnchen«, sagte er, dann verstummte er. Er ließ sich wieder zurücksinken. Ich schaute hinaus, konnte aber kein Eichhörnchen entdecken. Ich drehte mich um. Hinten in der Ecke, hinter dem einen Zeitschriftenstapel, stand auf einem grauen Lederpuff eine alte schwarze Schreibmaschine. Über der abgenutzten Tastatur prangte in goldenen Buchstaben der Name: UNDERWOOD.

Tråseth schnaubte. »Ich war es nicht.«

»Ich aber offenbar auch nicht.«

Dort stand der Grund, weswegen er acht Jahre lang zu jedem Quartalsbeginn nach Gjørstad hinübergestapft war. Seine kostbare Schreibmaschine, die ich angeblich an einem Palmsonntag ausgeliehen und niemals zurückgebracht hatte. Ich sah sein ausdrucksloses Gesicht vor mir, in Sonne und Regen und Schnee auf dem Hofplatz, unten an der Treppe, wie er mit mürrischer Stimme sagte: »Es geht um die Underwood. Wann krieg ich die zurück?« Warum hatte er in all den Jahren immer wieder diesen Weg auf sich genommen, hatte mit eigensinniger, toter Stimme auf sein Recht gepocht und gedroht, wenn er es nicht bekäme, die Polizei zu rufen, um dann wieder zu seinem Haus zurückzugehen? Vielleicht, dachte ich, war das seine Art, Kontakt aufzunehmen. Hatte er die Underwood benutzt und – im tiefsten Herzen – gehofft, dass ich eines Tages begreifen würde? Denn er hatte ja nie etwas Derartiges verlauten lassen. Er konnte auch keine Andeutungen machen, das mussten andere für ihn übernehmen. Und während der letzten Jahre hatte es nur einen Menschen für ihn gegeben, mich. Vielleicht war er über den Kiesweg mit einem kleinen Hoffnungsschimmer gewandert, dass es diesmal passiert, dass diesmal mehr dabei herauskommen würde.

Was wollte er denn eigentlich?

Er wollte einen Freund. Das war das, was er sich wünschte. Alle wollen einen Freund.

Und vielleicht hatte er ja einen. Denn wenn irgendwer Tråseth gefragt hätte, ob er Freunde habe, hätte er dann nicht gesagt, ja, schon, er habe jemanden, zu dem er ab und zu ging und mit dem er über alles Mögliche plauderte, einen, auf den Verlass war. Einen guten Freund, könnte man sogar sagen,

Robert, toller Kerl, Nachbar, immer zu einem Gefallen bereit, zuverlässig, ein durch und durch solider Bursche.
»Dein Haus liegt mitten in der Strömung. Du kannst hier nicht sitzen bleiben«, sagte ich und packte ihn am Arm, er erstarrte, und in diesem Moment bewegte sich das Haus. Es bewegte sich nicht sehr, aber etwas hatte nachgegeben, und das Haus hatte sich ein wenig schräg gelegt.
Er klammerte sich mit beiden Händen an die Tischplatte.
Ich setzte mich auf einen mit Kordel verschnürten Zeitschriftenstapel. Er erinnerte mich an einen Pharao in seiner Grabkammer. An einen alten Trottel, der Bilder und Inschriften studierte, die in Wände und Decke eingeritzt und gemalt worden waren. An einen sturen, alten Mistkerl, der das Leben in vertrauter und geliebter Umgebung verlassen wollte.
»In zwei Minuten rudere ich rüber nach Gjørstad«, sagte ich.
»Ja, von mir aus«, murmelte er und starrte den Tisch an.
»Ich komme nicht zurück«, sagte ich, wartete einen Moment, stand auf und ging aus dem Zimmer. Ich ging hinunter ins Wohnzimmer, durch den Flur und hinaus auf die Treppe, setzte mich ins Boot und fing an, bis hundert zu zählen.
Eine Tanne, eine Tiefkühltruhe und eine Petroleumtonne trieben an mir vorbei.
Bei hundert stieg ich aus dem Boot, watete zur Treppe hinüber, wollte den Knoten lösen. Als ich damit fertig war, sah ich auf der Vortreppe seine hohen Stiefel. Ich schaute auf. Da stand Tråseth in Regenmantel und Südwester. In der Hand hielt er einen Pappkoffer. Er kniff die Augen zusammen.
»Komm, setz dich«, sagte ich.
Er kniff die Augen noch fester zusammen.
»Hab mich mit dem Wasser nie anfreunden können«, murmelte er.
Dann hob ich ihn ins Boot. Das ist kein Witz. Es war nicht anders möglich. Ich nahm sein linkes Bein und zwang es ins Boot. Dann packte ich ihn um die Taille und hob ihn an

Bord, legte ihn hin, den Hinterkopf an den Steven gelehnt. Er lag auf dem Rücken, mit dem Steven als Kopfkissen, und starrte in den Himmel. Ich stieß uns ab. Das Boot glitt in den Garten hinaus, und wir fuhren zwischen den Apfelbäumen. An den Zweigen saßen kleine weiße Blüten. Tråseth lag wie ein magerer Pinocchio vor mir und musterte seine Füße. Vielleicht dachte er daran. Vielleicht dachte er an seine Frau. Oder vielleicht spürte er, wie Panik ihn erfasste und so hart zudrückte, dass für Gedanken kein Platz mehr blieb.

Das Ledersofa, der Glastisch, das schwarze Teakregal mit der Kenwood-Anlage. Daneben das samische Bild und das Bauernbegräbnis. Ich erinnerte mich an den Rauchgeruch, an die immer vollen Aschenbecher auf dem Wohnzimmertisch. An das nachmittägliche Rascheln der Zeitung. An den Duft von Kaffee aus der Thermoskanne, wenn ich aus dem Stall kam. An den frischen Mistgeruch draußen im Gang. An den Traktor, der vor dem Stall im Leerlauf brummte. Schon mit fünf oder sechs träumte ich davon, ihn zu fahren, aufs Gaspedal zu treten, Kurven zu fahren, ihn steile Felder hochzuziehen, mit Heu beladen nach Hause zu schuckeln, zu pflügen. Ich träumte von dem Traktor, so wie andere von Flugzeugen träumen. Mit sieben Jahren sah ich mich selber am Lenker sitzen, sah mich lenken und schalten wie ein erfahrener Bauer, sah mich den Rotz wegwischen, mit schwerer Siloladung auf die Straße abbiegen. Ich sah immer zu, wie Vater gekonnt zurücksetzte, zwischen den Befestigungsvorrichtungen landete, vom Traktor sprang und ihn mit dem Silo verband. Und dann musste ich einfach denken: Das ist mein Vater. Der versteht sein Handwerk. Ihm gehört ein Hof. Eines Tages wird Hugo den Hof übernehmen, aber Vater hat zu bestimmen. Ich beobachtete Vater, wenn er zum Essen ins Haus oder zum Pissen hinter den Stall ging. Der leichte Schwung, mit dem er vom Traktor sprang, die Bewegungen, die sonst niemand beachtete, er selber am allerwenigsten. Aber ich sah sie. Und ich freute mich auf den Tag, an dem ich mich auch so bewegen würde. Ich hing ihm an den Hacken, stand bereit mit Hammer oder Nägeln oder Maschendraht. Seine großen, buschigen Augenbrauen und seine ruhigen Augen konnten mir kalte Schauer über den Rücken jagen. Manchmal trat ich dicht an ihn heran, um den Geruch seiner Hände wahrzunehmen. Wenn er im Wald gewesen war und Bäume gefällt oder behauen hatte, sog ich den frischen Holzduft seiner Kleidung in mich ein. Es kam vor, dass sein Gesicht sich verschloss. Dann schien ihn etwas zu überkommen, das er mit anderen nicht teilen konnte. Und dann wurde alles ganz still. Nein, nicht still, ich hatte eher das Gefühl, vor einer Ladung Dynamit zu sitzen und die Lunte zischen zu hören.

Er war einer, der sich die Hände mit Putzwolle abrieb, der Bäume mit dem Rindenspaten abschälte, der Pfähle einschlug, der die Arbeiten erledigte, ohne zu klagen oder zu prahlen, und der nicht viermal täglich in den Spiegel schauen und denken musste: Sehe ich nicht gut aus?

Ich ging hinaus. Nina saß auf der Shell-Tonne. Mutter stand mit Koffern und Taschen neben dem Auto, sie sah aus, als warte sie schon seit Stunden. Ich bat sie, sich zwei Gepäckstücke auszusuchen. Sie schaute sich alle an und entschied sich für zwei Taschen und einen Koffer.

Den Rest trug ich in den ersten Stock. Unterwegs schaute ich mir noch einmal das Erdgeschoss an. Ich hatte Kellerluken und Türen geöffnet, um das Wasser hereinzulassen. Ich lief durch die Zimmer, blieb vor dem Büfett stehen, dessen Türen halb offen standen. Ich zog eine Schublade mit Servietten und Porzellanfiguren heraus. Ganz hinten in der Schublade lag ein kleiner Stapel mit Briefumschlägen. Ich zog ihn heraus und öffnete die Umschläge. Darin fand ich Einzahlungsscheine und Mahnungen der Versicherung. Auf den Mahnungen stand, die Versicherung habe den Betrag aufgeteilt und wir

könnten in Raten zahlen, damit das Haus weiterhin versichert sei. Ein anderer Brief teilte mit, dass wir nun nicht mehr versichert seien. Ich war sicher, dass ich im Vorjahr die Versicherung bezahlt hatte, wusste nur plötzlich nicht mehr, welche. Es konnte sich um eine ganz andere gehandelt haben. Ich wollte das nicht glauben, aber Mutter hatte wirklich jede einzelne Mahnung für die Gebäudeversicherung aufbewahrt. Sie hatte die Briefe aus dem Briefkasten genommen, war ins Haus zurückgegangen, hatte das Büfett geöffnet und die Briefe hinten in die Schublade gestopft.
Ich ging in die Küche und schaute hinaus.
Sie stand neben dem Auto und wartete. Sie musste es wissen. Wenn das Wasser weiterstieg und Gjørstad erreichte und die Häuser mit sich riss, würden wir keinerlei Anspruch auf Entschädigung haben. Und was dann? Wir hatten nur Gjørstad. Wir hatten kein Geld. Wir würden alles verlieren.

Ich fuhr den Hang hoch, hielt an, drehte mich um. Zwei Kilometer den Flusslauf hoch, hinter den Tannenwipfeln, lag Gjørstad. Ich stieg aus. Auf der Zufahrt stand schon das Wasser, näherte sich dem Tor. Am anderen Ufer, in Richtung Brekke, schlug das Wasser von beiden Seiten gegen Tråseths Haus. Es sah aus, als solle das so sein, als sei sein Haus errichtet worden, um mitten in der Strömung zu liegen. Nina und Tråseth stiegen ebenfalls aus. Er setzte seinen Südwester auf und wischte sich Regenwasser aus dem Gesicht. Draußen auf dem Fluss bildete das Wasser große, saugende Spiralen. Während wir noch da standen, kam ein Elch angetrieben. Er kämpfte verzweifelt, um das Ufer zu erreichen, wurde aber mit den Bäumen und Kästen und Abfällen mitgerissen. Plötzlich wurde er in einen Wirbel hineingesaugt und drehte sich wie in einem Karussell, wobei sein Maul und sein schweres Geweih die Wasseroberfläche nur haarscharf überragten.

Wir gingen zurück zum Wagen. Wir hatten ein Stück vor einer Steinbrücke gehalten, die über einen Bach führte, und als ich die Tür öffnete, sah ich, dass der Bach den Kiesweg vor der Brücke bereits überflutete und dass das Wasser sich eine Querrinne gegraben hatte. Ich ging dahin. Es war unmöglich, diese mit dem Auto zu überqueren. Ich ging zurück.
»Wir gehen zu Fuß weiter«, sagte ich.
»Aber bis Hauger sind es vier Kilometer«, sagte Mutter.
»Wir gehen«, sagte ich, öffnete den Kofferraum und lud die Koffer und Taschen aus. Ich nahm einen Sack, eine Tasche und Mutters perlgrauen Koffer. Erst jetzt merkte ich, wie schwer der war. Die anderen stiegen ebenfalls aus, nahmen ihr Gepäck und wateten durch das Wasser. Ich schloss das Auto ab und ging hinter Mutter her.
Sie blieb stehen, fuhr herum. »Ach Himmel. Ich hab vergessen, den Herd auszustellen«, sagte sie, verlor dann mit einem Bein den Halt und fiel hin. Ich warf meinen Koffer aufs Trockene, sprang vor und konnte sie gerade noch packen, ehe sie in die Kvenna rutschte. Sie sagte nichts, sie lag einfach nur da, klammerte sich an ihrem Gepäck fest und zappelte im braunen Wasser mit den Beinen. Ich packte sie unter den Armen und schleifte sie auf die andere Seite. Sie erreichte trockenen Boden, schob sich die nassen, strähnigen Haare aus den Augen und sah mich an.
»Hast du dir wehgetan?«, fragte ich.
»Nein. Und du?«
»Nein, gar nicht«, sagte ich.
Die anderen schauten auf uns herunter. Wir schauten zu ihnen hoch. Plötzlich, im selben Moment, prusteten alle los. Ich konnte nicht mitlachen. Ich konnte solche sonnigen Momente nicht ertragen. Ich half Mutter beim Aufstehen. Nina öffnete einen Koffer und nahm ein Handtuch und trockene Kleidung heraus. Tråseth und ich drehten uns um, während Mutter sich umzog.

»Das ging aber blitzschnell«, sagte er.
»Nicht hinschauen«, rief Mutter.
Sie zog sich an. Wir gingen weiter.
Mutter vorweg, mit kurzen, wütenden Schritten. Ich wusste, dass sie krank vor Sehnsucht danach war, triefnass und heimatlos in Melhus einzutreffen, nur mit den Habseligkeiten, die sie tragen konnte. Ich behaupte nicht, sie hätte sich darüber gefreut, Gjørstad aufzugeben, aber wenn sie den Hof schon verlassen musste, dann doch zumindest durchweicht, hoch erhobenen Hauptes und mit einer Miene, die von hart auf die Probe gestellter Kraft kündete. In die Stadt zu ziehen, vorbei an neugierigen Bewohnern, die sich auf dem Bürgersteig drängten. Ich ging davon aus, dass in Melhus eine Art Krisenzentrale eingerichtet worden war, und stellte mir vor, wie Mutter Jonny die Treppen hochzog und sich durch die Wartenden hindurch zu einem Büro oder einem Schalter oder einem Tisch vordrängte, wie sie Jonny vor sich herschob und mit schriller Stimme rief: »Seht ihn euch an! Das ist mein Junge! Er hat fast nichts anzuziehen!« Und dann würde sie durchsetzen, dass wir nicht zusammen mit anderen Hauslosen in einer Turnhalle logieren müssten; nein, sie würde ein dermaßen lautes Gegacker über ihren stummen, zerlumpten Sohn anstimmen, dass die Zuständigen uns im Bellevue einquartierten, einfach um sie loszuwerden. So war Mutter. Ich stapfte einen steilen Hang hinunter und sah, wie sie gewissermaßen wie eine geduldige Märtyrin durch den Schlamm marschierte. Nichts konnte sie aufhalten. Sie würde mit hoch erhobenem Kopf einmarschieren und Respekt und Mitgefühl von Leuten verlangen, die sie eigentlich lieber angespuckt hätten.
Nina wartete vor dem nächsten Hang. Sie setzte sich auf einen Stein am Straßenrand und entfernte einen Gegenstand aus ihrem Schuh.
Mutter stand bereits oben. Sie rief uns etwas zu. Sie winkte

und zeigte auf den Fluss. Nina zog den Schuh an und machte sich auf den Weg zu Mutter. Ich nahm den Koffer und folgte ihr. Mutter schaute aus zusammengekniffenen Augen nach Vasshaug hinüber. Drei Stallburschen trieben einige Bullenkälber aus dem Pferch unterhalb des Gutes. Aber nicht ihnen galt Mutters Aufmerksamkeit.

Weiter oben am Fluss, unter den Hochspannungsleitungen, kam etwas angeschwommen.

»Sieht aus wie ein Lastwagen«, sagte ich.

Der Gegenstand drehte sich im Fluss.

»Das ist kein Lastwagen«, sagte Nina.

Tråseth stand am Straßenrand, und sein langes, blasses Gesicht sah aus wie immer. Ich trat neben ihn. »Ich glaube, du solltest mal einen Blick auf den Fluss werfen«, sagte ich.

Er schlurfte weiter. Nina zeigte zur Kvenna hinüber.

»Das ist dein Haus, Tråseth«, sagte sie.

Tråseth schaute in die Richtung, in die Nina gezeigt hatte. Und dort oben, in der trägen schwarzgrünen Strömung, kam auf unserer Uferseite langsam sein Haus auf uns zu. Es legte sich ein wenig schräg. Am Giebel sah ich die Figuren, die er aus Baumwurzeln geschnitzt, poliert und angenagelt hatte. Das Haus drehte sich langsam, und nun war die eine Querwand zu sehen. In der Längsseite klaffte ein riesiges Loch, so, als sei die Wand von einem großen Stein getroffen worden. Durch das Loch konnten wir sein Schlafzimmer sehen. Und da standen wir nun und betrachteten das alte, weiß angestrichene Doppelbett, das er mit seiner verschwiegenen Frau geteilt hatte. Es stand schräg. Der Stuhl, über dessen Lehne noch vor zwei Stunden ordentlich seine Kleider gehangen hatten, war umgekippt und ans Bett herangerutscht. Ansonsten war alles wie immer. Ich war noch vor wenigen Stunden in diesem Haus durch Flur, Wohnzimmer und Küche gelaufen und dann die Treppe hochgegangen. Jetzt schien es aus einer anderen Zeit angesegelt zu kommen. Ich konnte nicht begreifen, dass ich jemals dort gewesen war. Es erinnerte mich an ein Puppenhaus. Es sah klein und traurig aus, und ich dachte an das Foto neben der Treppe, das Tråseth und seine Frau irgendwann zu Beginn der siebziger Jahre in Solør zeigte. Ich sah ihn an. Seine Wangen waren eingefallen, die Augen blassblau. Er sah zu, wie sein Haus vorübertrieb, und sein Gesicht war wie eine ausgewischte Tafel. Keiner von uns sagte etwas. Dann hob Tråseth den Arm und machte eine schlaffe Handbewegung.

»Jetzt kippt es um«, sagte er.

Das Haus war gegen etwas gestoßen. Es schlingerte, als wolle es unbedingt noch weiter, als werde es gedrängt, wieder in die Strömung zu geraten. Stattdessen blieb es hängen und legte sich dann schräg. Dadurch geriet das Doppelbett in Bewegung und rutschte seitwärts auf das Loch in der Wand zu. Es glitt hindurch und landete platschend im Wasser. Mutter stieß einen dünnen Kehllaut aus. Ich wandte mich ab, als habe dieses weiße, im Wasser herumplanschende Doppelbett etwas Ekelhaftes und Unheimliches. Tråseth starrte Bett, Laken und Bettwäsche an, die davonschwammen, und das Haus, das dort feststeckte. Schließlich konnte es dem Wasserdruck nicht mehr standhalten, eine Wand sackte in sich zusammen, die Dachziegel rieselten mit den Baumwurzeln ins Wasser, die anderen Wände gaben nach.

»Jetzt fällt es auseinander«, sagte er.

Zu seinen Füßen, im Matsch, stand der kleine braune Pappkoffer. Er hatte ihn dort abgestellt, und man konnte den Eindruck gewinnen, dass das Haus ihm nicht wichtig sei. Aber der Pappkoffer, der im Matsch stand und dessen Boden sich mit Regenwasser voll sog, sagte mir etwas anderes. Etwas passierte, etwas, das seinen Augen, seinen Händen oder seinem Mund nicht abgelesen werden konnte. Ich sah Truppen vor mir, auf einem verwüsteten Schlachtfeld, aufeinander prallendes Metall, das dumpfe Knallen von zerstörten Holzwa-

gen, verwundete Pferde, die zwischen zerfetzten Uniformen im Schlamm festen Boden suchten.
Tråseth kniff die Augen zusammen, um sie vom Regenwasser zu befreien.
»Nur noch Kleinholz übrig«, sagte er, bückte sich, hob den Koffer auf und ging weiter.
Mutter räusperte sich. Jonny stopfte die Hände in die Taschen seines Regenmantels. Er drehte sich um und starrte Tråseth an, schlenderte hinter ihm her, holte ihn ein, schaute auf den Boden und fand denselben Gangrhythmus, mit dem auch unser Exnachbar voranschritt.

Unterhalb von Jørsum, auf den verrottenden Resten einer Rampe, saß unter dem leckenden Holzdach ein Mädchen. Neben ihr saß ein schwarzes Hundebaby. Jonny ging zu den beiden hinüber. Das Mädchen streichelte den Hund und schaute Jonny herablassend an. Sie hatte weit auseinander stehende Augen. Jonny sah den Hund an.
»Wie heißt der?«, fragte ich.
»Ödipus«, sagte das Mädchen.
»Wie alt ist er?«
»Geschlechtsreif«, sagte das Mädchen.
»Darf er ihn streicheln?«
»Nein«, sagte das Mädchen.
»Warum nicht?«
»Außer mir darf keiner Ödipus streicheln«, sagte sie und streichelte den Kopf des Welpen.
Ich setzte den Koffer ab. Sie kam aus Røysi, oben im Tal. Vor vielen Jahren war ich einmal dort gewesen. Vater hatte einen Jøtulofen kaufen wollen, der im »Boten« inseriert worden war. Ich weiß noch, wie wir zuerst in Hauger hielten und dort im Café etwas kauften, um danach bis hoch nach Røysi zu fahren. Etwas an diesem Gehöft hatte in mir das Gefühl erweckt, dass in einem unendlich weiten Umkreis kein anderer

Mensch wohnte, obwohl Hauger nur einige Kilometer entfernt war. Wir hatten auf dem Hofplatz gehalten und waren aus dem Auto gestiegen. Dann hatten Vater, Hugo und ich eine Weile gewartet. Niemand ließ sich sehen. Vater hupte. Weiter hinten auf dem Hofplatz stand eine Scheune. Plötzlich schaute ein alter, kahler Kerl in schwarzer Kleidung hinter der Scheune hervor. Er sagte kein Wort, er starrte nur. Dann öffnete sich die Tür des Wohngebäudes. Eine Frau Mitte dreißig mit Pottschnitt, in Männerkleidung und schwarzen Stiefeln kam heraus. Als sie Vater die Hand gab, sah ich, dass sie eine Herrenarmbanduhr aus Metall trug. Ich fand die Stimme der Frau seltsam. Sie redete die ganze Zeit in ein und demselben Ton. Und dann war da noch der Mann, der hinter der Scheune stand und glotzte. Vater wollte den Ofen sehen und ging mit der Frau zu einer Art Schuppen. Er schaute hinein. Wir wanderten über den zerfurchten Hofplatz, gingen in den Schuppen und fingen an, die Einzelteile des Ofens ins Auto zu laden. Beim zweiten Gang entdeckte ich in einer Ecke des Schuppens einen verstaubten Holzkasten mit runden blauen Steinen. Ich hatte solche Steine noch nie gesehen. Ich bückte mich, streckte die Hand aus und wollte einen hochheben, als eine Stimme hinter mir fiepte: »Nicht anfassen!« In der Tür stand der Mann. Er hatte die gleiche Frisur wie die Frau. Er hatte ein hageres Gesicht, mit hohlen Wangen und roten Augen. Er zeigte mit einem tabaksbraunen Finger auf den Kasten. »Den darfst du nicht anfassen«, sagte er mit heiserer Stimme. Dann kam er in den Schuppen, beugte sich über den Kasten und tippte einen Stein mit einer Fingerspitze an. Der Stein färbte ab. Er hielt sich die Fingerspitze an die Zunge. »Schrecklich giftig«, fiepte er, humpelte aus der Tür und stapfte davon.

»Warum geht ihr zu Fuß«, fragte das Mädchen.

»Wir mussten unseren Hof verlassen. Wir sind auf dem Weg nach Hauger«, sagte ich.

»Da ist eine vom Wasser mitgerissen worden.«
»Was sagt sie?«, fragte Mutter und kam näher.
»Eine Frau. Der Fluss hat sie mitgerissen«, sagte das Mädchen und zog das Hundebaby an sich.
Ich nahm Rucksack und Koffer, packte Jonny am Arm und lief los. Der Schlamm spritzte nur so. Jonny jammerte. Ich dachte an Siv. Ich hörte, wie Mutter im Regen etwas rief, und lief steif auf die nächste Kurve zu. Es konnte nicht Siv sein. Die wurde mit allem fertig. Sie hatte einmal in einem schrottreifen Fiat bei einem Unfall nicht eine Schramme davongetragen. Ich bog um die Kurve und sah die ersten Häuser. Jonny riss sich los, ging in die Knie und rang um Atem. Ich steuerte die Häuser an und dachte an ihr Gesicht, ehe sie hinter mir die Tür geschlossen hatte. Ich ging zur Kapelle mit dem kleinen Friedhof. Vor dem Tor standen zwei Frauen Mitte dreißig und redeten miteinander, und ich hörte die eine sagen, »sie war der liebste Mensch der Welt«, dann lief ich um den Friedhof herum. Auf dem Platz vor dem Café standen ein Pritschenwagen und zwei PKWs. Auf dem Rasen neben dem Parkplatz waren zwanzig bis dreißig Menschen und ein kleiner oranger Wagen mit einem orangen Licht auf dem Dach. Ein Mann stieg aus mit einer Decke unterm Arm. Die Leute wichen zurück. Die Brücke stand noch, das Schild mit der Aufschrift »Vorsicht, spielende Kinder« am anderen Ufer jedoch war verschwunden. Wie auch Straße und Bäume auf beiden Straßenseiten. Die Jøra war über die Ufer getreten, hatte sich ein neues Bett gesucht und zehn Meter Straße mitgenommen. Das Wasser, das jetzt dort schäumte, war braun und grau und weiß. Oben im Wald und unten auf der Wiese am Waldrand lagen überall runde Flusssteine, die durch die Strömung aufgeworfen worden waren. Ich stellte Koffer und Tasche ab. Eine kleine Frau mit einem Fotoapparat kam über die Straße. Ich fragte, was passiert sei. Sie sagte, eine Frau sei mitgerissen worden, als der Fluss den Lauf geändert hatte.

Mutter kam angestapft.
»Wer ist es?«, fragte sie keuchend.
»Weiß ich nicht«, sagte ich.
»Nimm Jonny«, keuchte sie und lief weiter.
Ich nahm Jonny an der Hand.
»Es ist Ester Haug«, sagte eine Frauenstimme.
Ich drehte mich um und sah die Wirtin des Cafés.
Tråseth ging ins Café. Ich sah, dass Mutter am Rande der Menschenmenge stand und versuchte, sich durch die Zuschauerschar zu zwängen. Ein Mann drehte sich ärgerlich um und sagte etwas zu ihr. Auf der Straße hielt ein Auto. Ein Mann mit einem Arztkoffer in der Hand stieg aus. Er ging auf die Menschenmenge zu. Mutter hatte sich zwischen zwei Männer mit Regenschirmen gequetscht. Ich sah, wie sie um diesen Platz kämpfte, während sie zu dem einen Mann aufschaute und ihn anlächelte. Dann öffnete sich der Kreis. Der Arzt ging hinein. Für einen Moment sah ich eine graue Decke und einen Fuß mit einem weißen Turnschuh. Als Nächstes sah ich einen Mann, der auf Ester Haugs Brust saß und Wiederbelebungsversuche machte. Sie trug einen braunen Pullover. Ich konnte Siv auf dem Rasen nicht entdecken, deshalb ging ich bis zum Café, um nachzusehen, ob ihr Haus noch stand. Oben am Hang, auf der anderen Seite der Brücke, jagte das Wasser aus dem Wald, unterhalb der alten Sägemühle. Es wirbelte an Esters Haus vorbei, aber ihr Garten und das rote Haus standen noch. Ich stieg auf den Streusandkasten und schaute zu Sivs Haus hoch. Es war dunkel. Ich stieg wieder herunter, ging zu Jonny und dann mit ihm zum Café. Die Wirtin kam heraus, sie hatte sich eine Strickjacke um die Schultern gelegt.
»Hast du Siv gesehen?«, fragte ich.
»Sie ist gestern abgefahren.«
»Gestern? Ist sie umgezogen?«
»Nein, ein Mann hat sie geholt.«

»Kanntest du ihn?«, fragte ich.
»Das war irgend so ein Mann. Hab nicht genau hingeschaut. Aber der Polizist war es nicht«, sagte sie. Ich bereute, dass ich beim Zurücksetzen nicht ihren neuen japanischen Jeep gerammt hatte. Gab es denn etwas Gemeineres als ein Frauenzimmer, das sich an einem Ort wie Hauger festgebissen hatte?
»Gehst du mal aus dem Weg«, sagte sie und schob mich beiseite.
Jonny trat einen Schritt vor und landete auf ihrem Fuß. Sie schrie auf. Ich zog Jonny weg und bat um Entschuldigung. »Er ist stumm, weißt du«, sagte ich. Sie schnaubte etwas Unverständliches und lief weiter.
Ich sah Jonny an. Er zuckte mit den Schultern.
Ich ging ins Café, trat vor Lars Koldings Tisch und grinste. Er nahm meine Hand und sagte, das sei ja alles ganz entsetzlich. Ich sagte, ja, es sei ganz entsetzlich. Er schüttelte den Kopf und sagte, das mit Ester Haug sei ganz entsetzlich. Ich sagte, es sei entsetzlich. Ich sagte nicht, dass ich wusste, dass Ester Haug mit fast allen Mannsbildern von Hauger zusammen gewesen war. Sie hatte sie gevögelt, einen nach dem anderen. Sie war zwar nicht die Dorfnutte, aber sie griff einfach zu, wenn es sich gerade ergab. Die Frauen wussten das, aber sie grüßten Ester dennoch und redeten mit ihr, als ob nichts wäre. Ester war hässlich, aber trotzdem stach sie den Rest der Bande aus, warum, konnte ich nicht sagen. Wenn ich mich nicht ganz irrte, dann war der Klempner Lars Kolding mit ihr oben im Wald gewesen. Er war keiner, der rumprotzte. Aber als ich vor ihm stand und er sagte, das mit Ester sei ja so entsetzlich, dachte ich, dass er sicher einer von denen war, die besoffen mit ihr im Bett gelandet waren. Er war einer von denen, die das taten, was alle anderen machten. Er fragte, wie es auf Meløya ausgesehen habe, als wir gegangen waren. Und die Tiere? Er fuhr sich mit den Händen

durch die Haare und sagte noch einmal, das sei alles ganz entsetzlich. Die Cafétür öffnete sich. Seine Frau, Bente, kam herein.

»Ich habe mit Grete gesprochen«, sagte sie. »Ihr kommt mit mir. Ich hab ein Auto.«

»Wir können warten«, sagte ich.

Lars und Bente verließen das Café. Am Fenster saßen die beiden Frauen, die vorhin vor dem Friedhof gestanden hatten. Sie starrten mich an. Die Leute hier oben wussten über Siv und mich Bescheid.

Ich füllte zwei Tassen mit Kakao und stellte sie Jonny und dem mittlerweile ebenfalls angekommenen Tråseth hin. Sie hatten ihre Regensachen ausgezogen, waren triefnass. Sie sahen aus wie zwei zerrupfte Brüder.

»Wir müssen heute Nacht hier bleiben«, sagte ich.

»Und was ist mit morgen?«, fragte Tråseth.

»Dann nehmen wir ein Boot.«

»Und dann?«, quengelte Tråseth.

»Mir wird schon was einfallen«, sagte ich, holte einen Wecken, kaute darauf herum und ging zurück zum Tisch. Draußen liefen drei Männer auf den Wall zu. Ich trat ans Fenster. Die großen Birken bei der Kirche beugen sich unter dem Luftdruck der Hubschrauberrotoren. Vier Männer trugen Ester Haug auf einer Bahre. Ein Arm hing hinunter und pendelte hin und her. Die Menge zerstreute sich. Der Himmel war düster, die spitzen Tannenwipfel sahen rabenschwarz aus, der Regen über den Feldern auf der anderen Seite der Jøra trieb waagerecht davon.

Stefans Zimmer war mit dem Nachbarzimmer verbunden. An der Wand hingen Bilder, die er selbst aufgenommen hatte. Einige in anderen Erdteilen. Ich trat an sein Bücherregal. Es war voll gestopft mit Büchern. Mit richtigen Büchern und mit Splattervideos aus den siebziger Jahren. Mir kam das

Zimmer vor wie eine Studentenbude oder das eines Lehrers. Stefan war beides nicht. Er hatte sich tiefschwarze, schulterlange Haare zugelegt, hatte seine Gesichtsfarbe eingebüßt und sah blutarm aus. Ich zog ein Buch hervor, schaute es an und las den Titel laut vor. Dann schob ich es wieder ins Regal. Er saß in einem tiefen, mit schwarzem Cord überzogenen Sessel und trug eine Brille mit schwarzem Gestell. Ich ging zu einem Vorhang und zog ihn auf.

»Das ist die Dunkelkammer«, sagte er.

Ich ließ den Vorhang los. Er spielte an seinem Nietengürtel herum.

»Du arbeitest also beim ›Boten‹?«

»Hab mich um eine freie Stelle beworben und den Sport erwischt.«

»Nach der Fotoausstellung in Oslo.«

Er wandt sich. »Na ja, das lief nicht so gut.«

»Nein, aber du hattest doch eine eigene Ausstellung.«

»Ich bin ausgestiegen«, sagte er.

»Wegen der Kritiken?«

»Nein«, sagte er und wandte sich mit gequälter Miene ab.

Ich trat vor ein Bild.

»Eins kapier ich nicht. Du hattest ein Studio. Du hattest eine Ausstellung und konntest für Männermagazine um die Welt fahren. Du hast haufenweise Kohle gescheffelt. Aber plötzlich schmeißt du alles hin. Plötzlich haust du in Hauger bei Muttern und Vatern und jobbst für die Lokalzeitung.«

Er sagte nichts dazu. Stefan war ein Weichling, und wenn man ihn an einer schwachen Stelle traf, brach er zusammen. Er ging zum Aquarium und fütterte die Goldfische.

»Und wo steckt Lena zurzeit?«, fragte ich.

Er stellte die Futterdose weg.

»Tut mir Leid, was damals passiert ist«, sagte er.

»Sie hat sich für dich entschieden. So einfach ist das.«

»Das war ja wohl nicht alles«, sagte er.

»Sie hat dich gepflückt wie einen Apfel. Du brauchtest keinen Finger zu rühren.«
Er lachte. Er sah gut aus, wenn er lachte.
»Also, wo steckt Lena jetzt?«, fragte ich.
Er lachte nicht mehr.
»Ich weiß, dass du im Krankenhaus gelegen hast. Ich habe keine Ahnung, warum ich dich nicht besucht habe«, sagte ich.
»Mach dir doch deshalb keine Gedanken«, sagte er.
Jemand klopfte an die Tür. Ich stand auf, nahm ihn am Arm und führte ihn über den Flur in das große Wohnzimmer. Lars, Bente, Jonny und Mutter standen mit Papierhüten vor uns. Ich schob Stefan in ihre Richtung. Sie sangen ein Geburtstagsständchen. Hinter ihnen auf dem Wohnzimmertisch stand eine Sahnetorte mit brennenden Kerzen. »Blas die Kerzen aus«, sagte Mutter und klatschte in die Hände. Sie liebte Geburtstage, auch wenn sie nie zu einem eingeladen wurde.
Stefan schaute sich um. »Ist das für mich?«
Lars und Bente wechselten einen Blick.
»Ja, du wirst einunddreißig«, sagte Mutter.
»Heute?«, fragte Stefan.
Nachdem es Kaffee und Kuchen und Geschenke gegeben hatte, gingen Stefan und ich hinaus. Es wurde jetzt dunkel, das Licht legte sich wie eine kupferfarbene Glocke über Hügel und Tal. Wir setzten uns an den Rand des Rasens. Unter uns gab es einige Felssimse mit Blumenbeeten. Die Koldings liebten Blumen. Jeden Sommer pflanzten sie vor ihrem Haus Rosen, Petunien, Tulpen, Mimosen und Krokusse.
»Wo werdet ihr wohnen?«, fragte er.
»Wir nehmen, was wir kriegen. Turnhalle oder Pension.«
»Was ist mit Hugo? Der hat doch ein großes Haus.«
»Du spinnst ja wohl«, sagte ich.
»Er ist offenbar in irgendwelche Prozesse verwickelt.«
»Ja, er findet es toll, Leute zu verklagen.«

»Wen denn?«, fragte Stefan.
»Der Erste war ein Türsteher. Hugo wollte oben in Haugvollen zu einem Weihnachtsball. Am Eingang fing er dann Streit mit dem Türsteher an. Hugo wollte eine Ermäßigung, weil er doch Mitglied vom Bürgerverein Haugvollen war. Der Türsteher wollte ihm keine geben. Hugo nervte weiter wegen der Ermäßigung und hielt den ganzen Betrieb auf. Am Ende gab der Türsteher ihm eins auf die Nase, und Hugo kriegte Nasenbluten. Er verklagte den Typen und sackte dreitausend Kronen Schmerzensgeld ein.«
»Hatte er nicht auch was mit dem Arbeitsgericht zu tun?«
»Ja, er hat Lars-Andersson-Textilien verklagt«, sagte ich.
Ich erzählte die Geschichte von damals, als Hugo eine Stelle als Verkäufer in einem Bekleidungsgeschäft bekommen hatte. Nach einem Jahr wurde ihm gekündigt, weil er die Kundschaft unhöflich behandelte und dauernd Streit mit dem Chef anfing, mit Lars Andersson. Aber kaum war er gefeuert worden, da verklagte er Andersson auf Wiedereinstellung. Andersson versuchte es mit einem Vergleich, aber dazu war Hugo nicht bereit. Er zog vors Arbeitsgericht, kam mit seiner Klage durch – und tanzte am nächsten Tag wieder im Geschäft an. Innerhalb von einer Woche hatte Andersson so gut wie alle Kunden eingebüßt. Und die, die doch noch kamen, wollten nur Hugo sehen. Lars Andersson war ein netter und ein bisschen pingeliger Kerl, der sicher versuchte, so viele Menschen wie möglich zufrieden zu stellen. Er war vielleicht keine große Persönlichkeit, aber er war auf jeden Fall in Ordnung. Doch nur kurze Zeit, nachdem Hugo seine Stelle wieder angetreten hatte, fing Andersson an, so viel zu trinken, dass er sich nicht mehr um den Laden kümmern konnte. Einige Monate später machte Andersson-Textilien Konkurs, und bald saß Andersson als Wrack zu Hause herum.
»Bist du ihm noch mal begegnet, seit er ausgezogen ist?«, fragte Stefan.

»Zweimal. Das erste Mal bei Jernia. Ich wollte einen Rasenmäher kaufen. Er kam herein, sah sich den Rasenmäher an, der vor der Kasse stand, dann warf er mir einen Blick zu, als sei ich ein Mörder, und trampelte aus dem Laden«, sagte ich. Vom anderen Mal erzählte ich nicht. Ich saß an einem Tisch am Fenster des Din Kafé und aß Eier mit Speck. Plötzlich stand er draußen vor dem Fenster und kehrte mir den Rücken zu. Er trug seine schwarze Kunstledertasche, die er schon mit neunzehn Jahren bekommen hatte. Ich konnte mich erinnern, als er seinen ersten Job anfing und er am ersten Tag in aller Herrgottsfrühe aufstand. Als ich in die Küche kam, steckte er gerade Brote und eine schottisch karierte Thermoskanne und einen Apfel in die Tasche. Er sah aus, als ginge er seit dreißig Jahren zur Arbeit und sei darüber schon zum alten Mann geworden. Er war neunzehn. Er murmelte »Bis nachher« und sagte nichts, als Mutter ihm alles Gute wünschte, dann ging er über die Brücke. Ich saß am Fenster und schaute auf das andere Flussufer, wo die Bushaltestelle war. Dort stand er allein, mit der Tasche in der Hand, ganz gerade, wie in einer Warteschlange. Und in dem Moment, dort am Fenster des Cafés, hatte ich seinetwegen ein bisschen ein wehes Gefühl. Wirklich, da passt nur dieses eine Wort. Ich hatte dieses wehe Gefühl, weil er der war, der er war, und weil er nie etwas anderes werden könnte. Er stand vor dem Caféfenster und kehrte mir den Rücken zu, mit seiner Tasche und der alten, zerkratzten Lederjacke, für die die jungen Rocker in der Stadt sicher Hunderte von Kronen gegeben hätten, und er stand dort genauso wie an der Bushaltestelle: ganz gerade. Er starrte auf die andere Straßenseite, ins pure Nichts, so kam es mir vor. Nach kurzer Zeit drehte er den Kopf ein wenig, sodass ich sein Profil sehen konnte. Ich wollte nicht von ihm entdeckt werden, und deshalb saß ich ganz still da, als ob mich das unsichtbar machen könnte. Aber dann sah ich, dass seine Lippen sich bewegten. Nicht sehr, nur ganz wenig, aber die ganze Zeit, während ich sein Profil betrachtete, bewegten sie sich. Das machte mich einfach fertig. Da stand mein skeptischer und überaus vernünftiger Bruder auf der Straße und redete mit sich selber. Er zog ein Taschentuch hervor, schüttelte es, putzte sich die Nase, faltete das Taschentuch zusammen und stopfte es in seine Hosentasche. Und dann lächelte er kurz vor sich hin, dann aber sah er gequält aus, und ich schob meinen Stuhl nach hinten und ging aufs Klo. Ich blieb vor dem Kondomautomaten stehen und sagte: »Nein, verdammte Scheiße. Verdammte Scheiße, so nicht.« Ich knallte mit der Faust gegen den Automaten, und in diesem Moment ging die Tür auf und der Kulturdezernent kam herein. Er sah mich und ging rückwärts wieder raus. Später stellte ich mich ganz hinten im Café an die Wand. Hugo stand immer noch auf der Straße, mit dem Rücken zum Caféfenster. Einige Sekunden verstrichen, er kratzte sich an der Wange und schlenderte dann weiter, als habe er bemerkt, dass ich vom Klo gekommen war und darauf wartete, dass er ging, und als wolle er mich auf diese Weise, indem er einen Moment gezögert hatte, an die Dinge erinnern, an die ich nicht denken wollte.

»Und das andere Mal?«

»Das war, als Robert Prügel kassierte«, sagte eine Mädchenstimme.

Stefan sprang auf. Sie hatte sich hinter den Bäumen versteckt.

»Was redest du denn da«, sagte ich.

Nina kam auf uns zu. »Hugo hat Robert platt gemacht«, sagte sie.

»Quatsch. Das war umgekehrt«, sagte ich.

Nina lächelte Stefan vielsagend an.

»Obwohl Hugo kleiner ist.«

Stefan musterte mich verlegen.

»Ich glaube, ich mach einen Spaziergang«, sagte er und schlenderte zum Hang mit den Blumen. Ich konnte ihn mir an einem warmen Frühlingsabend vorstellen, wie er zusammen mit Lars und Bente unten auf den Felsen saß. Ich konnte mir vorstellen, wie sie mit ihren Spaten den Boden umgruben, wie sie mit behandschuhten Händen jäteten, wie sie Samen in die Erde streuten. Ich stellte mir das Rascheln der Schürze und der Büsche vor, wenn Bente, die damals drei- oder vierundzwanzig war, sich erhob und in Turnschuhen zu den Erdbeerpflanzen ging, während Lars den Spaten hinlegte und zusah, wie sie einige Blätter zur Seite schob und mit leichten Fingern unreife Beeren befühlte. Und den kleinen Stefan, der zu den Sternen hochblickte. Was soll man sich wünschen? Wie soll man wissen, was das Beste ist?

Ich ging auf das Haus zu, in allen Fenstern brannte Licht, sie waren auf ihren Zimmern, waren müde nach diesem Tag.

Jonny und ich teilten einen Raum im Keller. Jonny schlief in Stefans altem Bett. Ich ging zu ihm und deckte ihn richtig zu. Er schnarchte, verstummte und atmete dann wieder. Im Schlaf hörte er oft auf zu atmen. Ich streichelte seine Haare und legte mich hin.

Einige Zeit darauf kam Nina ins Haus und ging nach oben ins Badezimmer.

Dann quietschte oben im Flur eine Tür. Sie verließ das Zimmer und kam die Treppe herunter. Ich drehte mich auf die Seite, mit dem Gesicht zur Wand. Sie schlich zu unserer Tür und öffnete sie.

»Robert?«, flüsterte sie.

Ich atmete gleichmäßig.

»Ich weiß, dass du nicht schläfst«, sagte sie.

Ich atmete tief.

»Damit legst du mich nicht rein«, flüsterte sie und schlich sich an mein Bett. Ich öffnete die Augen. Sie stand vor mir und lächelte. Ihre langen blonden Haare hingen ihr ins Gesicht.

»Ich bin's nur«, flüsterte sie.

Sie beugte sich über mich.
»Jetzt mach schon Platz«, sagte sie mit einem neckenden Blick. Schwestern haben ihre großen Brüder nicht so anzusehen. Andere Jungen oder Männer dürfen sie so ansehen, aber nicht ihre Brüder.
»Das Bett ist zu eng«, flüsterte ich.
»Sei nicht so gemein«, flüsterte sie.
»Das ist für uns beide nicht gut«, sagte ich.
»Wer weiß schon, was für uns gut ist«, fragte sie und beugte sich wieder über mich. Ihre Haare fielen mir ins Gesicht, sie strichen über meine Lippen, meine Nase und mein Kinn. Das kitzelte, aber ich bewegte mich nicht. Ich hätte sie wegschieben und aus dem Zimmer jagen müssen. Aber ich blieb still liegen, den Kopf hoch in meinem Kissen, und da sie nicht mehr sagte, sagte auch ich nicht mehr, ich spürte nur meinen raschen Atem, den ich zu unterdrücken versuchte, damit sie das nicht hören konnte, so, wie ich ihren schnellen Atem hörte, den sie nicht zu unterdrücken versuchte; im Gegenteil, sie atmete so, wie sie eben atmete, und sie wartete darauf, dass ich es ihr nachtat und sie an mich zog. Ich schaute ihr weiches Gesicht an, ihre hohen Wangenknochen, ihre breiten Lippen mit der Hasenscharte.
Sie setzte sich auf und legte mir eine Hand auf die Brust.
»Ich will das lernen«, sagte sie.
»Was denn lernen?«
»Wann bringst du es mir bei?«
Ich schob sie weg.
»Geh wieder hoch«, flüsterte ich.
»Nein, zeig es mir«, sagte sie.
»Bitte, Nina«, sagte ich.
»Ich bin hier«, sagte sie und beugte sich über mich, legte ihr Gesicht an meins, schloss die Augen und spitzte die Lippen. Nicht zu einem Kuss, wie eine Schwester ihn ihrem Bruder gibt, sondern zu einem Kuss, den eine Sechzehnjährige einem

Mann gibt, in den sie verliebt ist. Ich presste mich an die Wand. Sie schlug die Decke beiseite und legte ihre kleine Hand auf meinen Schritt. Und streichelte mich. Das bin nicht ich, und das ist nicht Nina, dachte ich. Sie nahm meine Hand und legte sie auf ihren Bauch. Sie zog ihre flaumige Bauchhaut ein, als ich sie berührte. Aus dem Kinderbett kam ein Grunzen. Ich hob die Hand, aber sie nahm sie erneut und presste sie wieder auf ihren Bauch. Im Kinderbett setzte Jonny sich jetzt auf. Nina schob meine Hand unter ihr Hosengummi. Ich versuchte, sie wieder herauszuziehen, aber sie hielt sie fest. »Er ist wach«, fauchte ich. Ich lag halb über ihr und sah in ihren Mundwinkeln und ihren Augen etwas, das ich noch nie gesehen hatte. Nina zwang mit ihrer kleinen Hand meine in ihre Unterhose. Ich hatte das Gefühl, die Tür zu einem Zimmer geöffnet zu haben, in dem es etwas gab, das wir auf keinen Fall sehen durften, das wir aber trotzdem sehen wollten. Da war es, dicht vor mir. Ihr Hals, ihre Augen, ihr Mund. Sie legte mir einen Arm um die Schultern und küsste meinen Hals. Für einen Moment stellte ich mir vor, dass ich gleich nachgeben und ihr ihren Willen lassen würde. Es würde nur einige Minuten dauern, aber dann, danach. Dann. Ich riss mich los, holte aus, traf sie mit dem Ellbogen. Und wie. Sie kippte zurück, fiel auf den Boden, krümmte sich zusammen. Ich sprang aus dem Bett und setzte mich auf sie. Sie starrte mich an. Für eine Sekunde sah sie aus, als habe sie etwas bekommen, auf das sie lange gewartet hatte. Sie schob mich weg, rannte zur Tür, riss sie auf und war verschwunden. Jonny stand in seinem Bett.

»Nein, jetzt reg dich nicht auf«, sagte ich.

Er schlich wie ein Hermelin durch die Tür.

Ich blieb am Fenster im gelben Licht der Hoflaterne stehen und betrachtete einige Kupferrohre, die aus der Holztäfelung über der Tür ragten. Aus einem davon sickerte ein wenig Wasser. Über mir hörte ich laute Schritte und Stimmen. Nina sprach mit Mutter, Mutter sprach mit Bente Kolding, Bente Kolding sprach mit Lars Kolding, und Stefan lag sicherlich in seinem Zimmer am Ende des Flurs und hörte das Stimmengewirr, und wenn ich mich nicht irrte, dann glaubte er, der Lärm gelte ihm. Ich öffnete das Fenster. Draußen war eine Frühlingsnacht. Klarer blauschwarzer Himmel, der langsam türkis wurde. Ich dachte an die Sommernächte, an die vielen Sommernächte, in denen ich mich aus Melhus weggeschlichen hatte, immer allein, nie mit einer Frau, die es romantisch fand, mit einem älteren und ebenso romantischen Mann neben sich durch diese milde nächtliche Dunkelheit zu wandeln. Ich nahm sie nie mit nach Meløya, nicht ein einziges Mal.

Wir wurden von Rolf Vasshaugs ältestem Sohn geholt, mit einem Boot über die Kvenna gebracht und unterhalb der Anhängerfabrik an Land gelassen. Wir gingen auf den Fabrikvorplatz und warteten auf den weiteren Transport. Mutter, Jonny, Nina und Tråseth standen mit den Leuten von Hauger zusammen. Mutter schielte verdrossen zu mir herüber. Nina hatte ein blaues Auge. Ihre Lippe war geschwollen und eingerissen. Ich wollte sie um Entschuldigung bitten, aber Mutter kreischte los, wenn ich mich ihr nur näherte. Zwei Tage zuvor hatte sie ihre Tochter aus dem Haus gestoßen und nachts in die Stadt geschickt, aber jetzt war sie außer sich vor Entsetzen darüber, wie krank und brutal ich doch sei. Genauso hatte sie sich ausgedrückt. Krank und brutal. Was Nina in meinem Zimmer gewollt hatte, mochte sie nicht hören. Es lag etwas in ihrer Haltung, ihrem gereckten Kinn, ihrem linealgeraden Rücken, den straff gefalteten Händen unter ihrem Busen. Als wolle sie sagen: Ich hab's ja gewusst. Ich habe es schon lange erwartet, und jetzt … ja. Das musste ja passieren.
Ich dachte, ich hätte mit achtzehn Jahren gehen sollen, in der Nacht nach dem Tag, als die Entscheidung zwischen Hugo

und mir fiel. Mutter war nie darüber weggekommen, dass Hugo gegangen war. Warum hatte der älteste Sohn, den sie so gern hatte, sie verlassen? Warum nicht der jüngere, der Krachschläger und Trunkenbold? Ich sah den Bus des Sportvereins, der auf den Vorplatz fuhr, und fragte mich, was sie diesmal wohl sagen würde. Wenn so etwas passierte, hatte sie immer einen Spruch auf Lager. Der Bus hielt vor uns, die Tür öffnete sich. Der Busfahrer, Adamsen, schaute Tråseth an, der mit seinem Pappkoffer ganz vorn in der Schlange stand.
»Hast du die Koffer gepackt, Gunnar?«
»Ich hab mein Haus verloren«, sagte Tråseth.
Einige von den Haugerleuten lachten.
Ich setzte mich auf den letzten freien Platz, ganz vorn.
Adamsen ließ den Motor an und fuhr los.
»Hast du den »Boten« gelesen?«, fragte er mich.
»Nein«, sagte ich.
»Auf der Vorderseite ist ein Bild von Terje Trøgstads Hündin. Und kannst du dir die Schlagzeile vorstellen? ›Schlimmer Fall von Tierquälerei‹. Und darunter: ›Englischer Setter mit Klaviersaite erwürgt‹.«
»Warum erzählst du mir das?«, fragte ich.
»Warum ich dir das erzähle?«, fragte er, drehte sich zu mir um und lachte. »Weil zu allem Überfluss Terje nach einem Tänzchen mit dir in der Kneipe jetzt mit Maulsperre dasitzt«, sagte er, lachte hohl, schaltete und summte »New York, New York«.
»Was willst du jetzt machen?«, fragte er.
»Mir wird schon was einfallen«, sagte ich.
Er summte weiter Sinatra.
»Willst du mehr hören?«, fragte er.
»Nein, will ich nicht, und darauf kannst du wetten«, sagte ich.
Er summte weiter. Dann fing er wieder an.
»Ich hab gehört, dass die Instrumente und die Anlage aus Terjes Bandbus gestern Abend in einer Scheune irgendwo im

Norden des Tales gefunden worden sind. Und weißt du, wem die Scheune gehört?«

»Dem König von Jordanien«, sagte ich.

»Terjes Schwager. Der behauptet, dass er die Scheune nie benutzt und dass er keine Ahnung hat, wer das alte Hängeschloss durch ein neues ersetzt hat und wie der Kram da gelandet ist.«

»Du lügst«, sagte ich.

»Und jetzt sind die Spekulationen natürlich im Gang. Terje sitzt mit Maulsperre da, ist dem Gjørstad'schen Temperament zum Opfer gefallen und will kein Sterbenswörtchen sagen. Die Polizei weiß nicht, was sie machen soll«, sagte er, grinste und pfiff dann weiter »New York, New York«.

Ich merkte, dass Mutter den Platz gewechselt hatte und jetzt hinter mir saß. Sie hatte unser Gespräch gehört.

»Wie konntest du nur?«, fragte sie leise.

»Wenn du mir was zu sagen hast, dann bitte«, sagte ich ebenso leise zurück.

»Ich habe gestern Abend spät Hugo angerufen«, sagte sie.

»Wir gehen nicht in die Nordre gate«, sagte ich.

Adamsen pfiff jetzt »My Way«.

»Ich habe gesagt, dass wir eine Unterkunft brauchen, und gefragt, ob wir zu ihm kommen können. Nicht nur Nina, Jonny, Gunnar und ich. Ich habe gesagt, dass du mitkommst und dass du eure Meinungsverschiedenheiten bereinigen möchtest.«

»Meinungsverschiedenheiten? Was ist das denn für ein Wort?«, fragte ich.

»What is a man …«, trällerte Adamsen.

»Ich komme nicht mit. Das weißt du«, sagte ich und schlug gegen die Fensterscheibe.

Sie beugte sich vor. »Du wirst dabei sein, wenn wir vor ihrer Tür stehen. Du wirst Betty und Hugo höflich begrüßen und dich benehmen. Keinen Streit anfangen, keine spöttischen

Bemerkungen machen, niemanden beschimpfen. Es gibt gewisse Dinge, die nicht angesprochen werden dürfen. Gewisse Dinge, die schweigend übergangen und ungenannt bleiben müssen. Wir müssen uns durch das hier durchkämpfen. Du machst da mit. Hast du verstanden?«, fragte sie und ließ einen feinen Speichelregen in mein Ohr wehen.

Er hatte die Auffahrt asphaltiert. In der Garage hingen Fahrräder von der Decke, an den Wänden standen Reifen und Skier, in einer Ecke stand eine Werkbank mit elektrischen Geräten und Schraubenziehern und Lötkolben und Hämmern und Leitungen und kleinen Aluminiumkästen und Voltmessern und vielen anderen nützlichen Dingen, die man im Laufe von sieben Jahren so ansammeln kann. Ich fragte mich, ob er gebrauchte Nägel noch immer in Konservendosen aufbewahrte. Oder ob er über die Preise der Gebrauchtwagen in der Gegend Buch führte, um jederzeit wissen zu können, wo man den billigsten bekam. Wir warteten darauf, dass Mutter das schmiedeeiserne Tor öffnete und hineinging. Sie rüttelte daran. Plötzlich erklang ein leises Summen. Mutter starrte das Tor an, dann schaute sie sich um und schien den Menschen zu suchen, der summte. Dann legte sie eine vorsichtige Hand an das Tor. Wieder ertönte das Summen, und sie ließ ihre Hand sinken. Sie drehte sich zu uns um und sagte ehrerbietig: »Sie haben einen Türöffner. Du meine Güte.« Endlich konnte sie sich entschließen, durch das Tor und zum Haus zu gehen. Betty umarmte Mutter, und Mutter sagte etwas und schniefte, und Betty schniefte und sagte etwas, und beide wischten sich die Tränen ab und lächelten, und dann nahm Betty Jonny in den Arm und versuchte, Nina zu umarmen, aber Nina wich aus.
»Sie ist die Treppe runtergefallen, als wir das Haus verlassen mussten«, sagte Mutter.
Betty schüttelte den Kopf. »Hattet ihr es so eilig?«

»Ja, das kam einfach überraschend«, sagte Mutter leise.
Betty sah mich an. Manchmal begegneten wir uns in der Stadt. Dann redeten wir miteinander, aber nur selten über Hugo. Sie hatte lange blondierte Haare und war braun und schlank. Sie war etwas über dreißig und hübsch, doch sobald sie den Mund öffnete, passierte etwas. Sie hatte eine heisere Stimme, bei der ich an alberne Revuen aus den sechziger Jahren denken musste. Ihr Lachen war noch heiserer.
»Warum kommt Hugo nicht?«, fragte Mutter und schaute in den Flur.
»Der musste schlachten gehen, er ist in zwei Stunden wieder da«, sagte Betty.
Im Flur hing ein Poster mit der Aufschrift RÄTSELHAFTES VENEDIG. Das Bild zeigte eine Prozession, und die Marienstatue, die vorneweg getragen wurde, ließ annehmen, dass hier ein Marientag gefeiert wurde. Wir blieben stehen und sahen das Bild an. Ich begriff nicht, was es an dieser Wand zu suchen hatte. Meines Wissens hatten weder Betty noch Hugo je Italien besucht, und fromm waren sie auch nicht. Wir gingen weiter ins Haus. Ich war noch nie dort gewesen, aber es entsprach meinen Erwartungen. Das Haus war dunkel und kahl. Es erinnerte mich an eine Kaserne und war von der widerlichen Stille einer Friedhofskapelle erfüllt. Sogar der Geruch erinnerte mich an den Leichenkeller der Kirche von Melhus, in den ich während des Konfirmationsunterrichtes einmal eingebrochen war. Es war ein trockener Geruch aus Mauer und Stein und Staub. Dann entdeckte ich das graue Telefon aus den sechziger Jahren, das vor der Wohnzimmertür auf einem Tischchen mit Häkeldeckchen stand, und mir fiel ein, dass Gjørstad auch einmal so gerochen und ausgesehen hatte wie dieses Haus. Aber nach seinem Auszug war das vergangen. Als wären Türen und Fenster aufgerissen worden, die Betten frisch bezogen und ausgelüftet, die Böden geschrubbt. Ich trat ans Wohnzimmerfenster. Der Garten war

klein und gepflegt und ging über in einen steilen Hang mit Laubbäumen, der oben am Platz vor der Såner-Grundschule endete. Dort standen einige Kinder an einem Zaun. Sie lehnten sich dagegen, verzehrten ihre Pausenbrote und tranken Milch. Ein Junge mit langen Haaren knüllte Butterbrotpapier und Milchkarton zusammen und warf beides in Hugos und Bettys Garten. Betty erzählte, dass sie das immer machten. Jeden Nachmittag nach Schulschluss ging Hugo in den Garten, sammelte Papier und Milchkartons auf und steckte sie in den Verbrennungsofen hinter der Garage. Ich fragte Betty, ob sie sich jemals in der Schule beschwert hätten. Denn mehr sei doch gar nicht nötig. Aber sie wollten nicht als Klatschtanten dastehen, sagte sie.

Ich nahm den Koffer und ging mit Betty in den ersten Stock. Tråseth trottete hinter uns her. Er war der Einzige, der das Zimmer mit mir teilen wollte. Betty öffnete die Tür zum Gästezimmer. An der Wand hing eine Urkunde, die Hugo bei einem Schützenfest überreicht worden war. Auf der Fensterbank standen einige kleine Pokale. An zwei Wänden standen Ausziehsofas. Zwischen den Sofas befand sich eine Stehlampe mit hellgelbem Kreppschirm.

Ich setzte mich auf das eine Sofa.

Tråseth setzte sich auf das andere und testete die Federung. Betty blieb in der Tür stehen.

»Ist das richtig, dass du hier schläfst?«, fragte sie.

»Warum sollte es das nicht sein?«, fragte ich.

»Du weißt, wie ich das sehe.«

Betty fand, dass Hugo und ich einen Bogen umeinander machen sollten. Sie meinte, dass unsere Temperamente sich nicht vertrügen und dass wir das als praktisches Problem betrachten und vergessen sollten, dass wir Geschwister waren. So geht man am besten damit um, sagte sie. Ich versuchte, ihr zuzustimmen.

»Wir können uns aussprechen, wenn die Lage sich beruhigt

hat«, sagte sie und schloss die Tür. Ich hatte nicht gewusst, dass wir uns aussprechen mussten.
Tråseth wippte noch immer auf den Federn.
»Findest du auch, dass ich ein Schwein bin?«, fragte ich.
Er wippte nicht mehr. »Du? Ach, Quatsch«, sagte er und wippte weiter. Ich fragte mich, wie oft er in den vergangenen Jahren wohl Melhus verlassen hatte. Er hatte vielleicht einige Ausflüge unternommen, aber doch nicht mehr, als man an einer Hand abzählen konnte. Er zog seine Jacke aus, stand auf, öffnete den Schrank, nahm einen Kleiderbügel hervor, hängte das Sakko darauf und tat es in den Schrank. Dann öffnete er seinen obersten Hemdenknopf, ging wieder zum Bett, setzte sich und zog die Socken aus. Er legte sie neben sich und musterte dann seine großen, bleichen Füße. Er hatte Blasen an den Hacken. Er hob die Hacken und drehte und wendete sie. Dann beugte er sich vor und schlug die Hände vors Gesicht. Ein Ruck fuhr durch seinen langen Körper. Zuerst glaubte ich, er sei bloß erschöpft. Aber dann hörte ich es. Er weinte. Ich stand auf, hätte fast seine Schulter berührt, ließ meine Hand dann sinken. Mit den Händen vor dem Gesicht kauerte er da, ohne sich zu bewegen oder einen Laut auszustoßen. Er war einfach fertig und hatte Angst. Jonny, Mutter, Nina und ich hatten einander. Aber Tråseth, der zum ersten Mal seit vielen Jahren sein Haus verlassen musste, hatte nur sich selber. Ich setzte mich.
»Es war nicht meine Schuld«, hörte ich undeutlich.
»Warum sagst du das immer?«, fragte ich.
Er nahm die Hände vom Gesicht. Plötzlich ging mir auf, dass das kein leeres Gerede war. Tråseth hatte etwas getan, was ihn entsetzlich quälte. Was das sein konnte, wusste ich nicht. Er ging ins Badezimmer und drehte den Wasserhahn auf. Das Wasser lief eine Weile. Ich ging hinüber und schaute ins Bad. Er beugte sich gerade über das Waschbecken und rieb sich das Gesicht mit einem Handtuch ab. Es sah bescheuert aus.

Als versuche er, sich die Haut vom Gesicht zu schrubben oder das Gesicht vom Gesicht. Ich ging ans Bett, öffnete den Koffer und nahm trockene Kleider heraus. Tråseth brauchte jemanden, an den er sich anlehnen konnte, eine Art Blindenhund, der ihn führte. Ich wollte das aber nicht sein. Er kam zurück, mit rotem Gesicht.
»Wie geht's?«, fragte ich.
Er setzte sich aufs Bett. »Hab mich selten so wohl gefühlt«, murmelte er, öffnete seinen durchweichten Koffer und zog drei Paar Socken heraus. Alle drei waren nass. Er zog sich ein Paar an und stellte seine Füße auf den Boden. »Nein, nein. Mir fehlt kaum etwas«, sagte er.

Ich lag auf dem Sofa, hörte, dass der Lastwagen im Rückwärtsgang vor die Garage fuhr und dann im Leerlauf lief. Ich hörte die Handbremse, die hochgezogen wurde, hörte, wie der Motor verstummte. Da saß er. Hugo. Mein großer Bruder. Der schweigsame Mann mit den breiten Wangenknochen, den grauen Augen und dem viereckigen Körper. Ich fuhr zusammen, als er die Wagentür zuknallte. Tråseth erwachte auf seinem Sofa. Ich zog den Vorhang beiseite und schaute hinaus. Hugo stand halb in der Garage. Er hatte Gewehrschmiere an der Hand, wischte sie mit Putzwolle ab, bückte sich und hob ein Gewehr auf, das gegen den Arbeitstisch gelehnt war. Es war die alte Krag Jørgensen. Er hatte dieses Gewehr überall mit hingenommen und tat das noch immer. Ich ging ins Badezimmer, pisste, ging wieder hinaus, öffnete die Tür zum Flur und ging zur Treppe. Er kam unten mit schweren Stiefelschritten durch den Flur. Er hatte auch auf Gjørstad nie seine Schuhe ausgezogen, nicht einmal dann, wenn er aus dem Stall gekommen war. Er hinterließ immer einen unvorstellbaren Dreck, den Mutter wegwischen musste. Ich setzte mich auf die oberste Treppenstufe und schaute nach unten. Er stand vor dem Garderobenständer und hängte seine braune Lederjacke auf. Unter der Jacke trug er einen hellbraunen Pullover mit V-Ausschnitt und Blutflecken. Er hätte eigentlich einen Schlachterkittel tragen müssen, aber das wollte er nicht. Hugo ging zum Spiegel, legte den Kopf ein wenig in den Nacken und musterte seine Nasenlöcher. Er zupfte erst ein und dann noch ein Haar heraus. »Hm«, sagte er, legte den Kopf noch weiter in den Nacken und starrte in seine Nase. Er beugte sich zum Spiegel vor, hob die Oberlippe mit dem Daumen hoch und musterte seine obere Zahnreihe. Die Zähne hatten dunkle Flecken, die die selbst gedrehten Zigaretten hinterlassen hatten. Er bohrte mit einem Fingernagel in seinem Mund herum, ließ die Oberlippe sinken, richtete sich auf und saugte an seinen Zähnen. Er ließ einen fahren, packte das Gewehr am Lauf und trampelte in den Keller hinunter. Mir war das alles vertraut. Seine Art, ins Haus zu kommen, vor den Spiegel zu treten. Ich ging zurück ins Zimmer. Tråseth saß auf dem Klo. Nach dem Geruch zu urteilen, war er ein geschlagener Mann. Ich versuchte, etwas zu finden, das ich Hugo sagen könnte. Ich wollte keinen Ärger machen. Wenn ich schon in der Nordre gate festsaß, musste ich mich dazu zwingen, keine Abrechnung herbeizuführen. Durfte nicht mit Dreck werfen. Durfte keine Andeutungen oder Bemerkungen fallen lassen, die daran erinnerten, wer er war und was er getan und was er nicht getan hatte. Nein, ich musste ihm die Hand geben, ihm in die Augen schauen und sagen: »Lass uns alles vergessen und einen neuen Anfang machen. Wir sind doch trotz allem Brüder.« Es klang wie eine Wahlrede, und dass ich mich so verhalten würde, war ebenso wahrscheinlich, wie dass ein Wahlversprechen eingehalten wird.

Tråseth kam aus dem Bad.

»Geht's dir nicht gut?«, fragte ich.

»Hab mir wohl irgendwas eingefangen«, sagte er heiser.

»Leg dich ein bisschen hin.«

Er ließ sich aufs Sofa fallen.
»Ich schick dir Betty mit einem Thermometer und etwas Heißem zu trinken«, sagte ich.
Er streckte sich aus und schloss die Augen.
Ich wischte mir die Hände an der Hose ab. Ich konnte hören, wie Mutter und Nina sich im Wohnzimmer miteinander unterhielten. Ich ging nach unten. Hugo war nicht im Wohnzimmer. Mutter nickte in Richtung Garten. Hugo stand dort hinten am Waldrand mit einem schmalen, spitzen Spaten. Er trampelte den Boden fest, legte sich den Spaten über die Schulter, kam auf das Haus zu, lehnte den Spaten gegen die Mauer und zog den Vorhang zwischen Wohnzimmer und Veranda zur Seite. Er trug noch immer den Pullover mit dem V-Ausschnitt. »Im vorigen Jahr hatten wir Ärger mit den Lemmingen, in diesem sind es die Füchse«, sagte er und entdeckte mich. Er war dünner geworden, was seine Schultern breiter wirken ließ, fast athletisch. Er ließ den Vorhang los, kam auf mich zu, trat vor mich und sah mich hämisch an.
»Du bist jetzt in meinem Haus«, sagte er.
Ich zuckte mit den Schultern.
»In meinem Haus wird nicht geschlagen. Ist das klar?«, fragte er mit leiser Stimme und ging zur Wohnzimmertür. Dort drehte er sich zu den anderen um. »In ein paar Minuten gibt's Essen.«
Dann trampelte er die Treppe hoch.
»Jetzt bleiben wir alle schön ruhig«, sagte Mutter, wie eine Irrenhausleiterin, die mit ihren Patienten spricht. Hugo kam wieder herunter, er trug dicke graue Wollsocken. Er setzte sich ans Tischende, was sicher sein fester Platz war. Mutter lächelte ihn an.
Hugo legte sich eine Serviette auf den Schoß.
»Was gibt's denn heute?«, fragte er.
»Fischauflauf«, sagte Betty.
»Ach, Fischauflauf«, sagte er und beugte sich zu Jonny hin-

über. Seine Mundwinkel kräuselten sich zu etwas Ähnlichem wie einem Lächeln. »Na, wie geht's? Du findest die ganze Geschichte sicher spannend, stell ich mir vor?«
Jonny stieß ein Affengeräusch aus. Er mochte Hugo.
»Das schaffst du schon. Du bist ja schon ein richtiger Mann, wie ich sehe«, sagte Hugo und klopfte Jonny auf die Schulter. Jonny fühlte sich geschmeichelt und schaute die Tischplatte an. Vom Tag seiner Geburt an war er Hugos Liebling gewesen. Jonny war der Einzige, für den Hugo warme Worte fand und dem er auf die Schulter klopfte. Er drehte den Kopf und nahm sich jetzt Nina vor. »Und wie geht's dir, Nina?«, fragte er.
Sie starrte auf den Tisch.
»Geht schon besser«, sagte sie.
»Brauchst du irgendwas?«, fragte er.
Sie schaute auf. »Gar nichts«, sagte sie und schlug die Augen wieder nieder.
Er lächelte ihr zu. »Iss jetzt, danach kannst du dich ausruhen«, sagte er.
Ich schaute zu Nina. Sie starrte zurück. Sie schien sich zu fürchten.
»Schlimm, so eine Fuchsplage«, sagte ich zu Betty.
Jonny stieß ein Affengeräusch aus und hielt sich den Mund zu.
»Was hat er gesagt?«, fragte Hugo Betty.
»Du siehst gut aus, Hugo«, sagte Mutter rasch.
»Hat er mich nachgeäfft?«, fragte er.
»Ich soll nachgeäfft haben? Wen denn?«, fragte ich.
Hugo starrte mich wütend an. Er nahm seine Gabel und stocherte damit im Auflauf herum.
Ich streckte die Hand nach den Kartoffeln aus. Mutter sagte etwas zu Nina. Betty fragte Hugo, was oben auf dem Berg passiert sei, Hugo antwortete, seine letzte Fahrt sei ausgefallen, weil sich ein Kalb am Zaun aufgespießt hätte, deshalb habe er

kehrtmachen können, und das habe er auch getan. Ich packte meinen Teller voll mit Auflauf, goss Petersilienbutter darüber, nahm mir gekochte Möhren und Erbsen dazu und aß. Es war eine typische norwegische Alltagskost, aber ich konnte mich nicht erinnern, wann ich zuletzt so eine wohlschmeckende norwegische Alltagskost gegessen hatte. Ich sah Betty an und fand sie hübscher und zierlicher. Eine Frau, die so gut kochen konnte, konnte einfach nicht hässlich sein.

»Das schmeckt vorzüglich«, sagte ich zu Betty.

»Also. Das ist ein einfacher Fischauflauf«, sagte Hugo.

»Ja, eben deshalb«, sagte ich.

»Eben deshalb was?«, fragte Hugo.

»Eben deshalb. Weil es Fischauflauf ist«, sagte ich.

Er schaute auf seinen Teller und aß weiter. Die restliche Mahlzeit verlief in tiefem Schweigen. Hugo rülpste laut und griff nach den Zahnstochern. Er stützte den Ellbogen auf die Tischplatte und stocherte sich zwischen den Zähnen herum. Er betrachtete dabei Nina. Nach einer Weile legte er den Zahnstocher weg und nahm sich einen neuen.

»Was ist mit der Versicherung?«, fragte er Mutter.

Mutter stellte ihr Saftglas ab.

»Was ist damit?«, fragte sie.

»Seid ihr versichert oder seid ihr es nicht?«

»Ich glaube doch?«, fragte sie und sah mich an.

»Habt ihr die Police dabei?«, fragte Hugo.

»Willst du sie jetzt sehen?«, fragte sie.

»Wär vielleicht nicht so blöd«, sagte Hugo.

Mutter trank aus, hielt sich an ihrem Glas fest.

»Liegt die nicht noch zu Hause?«, fragte sie murmelnd.

Hugo legte seinen Zahnstocher in den Aschenbecher.

»Ihr habt die Police vergessen«, stellte er fest.

»Es gibt keine Police«, sagte ich.

Mutter stöhnte auf. Hugo nahm sich einen neuen Zahnstocher und pulte damit in seinem Mund herum.

»Willst du damit sagen, dass Gjørstad nicht versichert ist?«
»Ich habe seit vielen Jahren keine Versicherung bezahlt.«
Mutter griff nach der Saftkanne. Hugo nahm ihr die Kanne ab, füllte Mutters Glas bis zum Rand, stellte die Kanne wieder hin. Dann legte er den Zahnstocher in den Aschenbecher.
»Gjørstad steht unter Wasser, und du bist nicht versichert?«
»Du hast gehört, was ich gesagt habe«, sagte ich. »Wir werden von der Versicherung keinen Öre bekommen, wenn das hier vorüber ist. Wir müssen versuchen, anderswo eine Entschädigung zu erlangen.«
»Wir kriegen sicher was vom Staat«, fiepte Mutter.
»Das wissen wir nicht«, sagte ich. »Oben bei Kirkenær wohnt seit der Flut von 89 noch immer ein Ehepaar in einem Wohnwagen. Eine Garantie gibt's nie.«
Hugo lehnte sich zurück. »Nein, das überrascht mich nicht. Das überrascht mich gar nicht. Die Welt nimmt ihren Lauf, wie immer, und meine Sippe tut das wahrlich auch. Du meine Güte«, sagte er und schaute Betty mit resignierter Miene an.
»Hugo«, sagte sie leise.
Hugo nickte, dasselbe alte allwissende Nicken, als habe er in seinem Kopf alles Wissen um eine kranke und verkommene Welt gesammelt.
»Eigentlich habt ihr auch nichts Besseres verdient«, sagte er.
»Hugo, bitte«, flüsterte Betty.
Hugo spitzte seine blutleeren Lippen und schaute auf die Straße hinaus, wo einige mongoloide Jugendliche mit ihrem Betreuer vorüberkamen.
»Jahrelang war man zu fein, Kontakt aufzunehmen. Man machte einen großen Bogen um gewisse Leute. Aber wenn alles zusammenbricht, ist man plötzlich nicht mehr so kackvornehm. Dann ist sogar der Quälgeist Hugo gut genug. Dann schultert man einfach sein Ränzel und trippelt los und bittet um ein Dach überm Kopf.«

»Aber du warst es doch, der mit uns nichts zu tun haben wollte«, sagte Mutter.
»Mit einem von euch. Nur mit einem«, sagte Hugo und starrte Mutter an.
»Warum sagst du nicht, dass ich das bin?«, fragte ich.
»Eins wüsste ich übrigens gern«, sagte er.
Er machte eine lange Pause. Das gehörte zu seinen Methoden. Er fing an, etwas zu sagen, dann machte er eine Pause, bis jemand ihm eine Frage stellte, und dann breitete er sich darüber aus, wonach er eigentlich nicht gefragt worden war.
»Wie kann man mit einem zusammenwohnen, der seine eigene Schwester schlägt?«, fragte er.
Nina sprang auf. Sie wollte etwas sagen, brachte aber keinen Ton heraus. Dann lief sie aus dem Zimmer. Wir hörten, dass sie sich hinten im Flur in der Toilette einschloss.
Hugo starrte meine Hände an.
»Gratuliere«, sagte er, und seine Augen wurden schwarz.
Mutter schob ihren Stuhl zurück und stand auf.
»Könnt ihr aufhören? Ich will etwas sagen«, sagte sie.
Wir hörten, wie Nina anfing, sich zu erbrechen. Mutter schaute zum Flur hinüber.
»Keine große Rede. Bitte«, sagte ich.
»Kannst du den Mund halten?«, fauchte sie. Ich fuhr zusammen. Sie fauchte sonst nie. Sie schaute sich mit feierlicher und nervöser Miene um und sagte dann: »Warum muss das so sein? Warum unternimmt hier niemand etwas dagegen? Warum kann diese Familie nie friedlich zusammen sein?«
»Da am Tischende sitzt ein Grund«, sagte ich.
Hugo war schon aufgesprungen.
»Setz dich«, sagte Mutter. Hugo setzte sich. »Uns stehen zwei Wege offen. Den einen kennen wir, wir wissen, wohin der führt. Dann gibt es noch einen anderen, und das ist der Weg, der zum Wiederaufbau von Hof und Familie führt, zu einer Ehre für den Namen Gjørstad.«

Ich schaute verlegen auf die Tischplatte.
»Ich glaube, das findet sich schon alles«, sagte ich.
»Lass sie aussprechen«, sagte Hugo und hob das Kinn.
»Danke«, sagte Mutter. »Ich will, dass Schluss ist mit der Feindschaft. Ich will, dass wir zusammenhalten und so schnell wie möglich anfangen, wenn das hier vorüber ist, und das Beste daraus machen. Wir müssen mehr herausholen als bisher. Ein größeres Wirtschaftsgebäude, eine neue Scheune, ein neues Wohnhaus. Mehr Vieh.«
»Und woher soll das Geld kommen?«, fragte ich.
»Ich gehe davon aus, dass ihr von meinem Sparkonto wisst«, sagte Hugo.
Das kam so schnell, dass es geplant sein musste. Er verschränkte die Arme, nickte fast unmerklich und sah zufrieden aus. Mutter stützte sich auf die Rückenlehne ihres Stuhls.
»Ja, du hast so was erwähnt«, sagte sie.
»Warum sagst du das alles jetzt?«, fragte ich.
Mutter blickte mich ängstlich an.
»Damit etwas dabei herauskommt, muss einer von uns etwas opfern«, sagte sie.
Sie sah mich an, als wolle sie schon jetzt um Verzeihung bitten.
Ich ließ mich auf dem Stuhl zurücksinken und verschränkte die Hände im Nacken.
»Ich habe beschlossen, den Hof Hugo zu überschreiben«, sagte sie.
Ich wippte mit dem Stuhl hin und her.
»Du bist verrückt. Das geht nicht«, sagte ich.
»Der Hof gehört Mutter«, sagte Hugo und nahm sich einen neuen Zahnstocher.
Ich wippte weiter. »Aber ich leite Gjørstad. Und das werde ich weiter tun. Niemand kann mich daran hindern, meinen eigenen Hof zu betreiben.«
Mutter schüttelte den Kopf.

»Hugo ist bereit zur Übernahme. Du kannst mit Tieren gut umgehen, aber du hast keinen Geschäftssinn. Du hast unseren Hof schon fast ruiniert. Ich weiß, dass es so für alle das Beste ist.« Das sagte dieses Weib, das jahrelang alle Mahnungen der Versicherung versteckt hatte, das einen hysterischen Anfall bekam, wenn die Steuererklärung fällig war, und das das Grundstück in Baklia für eine lächerliche Summe verpachtet hatte. Ich sah das Haus auf Gjørstad vor mir, wie es immer düsterer und kahler wurde, wie die Wände Risse bekamen, wie die Gardinen verblichen, die Möbel verschwanden; nicht um den Hof ertragreicher zu machen und den Gewinn zu erhöhen. Nein, sondern um ihn zu Hugos Bild von einem Musterbetrieb werden zu lassen.

»Ich habe mich nach einem Job für dich umgesehen«, sagte Hugo. »Du kannst als Beifahrer in einer Spedition einsteigen. Die transportieren Flügel zwischen Oslo und Amsterdam. Und zum Job gehört eine Wohnung, in Oslo.«

»Dann bekommst du endlich Auslauf für deine Unruhe«, sagte Mutter.

»Glaubt ihr wirklich, ich lass mir das einfach gefallen?«, fragte ich. »Glaubt ihr, ich lass mir einfach alles wegnehmen, was ich in all den Jahren aufgebaut habe? Und noch was«, ich drehte mich um und sah Mutter an. »Warum erfahre ich das erst jetzt? Was habt ihr hinter meinem Rücken ausgeheckt? Seid ihr so feige, dass ihr warten musstet, bis alles unter Wasser steht?«

»Brauchen wir deine Erlaubnis, um miteinander zu reden?«, fragte Hugo und schlug mit der Faust auf den Tisch.

»Ich leite den Hof«, brüllte ich und fegte Teller, Besteck, Schüsseln und Gläser vom Tisch. Betty wimmerte, Hugo sprang auf, stellte sich breitbeinig vor mich und schien zu allem bereit zu sein.

»Du hast das nie kapiert«, sagte er.

Betty fing an, die Sachen aufzusammeln. »Lass das«, sagte ich.

Sie schaute auf. Ich sagte ihr noch einmal, sie solle damit aufhören.

»Du hast noch nie begriffen, wann etwas zu Ende ist«, sagte Hugo.

Ich starrte den Fischauflauf an, der sich auf dem Boden verteilte. »Niemand vertreibt mich von Gjørstad«, sagte ich, stand auf und ging. Auf dem Weg nach draußen riss ich den großen Flurspiegel von der Wand. Das Spiegelglas klirrte. Als Letztes hörte ich Mutter rufen, ich solle zurückkommen, es gebe eine Lösung, sie habe noch nicht alles gesagt.

Ich überquerte den Parkplatz vor der Bank, blieb stehen und schaute zur Kneipe hinüber. Das viereckige Polizeigebäude war von Wasser umgeben. Die Busse waren verschwunden, die Taxizentrale leer. Ein Fahrer ruderte zusammen mit einem Wächter in einer Plastikjolle über den Parkplatz. Im Park standen Militärfahrzeuge. Einige Soldaten warfen Sandsäcke aus einem grünen Lastwagen. Sie bauten in der Nähe der Kneipe einen Damm. Er sah eher aus wie eine Insel. Eine Holzjolle war am Treppengeländer vertäut, und in der Kneipe saßen Kåre und die anderen und tranken. Das Einzige, was diesen Tag von anderen unterschied, war, dass Morten sie abgeholt hatte. Ich rief und winkte, und Morten trat auf die Treppe. Er machte sein Boot los, setzte sich hinein und ruderte über die Busparkplätze auf mich zu. Ich stieg ein, stieß uns ab und setzte mich. Morten legte sich in die Riemen.

»Habt ihr euch bei Hugo einquartiert?«, fragte er.

»Ich nicht«, sagte ich.

»Was ist mit Gjørstad?«

»Ich seh morgen mal nach«, sagte ich.

»Unterhalb von Vasshaug ist eine Lawine runtergegangen.«

Ich fluchte. »Ich muss noch irgendwo unterkommen«, sagte ich.

»Bei mir geht das nicht«, sagte Morten.

»Aber du hast doch Platz?«

»Hab Verwandtschaft zu Besuch. Die wollen sich den Spaß ansehen.«

»Sich den Spaß ansehen? Was sind das für Ärsche?«, fragte ich.

»Ja, absolute Ärsche«, sagte Morten, dann glitten wir vor die Treppe. Ich stand auf, zog uns ran, vertäute das Boot und ging in die Kneipe. Die Stimmung da war nicht gerade rosig. Kåre saß mit Alf und Audun an seinem Stammtisch und trank Bier, einer von den Typen aus Enevarg, die vor Speed nicht stillstehen konnten, hüpfte vor einem Spielautomaten herum, auf dem Tisch stand eine Rotweinkaraffe neben einem Aschenbecher mit einer brennenden Zigarette, die hellblaue Schnörkel zur Decke schickte. Dieselbe Prozedur, dachte ich und ging zum Tresen. Das BUDWEISER-Schild hatte jetzt Strom und blinkte an der Wand. Ich setzte mich. BUDWEISER. BUDWEISER. BUDWEISER. Morten zapfte ein Bier, ich schaute in das Lokal und trank einen Schluck. Ich dachte an Hugo. Das Schwein würde das Haus in der Nordre gate vermieten oder verkaufen und das nötige Geld zuschießen. Er trat immer mehr als der solide und großzügige Gönner auf, der er bisher niemals hatte sein können. Endlich hatte er Verwendung für sein sauer verdientes Erspartes, von dem ich annahm, dass er es jeden Tag an seinem Schreibtisch neu berechnete. Hugo sprach gern über Geld. Seit er mit achtzehn den Führerschein gemacht hatte, hatte er den Eindruck vermitteln wollen, er kenne sich mit Geld aus. So war Hugo eben. Er war einer, der seine Geldangelegenheiten in Ordnung haben wollte. Sparbriefe, Aktien, Rente, Zinsen, alles, was es an Geldfragen gab, gehörte angeblich in sein Ressort. Er wählte die Konservativen, und seine Sympathien gingen noch viel weiter nach rechts, er redete mit Begeisterung darüber, dass das Land einen Politiker brauchte, der mit dem sozialdemokratischen Gefasel Schluss machte. Einen Mann, der

mit Mut zu seinen Meinungen stand. Und wir wussten ja alle, wen er meinte. Aber Hugo wagte nicht, sich ganz offen zu diesem Politiker zu bekennen. Denn der hatte auch eine Seite, die nichts mit Finanz- und Wirtschaftspolitik zu tun hatte und der Hugo überhaupt nicht zustimmen konnte. Ein Typ hatte mir erzählt, dass er mit Hugo ins Gespräch gekommen sei, und dabei habe mein Bruder sich über diesen Politiker geäußert und sein Bedauern darüber kundgetan, dass dessen Partei leider ein paar Schönheitsflecken hatte. So drückte er sich aus. Er war ein gemäßigter Norweger, der sich in Finanzdingen auskannte, ohne deshalb mehr Geld zu haben, und er unterstützte diesen Politiker, der sich so glühend für das Recht des kleinen Mannes einsetzte, ohne staatliche Einmischung das tun zu können, was er wollte, und der wusste, dass gemäßigte Männer wie mein Bruder einfach nur weiterreden würden wie bisher, wenn er an die Macht käme. Zufrieden, weil er ein wenig mehr Geld auf der Bank hatte. Es war leicht, über die Freiheit des Individuums zu reden, solange es nichts gab, wovon es befreit werden konnte. Was würde Hugo machen, wenn er eines Tages plötzlich hörte, er sei »ein Mann mit allen Freiheiten«? Wenn Hugo erkannte, dass er plötzlich machen konnte, was er wollte, würde er die Augen verdrehen, die Beine in die Hand nehmen und sich im Wald verstecken.
Es war fast sieben Uhr.
Vor mir stand eine ganze Kompanie von Biergläsern, aber betrunken war ich trotzdem nicht. Das Lokal war jetzt fast leer. Morten saß hinter der Theke und las. Ich hätte ihn gern um einen Rat gebeten.
»Morten«, sagte ich.
Er schaute auf. »Ja?«
Ich hielt seinen Blick fest. »Nein, nichts«, sagte ich, ging zum Klo, stellte mich zurecht und starrte das Loch in der Wand hinter dem Spülkasten an, das nie repariert worden war. Ich musste mich zusammenreißen. Ich ging wieder hinaus.

Siv stand an der Theke. Morten stellte ihr einen Gin Tonic hin. Wir hatten zusammen viele Gin Tonics getrunken.
Nach ein paar Glas riss sie immer gewaltig die Klappe auf. In meinem Himmel waren nur Frauen vorgesehen, die Gin tranken und gewaltig die Klappe aufrissen. Sie hatte sich neu eingekleidet. Sie wirkte schlanker und sah richtig gut aus. Ich fand das ungerecht. Ich war erst zwei Tage zuvor bei ihr zu Hause gewesen. Sie trank gierig und hektisch. Ich setzte mich auf einen Barhocker.
»Warum bist du in die Stadt gefahren?«, fragte ich.
»Ich musste etwas erledigen«, sagte sie.
»Wer hat dich gefahren?«
»Einer, auf den Verlass ist«, sagte sie und musterte mich kühl.
Ich spielte an meinem Bierglas herum.
»Wer war das?«, fragte ich.
»Einer, auf den ich mich verlassen kann«, sagte sie.
»Schön. Wo wohnst du?«
»Ich bin wieder zu Eva gezogen.«
Siv hob ihr Glas und trank langsam.
»Ich war gestern unten in Hauger«, sagte ich.
»Ach«, sagte sie gleichgültig.
»Ester Haug ist in die Jøra gestürzt.«
»Das habe ich gehört«, sagte sie.
»Dein Haus ist unversehrt«, sagte ich.
Sie steckte sich eine Zigarette an und schaute zu dem BUDWEISER-Schild hoch.
»Was ist mit Gjørstad?«, fragte sie.
»Gjørstad liegt unter Wasser«, sagte ich.
»Das ist schlimm«, sagte sie und zog an ihrer Zigarette.
»Was ist los mit dir? Hab ich dir was getan?«
Sie schaute auf den Platz vor der Wache. Ich hatte sie so oft geküsst, hatte sie umarmt. Ich hatte alles gemacht, was ein Mann macht, der mit einer Frau zusammen ist. Kleine Dinge,

Blicke, Berührungen, aber jetzt war offenbar Schluss. Ich wollte nicht, dass Schluss war.
Ich sah meine Hände an. Sie waren mit Rissen und Schwielen bedeckt. Es waren die Hände eines Arbeiters. Ich legte eine Hand auf ihre.
»Ist Eva arbeiten?«, fragte ich und streichelte ihren Handrücken.
Sie versuchte, ihre Hand wegzuziehen, aber ehe ihr das gelang, beugte ich mich vor und küsste sie. Ich streichelte ihren Nacken und flüsterte ihr etwas ins Ohr. »Oder was?«, fragte ich leise und küsste ihren Hals. Sie schob mich weg. Ich legte die Hand an ihre Taille. Die kam mir schlanker vor. Ich packte zu, nicht hart, nur fest.
»Du hast eine wunderschöne Taille«, sagte ich.
»Der Spruch ist zu blöd«, sagte sie.
Ich hob sie vom Barhocker und küsste sie, drückte sie an mich. Ich hatte das schon oft so gemacht, aber es verfehlte nie seine Wirkung, das war ja gerade so schön, alle konnten sehen, was ich wollte, aber dennoch verfehlte es nicht seine Wirkung, und darauf kam es an, den Eindruck zu vermitteln, dass man es richtig ernst meinte, und das war bei mir der Fall.

Siv schloss die Tür des großen weißen Hauses auf. Im Flur war alles ruhig. Wir gingen die Treppe hinauf und weiter ins Schlafzimmer. Sie zog die Vorhänge zu. Ich war nervös wie beim ersten Mal. Ich knöpfte ihr Kleid auf, nahm den Geruch ihres Rückens und ihrer Achselhöhlen wahr und sah in ihr Gesicht, die grünen Augen. Den schmalen Mund. Ich riss ihr das Kleid vom Leib. Sie versuchte mit den Fäusten, mich abzuhalten, aber dann hörte sie plötzlich auf damit.
Ich legte sie aufs Bett. Ich drang in sie ein.
Sie spannte ihren Körper an und knallte mit dem Kopf gegen den Bettpfosten.

Ich ließ sie noch einmal gegen den Pfosten knallen, und ich wusste, dass es nur uns beide geben konnte, und dann verschwanden die Gedanken, und ich spürte, dass ich nur noch eins wollte, nämlich so tief in sie einzudringen, dass ich sie ganz und gar füllte, bis ich mich in jeder einzelnen Zelle ihres Körpers befand.

Draußen dämmerte es. Ich sah vor mir im trüben Licht ihren runden Hintern. Der war weiß. Ich beugte mich vor, biss ihr in den Rücken und glitt von hinten erneut in sie hinein. Und dann sickerte die Dunkelheit ins Zimmer, und wir lagen auf dem Boden. Ich lag auf dem Rücken, und sie saß auf meinem Gesicht und rieb sich an mir. Ich bekam keine Luft, aber das spielte keine Rolle, wozu hätte ich Luft bekommen sollen? Sie presste ihre Oberschenkel an meinen Kopf und rieb ganz hart, und dann schien meine Brust zu bersten, und mir wurde schwindlig, und ich dachte, ich muss mich befreien, doch in diesem Moment fing sie an zu zittern, und dann warf sie ihren Oberkörper nach hinten, und plötzlich kam ein Strahl aus ihr heraus. Sie spritzte auf mein Gesicht, stöhnte, knickte zusammen und glitt auf den Boden. Ich bekam es in die Augen, die Nase und den Mund. Ich schluckte alles herunter. Das kam mir nicht falsch vor. Es machte mich auch nicht an. Es war seltsam. Ich hatte so etwas nie erlebt, aber als es passierte, war es nicht so fremd, obwohl ich nicht wusste, woran es mich erinnerte.

Ich setzte mich auf.

»Geh jetzt«, sagte sie.

»Aber das war doch total in Ordnung«, sagte ich.

»Kannst du nicht tun, was ich sage?«

»Aber mir gefällt das. Komm her.«

»Kapierst du gar nichts?«, rief sie.

Ich ging aufs Klo, wusch mich, las meine Kleider auf.

»Ich habe das Haus meiner Mutter geerbt«, sagte sie.

»Du hast schon ein Haus«, sagte ich.

»Es liegt zwischen Oslo und Moss, unten am Fjord. Ich ziehe um, sobald das möglich ist.«
»Du willst allein zwischen Oslo und Moss wohnen?«, fragte ich.
»Kommt drauf an«, sagte sie und schaute zu mir hoch.
Ich blickte hinaus auf die Bäume, die draußen in der sommerlichen Dunkelheit standen, mit ihren weichen, duftenden Schatten. Ich nahm den Duft der Kirschen wahr. Um diese Jahreszeit gab es keinen schöneren Geruch.
»Hörst du nicht? Ich fahre morgen Abend«, sagte sie und schlang das Laken über sich, als solle ich nicht auch nur einen Zentimeter ihrer Nacktheit sehen.
»Mit wem?«, fragte ich.
Sie gab keine Antwort.
»Wer fährt dich?«
Ich sah, dass sie mit den Tränen kämpfte. Ich stellte weitere Fragen. Ich fand die Vorstellung schrecklich, es könne noch einen anderen geben. Ich wollte wissen, wer das war, aber ich bekam keine Antwort.
»Warte nur noch einen Tag. Vorher muss ich etwas erledigen«, sagte ich.
»Warum brauchst du immer noch einen Tag?«
Ich schaute auf die Stadt hinaus. Ich konnte die Bergwipfel sehen, weit weg, in der Ferne. Sie waren butterweiß. Dann ging ich zur Tür und legte die Hand auf die Klinke. Ich konnte es nicht sagen. Ich schaffte es nicht.

Ich stolperte ins Haus, fiel gegen die Wand, versuchte, die Jacke auszuziehen, schaffte das nur halb, taumelte weiter über den Flur, fiel wieder gegen die Wand, wo der Spiegel gehangen hatte, stand schwankend in der offenen Wohnzimmertür. Ich hob die Hand, trat einen Schritt ins Leere und griff nach dem Türrahmen.
Sie war allein.

»Ich bin zu blau zum Reden«, sagte ich.
»Meinst du, ich hätte noch nie einen Besoffenen gesehen?«, fragte Betty.
Ich traf den Sessel und fiel hinein.
»Weißt du, was ich vorhabe?«, nuschelte ich.
»Ich kann es mir vorstellen«, sagte sie ruhig.
»Willst du nicht schreien und ihn wecken?«
Sie schüttelte den Kopf.
»Es ist also in Ordnung, wenn ich deinen Mann zusammenschlage?«, fragte ich.
Sie hatte sich die Haare zu einem Pferdeschwanz gebunden, den sie jetzt öffnete. Auf dem Tisch lagen ein Buch und eine Pralinenschachtel. Ich nahm mir eine Praline, sie fiel mir jedoch auf den Boden.
»Ich habe Angst«, sagte Betty.
»Wovor denn?«, fragte ich.
»Vor Hugo«, sagte sie.
»Warum denn?«
»Er macht so seltsame Dinge.«
»Was denn?«
Sie schwieg eine Weile.
»Du darfst es nicht weitersagen«, sagte sie endlich.
Ich versprach, dichtzuhalten.
»Er hat angefangen, sich einzuschließen. Immer häufiger finde ich ihn hinter einer Tür, wo er sitzt und die Wand anstarrt. Er setzt sich in sein Arbeitszimmer und führt Selbstgespräche. An einem Abend hat er vergessen, die Tür abzuschließen. Ich machte sie auf. Er kniete vor dem Sofa.«
»Warum das denn?«
»Er hatte die Hände gefaltet und kniete vor dem Sofa. Ich glaube, er betete«, sagte sie.
»Hugo betete?«, fragte ich.
»So sah es aus. Ich hörte ein paar Wörter. Es ging um Beschützen.«

»Um Beschützen? Wen denn?«, fragte ich.

»Ich weiß nicht. Ich machte die Tür wieder zu und versuchte zu vergessen, dass ich das gesehen habe.«

Ich fand es schon in Ordnung, dass Leute sich hinknieten und beteten. Aber Hugo durfte das nicht. Er war nicht zum Glauben geschaffen, jedenfalls nicht zum Glauben an solche Dinge. Hugo war der Typ, der sich den Motor eines Autos ansehen und sofort begreifen konnte, wie der funktionierte. Aber er durfte nicht an Menschen glauben, daran, was sie ausmachte, was sie dachten und fühlten – und von Gott ganz zu schweigen.

»Wo ist er?«, fragte ich.

»Er schläft unten im Keller.«

»Schlaft ihr nicht zusammen?«, fragte ich.

»Schon seit ein paar Jahren nicht mehr.«

Sie schaute mir ins Gesicht. Ich konnte nicht fassen, wie sie in das Haus meines Bruders geraten war.

»Kann ich sein Arbeitszimmer sehen?«

»Geh einfach rein«, sagte sie.

Das tat ich. Dort stand ein Schlafsofa. Ein Pult. Daneben lehnte das Gewehr an der Wand. An der Wand, über dem Sofa, hing ein Bild, das früher in Großmutters Zimmer auf Gjørstad gehangen hatte. Sie hatte es aus Narvik mitgebracht, als sie mit Mutter zusammen in den Süden gekommen war. Es war ein Bild von Jesus. Er wachte über zwei kleine Kinder, die sich über einen Bach beugten. Unter diesem Bild also hatte Hugo gekniet und um Schutz gebetet.

Ich ging wieder ins Haus. »Hast du etwas gefunden?«, fragte Betty.

Ich sagte, da sei nicht viel zu finden gewesen.

»Was hast du jetzt vor?«, fragte sie.

»Ich bin Bauer«, sagte ich. »Was hast du vor?«

Sie zögerte kurz. »Ich werde nicht nach Gjørstad ziehen. Ich kann deine Mutter nicht ausstehen, ich finde deine freche

Schwester schrecklich, ich halte deinen bekloppten Bruder nicht aus. Dich mag ich, aber du wirst nicht dort wohnen. Ich bleibe hier. Viel Glück«, sagte sie, erhob sich, nahm ihr Buch, klappte die Pralinenschachtel zu und ging.

Ich blieb sitzen und starrte in die Kerze, die vor mir flackerte. Ich beschloss, meine Habseligkeiten zusammenzupacken, in die Kneipe zu gehen, dort zu übernachten und am nächsten Tag nach Gjørstad hochzufahren.

Stein Ove Sand

Ich sagte, dass sie einander vertrauen müssten. Sie lebten seit fünfunddreißig Jahren zusammen, und sie dürften nicht die Nerven vor Eifersucht verlieren und voneinander die ganze Zeit nur das Schlimmste glauben. Er hatte eine dicke Unterlippe, die vor Spucke glänzte und braune Tabakflecken hatte, und über seinem Auge klaffte eine Wunde, die genäht werden musste, aber solche Leute wie er gingen nicht zum Arzt. Sie hatte weiße dünne Haare, zwei listige Augen und dicke Tränensäcke.

»Ich habe nur die Post vorbeigebracht. Die war falsch hier angekommen«, sagte er.

»Das hast du nicht. Du hast sie umarmt, du Schwein!«, rief sie und schlug nach ihm.

Und damit ging es wieder los. Ich packte den Mann an den Schultern und drückte ihn auf einen Holzstuhl. Er zitterte vor Angst. »Sag ihr, dass sie nicht weggehen darf«, flüsterte er.

»Ich bin jetzt zum dritten Mal innerhalb von zwei Wochen hier«, sagte ich. »Ihr müsst einen Weg finden, um zusammenzuleben, ohne euch gegenseitig totzuschlagen, weder mit Bügeleisen noch mit Goldfischgläsern. Wenn nicht, dann muss ich Leute vom Sozialamt herschicken, damit die für euch eine Regelung finden.«

»Wir wollen keine Regelung«, schimpfte die Frau.
»Also nicht«, sagte ich, setzte mich und sah sie an. Egal, was ich sagte oder tat, nützen würde es nichts. Sie würden sich mit leeren Blicken meine Ermahnungen anhören und wieder loslegen, sowie ich aus der Tür war. Eifersucht kennt keine Altersgrenze. Einmal hatte ich es mit einem verliebten Mann von neunzig zu tun gehabt, der sich immer wieder im Gebüsch versteckte, um seine neunundsiebzigjährige Angebetete auszuspionieren. Ich konnte nicht behaupten, dass das alles nichts mit Liebe zu tun hatte. Ob es hässlich und lächerlich war, spielte keine Rolle. Ich sah auf die Wand neben mir. Die Frau hatte eine Stickerei angefertigt, die wohl den Namen »Lesender Mann« trug. Die Stickerei war schief und misslungen, man konnte fast nicht erkennen, was sie darstellen sollte.
Ich blieb sitzen und betrachtete dieses Bild. Ich merkte, dass ich resignierte. Ich hatte keine Lust mehr, ihnen etwas zu erklären, aber auch keine mehr, zu drohen oder zu bitten. Sollten sie sich doch gegenseitig totschlagen. Ich erhob mich.
»Na gut. Macht, was ihr wollt«, sagte ich.
Sie wechselten einen Blick und sahen dann wieder mich an.
»Auf Nimmerwiedersehen«, sagte ich.
»Moment mal«, sagte die Frau verwirrt.
Ich hatte bereits die Türklinke in der Hand.
»Willst du denn nicht«, fing sie an, dann stand sie einfach nur da.
»Schlagt euch gegenseitig tot. So wollt ihr das doch«, sagte ich, ging hinaus und setzte mich ins Auto. Ich hatte das schon sehr oft so machen wollen. Ich sah die Wäschespinne an, die sich ächzend im Wind drehte. Sie wohnten oben in der Hüttenstadt, in einer Hütte. Das war ihr Haus, das war es schon seit vielen Jahren. Etwas an der Tatsache, dass ich resigniert hatte, dass sie jetzt meinen Segen dazu hatten, sich gegenseitig totzuschlagen, machte mich nervös und unsicher. Und das nicht zum ersten Mal in der letzten Zeit.

Sie schauten aus dem Fenster. Ich war sicher, sie glaubten, dass ich noch einen Trumpf im Ärmel hatte, etwas, das noch schlimmer war als eine Regelung durch das Sozialamt. Mir ging auf, dass sie dort standen und schreckliche Angst hatten, ich wollte sie für immer trennen. Das wäre das Schlimmste, was ihnen passieren könnte. Wen sollten sie dann anbrüllen, wem sollten sie die Ofenröhre auf den Kopf knallen, wenn ich sie auseinander riss?

Ich ließ den Wagen an.

Ich fuhr durch die Hüttensiedlung. Kein Mensch weit und breit. Zweihundert Meter weiter unten teilte sich der Weg. Ich musste geradeaus, wenn ich nach Melhus wollte, die andere Straße führte hinüber nach Røldal und zum See. Ich sollte eigentlich sofort zur Wache fahren. Eine weitere Besprechung war angesetzt, bei der es um die Krisenhilfe im Bürgerhaus ging, und ich musste mich vorbereiten, mir überlegen, was wir brauchten, wo wir die Leute unterbringen konnten. Aber wie gesagt, ich war auf der Höhe, also überlegte ich mir die Sache anders und bog nach links ab, in Richtung Røldal. Dort gab es nichts Besonderes zu sehen, es war einfach ein Umweg. Ich fuhr ruhig abwärts, durch spärlichen Nadelwald, vorbei an einem abgelegenen Hundezwinger, über den Hügelkamm, dann rollte ich auf den Ort zu. Unten in Røldal folgte ich dem Røldalselv, der ebenfalls angeschwollen war. Ich fühlte mich noch immer nicht ganz wohl und konnte die Vorstellung, mit jemandem zu reden, nicht ertragen, deshalb schaltete ich das Funkgerät aus und schaute mir die Sachen an, die im Wasser trieben. Darunter waren große Bäume, der ein oder andere Laternenpfahl, einige Kleinigkeiten aus Scheunen und Bootshäusern. Ich näherte mich dem Zentrum und musste eine Brücke über einen Seitenarm des Røldalselv überqueren, ich hoffte, dass sie noch vorhanden war. Vor der Brücke beschrieb der Fluss einen Bogen, der in einem Teich auf der anderen Straßenseite mündete. Ein Straßenstück von ungefähr fünfzig Metern lag unter Wasser, aber das Wasser war so flach, dass ich hindurchfahren konnte. Ich schaltete und fuhr langsam auf die Überschwemmung zu, als ich einen Ford Escort entdeckte, der im Teich schwamm, vielleicht zwanzig Meter vom Ufer entfernt. Am Ufer standen einige Menschen und riefen und winkten dem Auto zu. Ich fuhr an den Straßenrand und stieg aus. Der Wagen drehte sich im Wasser und konnte jeden Moment untergehen. Die Leute, zwei Frauen und ein Mann, brüllten dem Mann im Auto zu, er solle herauskommen. Eine Frau sah mich. Ich ging zu ihnen.

»Was ist denn hier los?«, fragte ich.

»Das ist mein Vater. Er ist alt und hat die Überschwemmung nicht bemerkt. Sein Wagen ist von der Straße abgekommen und ins Wasser gerutscht, und jetzt kann er nicht heraus«, erzählte sie verzweifelt.

»Sie sind wirklich im letzten Moment gekommen«, sagte ein Mann.

Sie sahen mich an, als sei der Alte bereits gerettet. Wenn ich keine Uniform getragen hätte, hätte die Panik hohe Wellen geschlagen. Hier standen zwei erwachsene Mannsbilder, aber keiner hatte auch nur einen Finger gerührt, um dem Alten zu helfen, das sah ich. Ich hatte keine Lust, ins Eiswasser hinauszuwaten, aber das hintere Ende des Autos fing jetzt an zu sinken, deshalb lief ich zur Straße hoch, schaltete mein Funkgerät ein und forderte einen Krankenwagen an. Aber alle Krankenwagen waren breits im Einsatz. Ich stand neben dem Auto, spielte mit dem Gedanken, einzusteigen und wegzufahren, brachte es dann aber nicht über mich. Ich zog die Jacke aus, ging wieder zum Ufer hinunter an den Leuten vorbei und ins Wasser.

Ich schwamm zum Wagen, kletterte auf die Motorhaube.

Im Auto saß ein Greis und machte sich an der Tür auf der Fahrerseite zu schaffen. Ich klopfte gegen die Windschutzscheibe. Er schaute sich um, schien nicht zu begreifen, woher das Geräusch kam. Ich rief und klopfte noch einmal. Der Mann sah mich jetzt. Er trug eine große, viereckige Brille und wirkte reichlich verwirrt. Auf den Dörfern wimmelte es nur so von solchen Typen. Taube oder halb blinde oder senile alte Heinis, die sich im Kreisverkehr verfuhren oder auf Bahnübergängen stehen blieben und in den falschen Gang schalteten. Er klimperte hinter der Brille mit den Augen, wandte sich der Tür zu und rüttelte weiter daran herum. Und dann sah ich es. Die Türen waren von innen verriegelt. Er hat auf beiden Seiten die Knöpfe heruntergedrückt, vorn und hinten. Er sah mich an. Ich zeigte auf den Knopf neben ihm. Er glotzte und sah erst den Knopf an, dann wieder mich. Er begriff nicht, was ich von ihm wollte. Plötzlich hörte ich ein Gurgeln. Der Wagen, der mit dem Heck aus dem Wasser geragt hatte, sank jetzt nach vorn. Ich glitt von der Motorhaube, schwamm zur Tür auf der Fahrerseite, packte den Handgriff und rüttelte wütend daran. Die Tür ging nicht auf. Sie saß fest, und der Mann begriff noch immer nicht, woran das lag. Während ich an der Tür hing, bekam ich einen Krampf in den Waden und im Oberschenkel. Ich ließ den Griff los und schwamm wieder ans Ufer. Die Frau trat von einem Fuß auf den anderen.

»Warum kommt er nicht raus?«, fragte sie mit klagender, nasaler Stimme.

»Er hat die Türen verriegelt und will sie nicht aufmachen«, sagte ich.

»Du musst die Türen öffnen«, brüllte die Frau zum Auto hinüber.

Ich schlug mir mit der flachen Hand auf Oberschenkel und Waden.

»Warum sind Sie zurückgekommen?«, rief sie.

»Hab einen Krampf«, sagte ich und schlug aus Leibeskräften.

»Sie dürfen jetzt nicht aufgeben. Schwimmen Sie wieder hin«, flehte sie.

Das Heck ragte jetzt in die Luft. Ein Teil lag bereits unter Wasser. Es sank immer mehr. Die Frau rannte ängstlich um mich herum und verlangte, dass ich zum Auto hinausschwömme. Sie stieß mich an.

»Moment noch«, sagte ich und schlug weiter auf meine Beine.

»Sie dürfen jetzt nicht aufgeben«, rief sie.

Ich watete los, langsam und durchgefroren, schwamm wieder aufs Auto zu. Der Mann spielte noch immer an der Tür, es war nicht zu fassen, eine ungeheure Wut auf diesen senilen Trottel quoll in mir auf, ich hätte ihn windelweich schlagen können. Ich versuchte, mich auf das Auto zu ziehen, sah dann, dass er bis zu den Oberschenkeln im Wasser saß, ich hämmerte gegen die Fensterscheibe und brüllte, er solle öffnen, aber der Alte schaute aus zusammengekniffenen Augen hoch, glotzte mich durch seine dicke Brille an, machte sich wieder an der Tür zu schaffen. Ich hob den Ellbogen, um die Windschutzscheibe zu zerschlagen.

Jetzt sank das Auto.

Ich verlor das Gleichgewicht und kippte rückwärts ins Wasser. Als ich wieder hochkam, sah ich nur noch die vordere Stoßstange des Escort aus dem Wasser ragen. Ich tauchte zur Vordertür, konnte die Karosserie gerade noch ahnen, schlug auf die Windschutzscheibe ein. Die gab keinen Millimeter nach. Ich schwamm wieder an die Oberfläche, von der Kälte total betäubt, hörte die Leute am Ufer rufen und schreien. Ich spürte den nächsten Krampf heraufziehen und beschloss aufzugeben. Es war ja doch zu spät. Ein so alter Mann konnte in diesem kalten Wasser nur wenige Sekunden überleben. Ich trat neben dem Auto Wasser, aber plötzlich spüre ich etwas Festes unter meinen Füßen. Ich schaute nach unten, konnte neben der Tür auf der Fahrerseite eine Gestalt ahnen und beschloss zu tauchen. Die Tür auf der Fahrerseite stand offen. Der Mann war schon halb herausgekommen, hing leblos im

Wasser, seine Beine steckten noch im Auto. Ich packte ihn, zog ihn raus, merkte, wie meine Oberschenkel sich verkrampften, biss die Zähne zusammen, strampelte mit den Beinen, um nach oben zu kommen. Ich hatte Krämpfe in den Waden und in beiden Oberschenkeln. Es tat wahnsinnig weh, aber ich zog den Mann zum Ufer. Ich fand festen Boden unter den Füßen, taumelte ans Ufer, zog den Mann wie einen schweren Müllsack hinter mir her, ließ ihn fallen, fiel auf die Knie, hörte seine Tochter rufen: »Lebt er noch? Ist er noch am Leben?«, und war so erschöpft und außer Atem, dass ich nicht antworten konnte. Ich lag keuchend da, meine Oberschenkelmuskeln brannten, sie explodierten ein ums andere Mal. Ich versuchte, mich zu strecken, konnte mich aber nicht umdrehen, kniete da und starrte Schlamm und das nasse Gras an. Und dann hörte ich einen Mann rufen, dass er lebte.

»Er kommt zu sich«, rief eine Frau.

»Ich kann seine Augen sehen«, sagte ein Mann.

Ich merkte, dass ich diese Stellung nicht mehr aushalten konnte, und kam auf die Beine.

»Haben Sie einen Krankenwagen angefordert?«, fragte einer der Männer.

»Tragen Sie ihn zum Auto hoch. Ich fahre ihn«, sagte ich.

»Aber können Sie denn in diesem Zustand fahren?«, fragte eine Frau.

»Bringen Sie ihn hoch. Sofort«, sagte ich und schwankte auf das Auto zu. Ich fühlte mich benommen und schwach, ich konnte einfach keine Luft bekommen, die Benommenheit hatte sich wie eine zweite Haut um meinen Körper gelegt. Die Krämpfe hatten nachgelassen, aber ich fühlte mich nicht imstande zu fahren. Trotzdem setzte ich mich hinters Lenkrad, hatte schreckliche Angst, es könnte zu langsam gehen. Wenn ich jetzt fuhr, musste ich mich zusammenreißen, dann war die Gefahr geringer, dass ich unterwegs einschlief. Jetzt brachten sie den Mann. Jemand öffnete die hintere Tür und legte ihn hinein. »So. Helft ihm beim Sitzen. So, ja«, hörte ich eine Stimme sagen.

Der Arzt reichte mir die Tüte mit meinen Kleidungsstücken. Wir gingen in den Flur. Er sagte, ich sei nicht verletzt, solle jedoch zwei Tage ausspannen. Ich sagte, ich fühlte mich ganz normal, obwohl ich erschöpft war, kaum atmen konnte und außerdem an hämmernden Kopfschmerzen litt. Wir betraten das Treppenhaus. Dort stand Kåre Nordagutu, der Polizeichef. Er nahm meine Hand und führte mich zum Fahrstuhl.
»Sie warten unten. Sie wollen mit dir reden«, sagte er.
»Wer denn?«
»Die Presse?«
»Warum soll ich mit der Presse reden?«
»Du bist der Held des Tages, Sand. Es dauert nie lange, bis eine solche Nachricht sich hier verbreitet hat.«
Die Fahrstuhltür öffnete sich. Im Fahrstuhl sagte Kåre dem Arzt, dass die Wache nicht viele loyale und hart arbeitende Polizisten wie mich aufweisen könne. »Sand ist ein zäher Brocken. Wenn er erst einen Entschluss gefasst hat, dann kennt er kein Zurück«, sagte er. Der Arzt sagte, ich sollte mir freinehmen. Es sei ein kleines Wunder, dass ich die Autofahrt geschafft hätte, fügte er hinzu. »Sand ist ein zäher Brocken.« Ich begriff nicht, dass das derselbe Kåre sein sollte, der mich vor zwei Monaten zu sich bestellt und mich mit freundlicher Stimme aufgefordert hatte, Platz zu nehmen. Normalerweise regte er sich auf, schlug auf den Tisch, wurde grob, wenn etwas schief gegangen war. Er war kein brutaler Mann, aber er war energisch und scheute keine Auseinandersetzung. Das war einer der Gründe, weshalb ich ihn mochte. Aber als ich an jenem Morgen von meiner Suspension erfuhr, war er freundlich und entgegenkommend und sprach mit mir wie ein Erwachsener, der einem Kind gegen-

über ins Plappern verfiel. Ich dachte mit Grauen daran, wie er die ganze Zeit um den heißen Brei herumgeredet und dem Kern aus dem Weg hatte gehen wollen, dass ich mich nämlich seltsam und unbegreiflich verhielt und mir einen kleinen Urlaub gönnen sollte. Auf dem Weg zum Fahrstuhl, zwischen dem Arzt und Kåre, erinnerte ich mich glasklar daran, wie er sich erhoben und aufmunternd gelächelt hatte, wie er mir kollegial mit der Hand auf die Schulter schlug und mich dann bat, die Uniform nicht in den Kleiderschrank zu hängen, sondern in die Reinigung zu geben. Und ach ja, vergiss nicht, Nymoen die Schlüssel zu übergeben. Nur vorübergehend, das ist ja klar. Alles Gute. Ich hatte angeblich die Trennung von meiner Frau nicht verarbeitet. Aber das war jetzt vergessen. Ein zäher Brocken. Wir gingen in den Fahrstuhl und fuhren zum Café ins Erdgeschoss hinunter. Ich gab dem Arzt die Hand, bedankte mich für seine Hilfe und fragte Kåre, ob er mit dem Wagen hier sei oder ob ich ihn mitnehmen könne, aber dann wurde mir schwindlig, und ich musste mich auf eine Stuhllehne stützen. So blieb ich einige Sekunden stehen, wartete, bis ich wieder klar sehen konnte, rieb mir die Augen.

»Hier sind sie«, sagte Kåre.

Sie waren zu fünft. Die Tochter war dabei. Die anderen waren von der Presse. Einer der Journalisten kam vom »Boten«, ein kleiner Wicht namens Joakim. Er rief dauernd auf der Wache an und stellte bohrende Fragen und schien uns für eine Nachrichtenagentur zu halten. Er reichte mir die Hand.

Einer der anderen trat vor. »Wir würden gern ein paar Bilder machen«, sagte er.

»Einer nach dem anderen«, sagte Kåre.

»Wir kommen von ›Dagbladet‹«, sagte der Mann.

»Ach, ›Dagbladet‹«, sagte Kåre und schob Joakim beiseite.

»Können Sie sich da hinstellen?«, fragte der Mann von ›Dagbladet‹ und zog mich hinter ein paar Yuccapalmen.

»Woran hast du gedacht, als du ihn rausgezogen hast?«, fragte Joakim.
»An nichts Besonderes«, sagte ich.
»Warum ist er mit untergegangen? War er verletzt?«
»Er hatte die Türen verriegelt und konnte sie nicht öffnen.«
»Bleiben Sie so stehen«, sagte der Mann von »Dagbladet«.
Plötzlich stand die Tochter vor mir. Sie nahm meine Hand.
»Ich weiß nicht, was ich sagen soll, ich kann mich nur bedanken, auch im Namen meines Vaters.« Sie lächelte, und die Fotografen machten Bilder. Sie legte einen Arm um mich. Die Fotografen machten wieder Bilder. Ich ließ die Arme hängen und wusste nicht, wohin damit. Dann spürte ich, dass jemand meine Hand nahm und ihr meinen Arm um den Rücken legte, und dann machten die Fotografen noch mehr Bilder.
»Und jetzt lächeln«, sagte sie, drückte mich an sich und schaute mir in die Augen, und die Fotografen machten Bilder von der Seite, und dann zupfte einer mich am Ärmel und sagte: »Gut ... genau so«, und sie machten noch mehr Bilder. Die Frau, deren Namen ich noch immer nicht kannte, sagte, ich hätte in beiden Oberschenkeln Krämpfe gehabt, sei aber trotzdem losgeschwommen, wieder und wieder, bis ich die Autotür mit eigenen Händen aufgebrochen und ihren Vater befreit hätte. Sie sagte auch, ich sei mit dem Vater in den Armen an Land gekommen, habe ihn behutsam auf den Boden gelegt und dann das Bewusstsein verloren. Sie war wie ein lärmendes Küken, aber das änderte nichts an der Tatsache, dass sie sich alles aus den Fingern saugte und dass die Journalisten sich ihre Aussage notierten, nicht meine. Und noch immer zupfte mich jemand am Ärmel, weil ich so oder so stehen sollte, und dieses Gezupfe sorgte dafür, dass ich nicht mehr wollte, denn wenn ich eines nicht ertragen konnte, dann Leute, die andere herumkommandierten oder sie am Ärmel zupften. Der Journalist von »Dagbladet« fragte, ob ich

mich neben dem Krankenbett des Vaters fotografieren lassen wollte, der sei nämlich wieder bei Bewusstsein. Ich murmelte etwas von Unsinn, riss mich los und lief durch die Schwingtür auf den Vorplatz und blieb dort stehen, rang um Atem. Die Luft auszustoßen war kein Problem, sie wollte aber nicht herein. Also schnappte ich immer weiter nach Luft und versuchte, mich in den Griff zu bekommen. Ich schaute ins Café hinein. Der Arzt sprach mit den Journalisten. Kåre Nordagutu kam durch die Schwingtür.

»Das gibt eine ganze Seite in ›Dagbladet‹«, sagte er zufrieden.

»Gehen wir jetzt zur Wache?«, fragte ich.

»Das ist gut für uns alle, das hier«, sagte er zufrieden.

Ich spuckte Schleim aus. Er betrachtete den Schleimklumpen auf dem Asphalt.

»Ich fahre«, sagte er und klopfte mir den Rücken.

»Ist es nicht sehr heiß hier draußen?«

»Heiß, nein. Find ich nicht«, sagte er.

Im Wagen pfiff er vor sich hin. Endlich sagte er: »Du nimmst dir für den Rest des Tages frei.«

»Aber wir haben zu viel zu tun«, sagte ich.

»Hier wird nicht diskutiert. Du darfst jetzt nicht krank werden«, sagte er.

Ich freute mich über seinen Tonfall. Im Krankenhaus war er fröhlich gewesen und hatte mich gelobt. Hatte sozusagen kein Ende gefunden. Aber jetzt war er der Kåre Nordagutu, den ich kannte. Einer, der nicht über seine Entscheidungen diskutierte. Ich saß im Auto und hoffte, er werde sagen, ich sollte mir über die Sache im Café keine Gedanken machen, aber das sagte er nicht. Im Gegenteil. Er sagte ganz offen, er fände es toll, wie ich mit der Presse und der Tochter fertig geworden wäre, dass ich mich von den Schmeicheleien nicht hätte beeindrucken lassen und nicht ins Prahlen verfallen war, wie viele andere das gemacht hätten. Und wie gut es sei, dass ich auch nicht den Bescheidenen gespielt hätte. »Du

schienst alles ehrlich zu meinen und am Ende deiner Kräfte zu sein. Genauso hat das ausgesehen«, sagte er und lächelte als habe er entdeckt, dass ich eine Tasse mehr im Schrank hatte, als die meisten Leute ahnten.
Wir fuhren in die Garage unter der Wache und stellten dort den Wagen ab. Ich dachte die ganze Zeit daran, wie die Tochter sich verhalten hatte, dass es in Ordnung gewesen wäre wenn sie mir um den Hals gefallen wäre, wo sie ihren Vater doch so liebte. Dass sie sich aber stattdessen auf Freudentränen und überschwängliche Dankbarkeit verlegt hatte, hätte sie sich sparen können und mir lieber an einem ruhigeren Ort gesagt, was sie wirklich empfand.
Ich ging zum Fahrstuhl und drückte auf den Knopf.
»Trinkst du noch einen Kaffee?«, fragte Kåre.
»Ich lieg ja nicht im Sterben«, sagte ich.
Er lachte. Ich hatte vielleicht jetzt eine bessere Laune, aber ich fühlte mich wie gerädert, wie ein Gichtkranker. Und plötzlich glitt ich in eine dichte, ekelhafte Dunkelheit, und mein Kopf versank in einer Art schwarzem zähen Matsch. Ich bildete mir ein, ich würde mich nie wieder daraus herausziehen können, sondern sei in Treibsand geraten.
Wir gingen ins Wachzimmer. Dort standen Tove, Roger und Henrik Tiller mit ihren Kaffeetassen in der Hand.
»Wie geht's«, fragte Tove.
»Bisschen Probleme beim Atmen«, sagte ich.
Henrik nahm meine Hand und gratulierte mir.
»Gut gemacht«, sagte er.
»Ach, danke«, stammelte ich.
Er ließ meine Hand los und wischte sie an der Hose ab.
»Ja, das war doch etwas ganz anderes als der Gockel, der oben in Såner bei der Schulkapelle die große Trommel an sich gerissen und am 1. Mai losgehämmert hat«, sagte er.
Die anderen starrten ihn an und prusteten dann los.

Ich wollte nicht nach Hause fahren. Ich würde doch nur von Zimmer zu Zimmer wandern, grübeln, schwitzen, mir den Kopf zerbrechen. So ist es eben; wir kommen an eine Art Grenze im Leben, wo wir plötzlich nicht mehr ahnen, wie wir uns selber ertragen sollen. Das kommt nicht einfach so über uns, das Elend häuft sich im Laufe der Zeit an, und wir schieben eine ganze Zeit alle Unannehmlichkeiten, die knurren und sich vordrängen, immer wieder beiseite. Doch eines Tages geht das nicht mehr, und dann bricht der ganze stinkende Morast über uns herein. So ging es mir jetzt. Ich ging in Richtung Zentrum, rang um Atem, zitterte, alles tat mir weh. Ich hatte einen Greis vor dem Ertrinken gerettet und bereute das sehr. Nein, ich bereute es nicht, ich wünschte nur, es wäre nicht passiert. Am nächsten Tag würde der »Bote« mich auf der Titelseite bringen, und »Dagbladet« würde irgendwas über solide, zähe Polizisten oben im Hinterwäldlertal schreiben.

Ich wanderte zum Buchladen weiter. Ich hatte seit über einer Woche nicht mehr mit meiner Schwester gesprochen. Gegen Ende unserer Schulzeit hatten wir stundenlang miteinander geredet, hatten nächtelang über alles Mögliche diskutiert. Dann war sie aufs Lehrerseminar gegangen und von zu Hause ausgezogen, und ein Jahr später war auch ich weggezogen, nach Melhus eben. Nach der Ausbildung war sie zurückgekommen und hatte in Såner unterrichtet. Das war zu der Zeit, in der ich mich umgestellt hatte. Es ist schwierig, wenn Geschwister sich verändern. Ich hatte den Ehrgeiz gehabt, Schlagzeuger zu werden, aber eines Tages fand ich das dann alles sinnlos. Sollte ich Jahr für Jahr hinter einem Schlagzeug sitzen und trommeln, während der Sänger der Band »You gotta get it then« johlte, oder sonst etwas, dessen Bedeutung niemand kannte und die niemand wissen wollte? Sollte mein Leben so aussehen? Ich wollte gefordert werden, Aufgaben lösen, und deshalb bewarb ich mich an der Polizeischule und wurde angenommen. Meine Schwester wurde damit nicht fertig. Ich wollte Bulle werden? In den Straßen herumfahren und Bulle sein? Vor Botschaften Demonstranten zu Boden schlagen, sie vielleicht zu Pferd niederreiten, oder mit Helm und Knüppel in einer Schildburg stehen? Eine Zeit lang stritten wir uns jeden Tag, und dann ging ich auf die Schule, bewarb mich um die Stelle und bekam sie auch, traf meine Schwester wieder, und wir zankten uns weiter, wie vorher, bis wir dann anfingen, einander aus dem Weg zu gehen. Wir waren nicht verfeindet, es hatte sich einfach so ergeben. Was uns dann wieder zusammenbrachte, war Siv. Siv und Katrin waren seit vielen Jahren befreundet gewesen. Plötzlich wollte Siv eines Tages nichts mehr mit Katrin zu tun haben. Weder Katrin noch ich begriffen, warum. Einige Tage später erwischte ich Siv und Finn im Bellevue. Danach sprachen wir wieder regelmäßig miteinander. Das Einzige, was mir jetzt Probleme machte, war, dass Katrin unbedingt mit Siv in Kontakt bleiben wollte.

Ich ging in den Buchladen, den Katrin nach ihrem Ausscheiden aus dem Schuldienst gekauft hatte. Sie hatte nur eine Angestellte, eine kurzsichtige Frau namens Rut. Als ich den Laden betrat, stand Rut untätig herum und starrte die Kasse an. Das war kein ungewöhnlicher Anblick. Ich fragte nach Katrin.

»Bildungsverein«, sagte Rut.

»Was will sie denn da?«

»Weiß ich nicht mehr«, sagte Rut.

Ich ging in Richtung Bildungsverein. Vor dem Haus hatten sich an die fünfzig Leute versammelt. Katrin stand mit der Frau des Kulturdezernenten zusammen. Seit sie den Laden aufgemacht hatte, hatte sie sich einen neuen Freundeskreis zugelegt. Sie erzählte, eine junge Dame aus der Stadt gebe ein Konzert. Sie spiele Violine. Sie habe an der Musikhochschule studiert, und ihr erstes Konzert in Oslo habe ihr phantastische Kritiken eingebracht. Und jetzt wolle sie dasselbe Programm hier spielen, Musik für Violine, Cello und Klavier, sagte Katrin.

Ich sagte, ich müsse mit ihr reden. Im Haus klingelte eine Glocke.

›Komm mit rein«, sagte sie, sah mich an und schlug vor, bis nach dem Konzert zu warten. Ich interessierte mich nicht mehr für Musik, fühlte mich aber auch nicht gerade toll, nein, ich fühlte mich überhaupt nicht toll, und da meine Schwester schon oft beruhigend und aufmunternd auf mich gewirkt hatte, sagte ich ja. Ich hatte gegen Ende meiner Schulzeit ein wenig klassische Musik gehört, Ravel, Beethovens Fünfte, diesen ganzen Kram, den alle hören, aber das war lange her, und schon damals hatte es mich nicht sonderlich begeistert. Aber egal, wir gingen hinein, und da Katrin mit der Frau des Kulturdezernenten zusammen gekommen war, saßen wir ganz vorn, zusammen mit der restlichen kulturellen Elite der Stadt; einigen Malern und Kunsthandwerkerinnen, dem Besitzer einer kleinen Galerie, einem Typen, der Gedichte schrieb, einem Gesangslehrer an der Gesamtschule, der in seiner Freizeit Kirchenmusik komponierte; Leute, die sich in ihrem Fach nach besten Kräften festbissen, ohne damit wirklich Erfolg zu haben.

Die junge Frau war vielleicht fünfundzwanzig. Sie hatte lange blonde Haare. Sie trug eine schwarze Jacke, einen kurzen schwarzen Rock, eine schwarze Strumpfhose und schwarze hochhackige Schuhe. Sie war schlank und hübsch und kam mir überhaupt nicht nervös vor. Sie zupfte an den Saiten, und ab und zu schaute sie hoch und lächelte in den Saal. Es wurde still. Die junge Dame hob die Geige, und damit hatte das Konzert angefangen. Ich fand es langweilig. Die Musik sagte mir nichts. Um mich zu beschäftigen, sah ich der Kleinen beim Geigen zu. Mein Großvater hatte eine Geige gehabt und auf der auch ab und zu gespielt. Aber das hier war etwas ganz

anderes als sein falsches Gejaule. Mir fiel auf, wie sicher sie spielte. Ab und zu bewegte sie ihren Oberkörper sehr heftig und warf sich so plötzlich zurück, dass es aussah, als ringe sie mit ihrem Instrument. Es war etwas ganz anderes, als ein zehnminütiges Trommelsolo zu versuchen, das mit den Stöcken auf dem Bühnenboden endete.
Ich setzte mich in meinem Sessel gerade. So zu spielen, vom Spielen für ein lauschendes Publikum zu leben, Applaus und gute Kritiken einzuheimsen, und nach dem Konzert scharten sich die Menschen um dich, wollten dein Autogramm. O ja, es war sicher mühsam und auf die Dauer ein undankbarer Beruf. Aber trotzdem, dachte ich, sie kann spielen, und die, die hier im Saal sitzen, hören es und zeigen auch, dass sie das tun. Plötzlich ging mir auf, dass ich nicht weitermachen wollte. Ich hatte meine Ziele gehabt, aber jetzt konnte ich nicht mehr. Nicht die Arbeit als Polizist war das Problem, sondern die, mit denen ich zusammenarbeitete. Ich hatte nichts gegen Tove oder Kåre oder Roger, was in mir bohrte, war etwas ganz anderes. Dass ich mich selbst in ihrer Gesellschaft nicht ausstehen konnte. Ich konnte meine Stimme, mein Lachen, meine Gesten nicht ausstehen. Ich fand, dass meine Stimme falsch klang und dass meine Bewegungen affektiert wirkten. Ich war sicher, dass sie über mich lachten, und das quälte mich, und noch mehr quälte es mich, dass ich in mir gefangen war, in der Person Stein Ove Sand. Das ging mir jetzt deutlich auf.
Ein Beispiel waren meine Freunde. Ich hatte keine mehr. Ich hatte die Frau verloren, die ich liebte. Meine Kollegen wichen mir aus. Die Leute, denen ich aus dem Elend zu helfen versuchte, verachteten mich. Niemand wollte noch etwas mit mir zu tun haben. So war jetzt mein Leben. Was sollte ich machen, wenn ich aufhören musste? Ich horchte auf die Musik, aber das half nichts. Die Vorstellung, dass ich verlassen worden war, war allmächtig.

Der erste Satz war zu Ende. Ich applaudierte.

»Das ist phantastisch«, flüsterte Katrin.

»Ja, wirklich phantastisch«, sagte ich.

Wer will verlassen werden? Wer will vergessen und einsam leben? Ich nicht. Und dennoch war ich dabei, zum Einsiedler zu werden. Wie war es möglich, dass ich zu dem Sand oben im Klokkervei geworden war, mit dem niemand mehr etwas zu tun haben wollte? Ich wollte, dass es anders war, aber wenn es anders werden sollte, musste etwas geschehen, und damit etwas geschehen konnte, musste ich zuerst herausfinden, wie ich in diese Situation geraten war. Ich setzte mich noch einmal gerade. In diesem Moment endete ein Satz. Irgendwer applaudierte, und sofort applaudierte der ganze Saal, und die junge Dame lächelte und deutete eine Verbeugung an. Sie hob die Geige, sah den Pianisten an und begann mit dem nächsten Satz. Ich werde nicht versuchen, die Musik zu beschreiben. Es ist zu dumm, Musik beschreiben zu wollen. Das klappt nie, egal, was wir sagen. Aber es lässt sich nicht leugnen, dass es in der Musik etwas gibt, das uns direkter berührt, unsere Nerven klarer anspricht als in anderen Kunstarten, Malerei zum Beispiel. So sehe ich das. Als ich jünger war und Schlagzeug spielte, wurde ich von der Musik oft gerührt. Ich konnte mit einem Plattencover in den Händen vor der Anlage stehen, etwas hören und vor mich hin schniefen. Das hatte ich jetzt seit vielen Jahren nicht mehr erlebt. Jetzt saß ich also im Saal des Bildungsvereins, und die Musik, die hier gespielt wurde, war nicht für den Hintergrund geschaffen, sie nahm den ganzen Saal ein und füllte ihn mit zarten Klängen. Ich hatte keine Ahnung, was sie spielten, aber das war egal, denn plötzlich spürte ich, wie sich in mir etwas bewegte. Ich war gerührt, und mir würden gleich die Tränen kommen. Das war unerträglich. Von mir aus können alle anderen gerührt sein und weinen, wenn sie Musik hören. Dafür gibt es immer einen Grund. Was aber so entsetzlich war, war, dass ich in einem voll besetzten Saal in Tränen ausbrach. Und in diesem Saal wimmelte es von Menschen, über die ich sonst Witze riss und über die ich lachte. Die so genannte kulturelle Elite von Melhus forderte einen ja geradezu dazu auf. Sie waren selbstgerecht und intolerant und verachteten alle, die aus gewöhnlichen und unwissenden Dörfern stammten. Und jetzt saß ich zwischen ihnen und weinte wie ein Kind. Ich saß immer noch ganz gerade und starrte auf die Bühne, ohne etwas sehen zu können, während mir die Tränen über die Wangen liefen. Die Musik ging einfach weiter und schien kein Ende nehmen zu wollen. Ich bewegte den Kopf ein wenig. Auf meiner linken Seite saß die Frau des Kulturdezernenten. Ich schaute sie an. Sie starrte mit großen Augen zurück. Ich fand in ihrem Gesicht einen gierigen, abstoßenden Zug, als mache sie sich über einen so fetten und ekelhaften Kuchen her, dass kein vernünftiger Mensch ihn anrühren würde. Ich drehte mich wieder der Bühne zu, dann sah ich nach rechts, wo meine Schwester saß. Sie starrte nicht. Sie hatte es bemerkt und nahm Rücksicht. Ich stellte fest, dass zwei andere Frauen in unserer Reihe sich vorbeugten und mich mit dem gleichen gierigen und abstoßenden Blick anstarrten wie die Frau des Kulturdezernenten. Ich lehnte mich langsam zurück und legte die Hände in den Schoß. Ich konnte doch nicht aufstehen und gehen. Ich musste sitzen bleiben, bis alles vorüber war. Schlimmer kann es ja nicht werden, dachte ich. Aber das wurde es. Denn plötzlich, im zartesten Teil des Satzes, stieß ich ein Schluchzen aus. Es kam einfach so. Und dann kam noch eins, und noch eins. Ich hätte wirklich alles gegeben, um es unterdrücken zu können, aber das konnte ich nicht, alles schien aus mir herauszubrechen, alles, was ich an Gemeinheit und Wut und Selbstmitleid angehäuft hatte, alles Elend, das ich mit solcher Mühe versteckt gehalten hatte, weil es mir nicht im Weg stehen sollte. Alles brach während dieses Konzerts im Saal des Bildungsvereins aus mir heraus, und es nahm kein

Ende, und nachher merkte ich, dass der ganze Saal es gesehen und gehört hatte und sich alle Mühe gab, mich nicht permanent anzusehen. Endlich war das Konzert zu Ende, wir konnten der jungen Dame, die in Oslo so erfolgreich debütiert hatte, applaudieren. Die Leute sprangen von ihren Stühlen auf und riefen Bravo, und ich tat es ihnen nach, stand auf, klatschte im Takt mit den anderen und rief: »Bravo! Bravo! Bravo!«

Langsam und zögernd, wie zwei x-beinige Schulkinder, gingen wir zum Marktplatz hinunter. Auch Katrin war verlegen. Endlich fragte sie: »Was ist mit Siv und dir?«
»Ich weiß nicht, ob da etwas ist«, sagte ich.
»Na gut«, sagte sie. Wir gingen weiter. Neben dem Bürgersteig floss schlammiges Wasser über Krokus und Löwenzahn.
»Hast du sie in letzter Zeit gesehen?«
»Ich glaube, sie hat einen anderen«, sagte ich.
»Ach?«, fragte Katrin mit aufgesetzter Überraschung.
»Und du weißt das genau«, sagte ich.
»Nein, das weiß ich nicht. Wer ist es denn?«
Wir überquerten die Straße. »Ist doch egal. Wenn sie endlich einen neuen Mann gefunden hat, dann ruft sie nicht mehr an. Ihre Anrufe sind eine richtige Plage geworden. Aber ich wollte eigentlich nicht über Siv sprechen.«
»Worüber denn? Über Opa?«
»Über mich, über meine Arbeit«, sagte ich.
»Was ist damit?«
»Ich schaff es nicht mehr.«
»Ist es zu hart?«
»Sie ergibt keinen Sinn mehr.«
»Willst du aufhören?«
»Das ergibt auch keinen Sinn«, sagte ich.
»Stein Ove«, sagte sie. »Was könntest du denn sonst noch machen?«

Wir erreichten den Kiosk, wo Videos verkauft wurden.
»Ich weiß nicht, was ich machen soll«, sagte ich.
Sie blieb stehen und musterte mich eindringlich.
Ich wollte ihr erzählen, was passiert war, aber das brachte ich nicht über mich. Es kam mir vor wie der Beginn einer unendlich langen Wanderung. Wieder dachte ich, dass ich wünschte, es sei niemals passiert. Oder dass ich im Auto hätte sitzen sollen. Und dann hätte ich dasselbe gemacht wie der Alte, ich hätte die Tür nicht geöffnet.
Wir gingen zum Buchladen hinunter.
Rut starrte noch immer die Kasse an. Sie schien sich nicht bewegt zu haben. Sie hob den Kopf, sah mich durch dicke Brillengläser an, drehte sich zur Hintertür um und stieß ihre üblichen Krähenrufe aus. »Hallo! Hallo! Er ist da!« Dann senkte sie den Kopf und schaute wieder auf die Kasse. Katrin verschwand im Hinterzimmer und kam wieder zum Vorschein. Sie versuchte zu lächeln, blieb stehen und machte sich an den Knöpfen ihrer Bluse zu schaffen. Ich setzte mich auf die Trittleiter.
»Hier ist jemand für dich«, sagte sie.
»Was für ein perfekter Zufall«, sagte ich.
»Ich weiß, dass du nicht willst. Aber tu es trotzdem«, sagte sie.
Ich schaute zum Eingang hinüber. »Kennst du Siv noch immer nicht? Die würde doch alles tun, um die Aufmerksamkeit auf sich zu lenken. Wenn ihr jemand den Rücken zukehrt und etwas tut, wobei sie nicht mitmachen darf, dann dreht sie durch. Ich will nichts damit zu tun haben. Ich bin nicht mehr ihre Mülltonne.«
Ich sah eine Szene aus »Der Pate« vor mir. Al Pacino hat seinen älteren Bruder Fredo aus der Familie ausgestoßen. Die Mutter stirbt, die ganze Familie versammelt sich am Sterbebett, und Fredo darf kommen, doch Pacino will sich nicht im selben Zimmer aufhalten wie er. Dann geht die Schwester, die

in der Familie die Rolle der Vermittlerin übernehmen muss, zu Pacino in den Nebenraum. Sie fällt vor ihm auf die Knie und fragt: »Kannst du Fredo nicht verzeihen? Er ist ohne dich so klein und hilflos. Er braucht dich so.« Pacino geht hinaus, umarmt Fredo und sagt, dass Fredo wieder bei ihnen wohnen darf, gibt aber ein Zeichen, dass er umgebracht werden soll. Es ist eine blödsinnige Geschichte über Stolz und Verrat, über einen Mann, der sich und seinen Nächsten das Leben ruiniert, weil er in seinen Vorstellungen feststeckt, und wenn die Welt nicht mehr mit seinen Vorstellungen übereinstimmt, muss die Welt den Vorstellungen angepasst werden. Ich wusste, dass sie versuchen würde, mich weich zu klopfen. Sie wollte mich weich wie Ton kneten, damit sie wieder die Herrschaft an sich reißen konnte. So weit sollte es nicht kommen. Ich sah es sofort, als ich das Hinterzimmer betrat. Ich nahm mir einen Holzstuhl, dachte, das alles habe doch keinen Sinn, bei Siv ging es immer nur darum, dass sie nichts loslassen wollte, was sie sich einmal unter den Nagel gerissen hatte.
»Ich weiß, dass du in der Wache warst«, sagte sie. »Traust du dich nicht, mit mir zu reden?«
»Es kam ein Anruf«, sagte ich.
Sie starrte mich verletzt an. Darüber freute ich mich. Das machte alles leichter. Ich schnippte eine tote Biene von der Tischplatte.
»Ich darf dich nicht mögen«, sagte sie.
Ich hatte keine Ahnung, was das bedeuten sollte. Ich nahm mir eine Illustrierte, und als ich mich zurücklehnte, sah ich auf dem Tisch ein Wasserglas mit kaltem Kaffee. Im Glas schwamm Spucke.
»Ich muss dir etwas sagen«, sagte sie.
»Ich weiß schon«, sagte ich.
»Wie ist das möglich?«, fragte sie verblüfft.
»Macht mir nichts aus, dass du einen neuen Mann hast. Darüber bin ich hinweg.«

»Ich habe keinen. Wer sollte das denn sein?«
Dazu mochte ich keinen Kommentar abgeben.
»Wer sollte das sein?«, fragte sie.
»Vergiss es. Ist mir schnurz«, sagte ich.
»Aber ich habe keinen«, sagte sie.
»Dann rede endlich«, sagte ich geduldig.
»Ich bekomme ein Kind«, sagte sie.
Ich starrte das Glas mit dem Speichel an.
»Warum verbreitest du solche Lügen?«
»Das ist keine Lüge. Ich bekomme ein Kind«, sagte sie.
Ich verschränkte die Arme.
»Siehst du das nicht?«, fragte sie.
Sie war bleich und nicht mehr füllig, sie kam mir sogar schlanker vor.
»Und seit wann nehmen schwangere Frauen ab?«, fragte ich.
Sie legte sich eine Hand auf den Bauch. Ihr Bauch wölbte sich tatsächlich.
»Hier liegt es, unter meiner Hand. Du kannst mit meinem Arzt reden.«
Mehr brauchte ich nicht zu hören. Ich wusste, dass sie vor meiner Tür gestanden hatte, dass sie mir einmal zu einem Freiluftkonzert auf Haugvollen gefolgt war und dass sie in mein Leben eindringen wollte. Aber das hier war zu wild. So weit durfte sie nicht gehen.
»Ja. Du kriegst ein Kind. Und es gibt einen Vater. Wenn du irgendwelche Hilfe brauchst, dann bin ich bereit, solange es nichts Persönliches ist. Geld kannst du haben, mehr nicht.«
Sie sah aus, als hätte ich ihr einen Eimer Wasser ins Gesicht gekippt.
»Aber begreifst du nicht? Es ist von dir«, sagte sie.
Ich starrte eine Weile in die Illustrierte.
»Ich habe in einigen Minuten eine Verabredung«, sagte ich.
»Du bist der Vater des Kindes, Stein Ove.«
Ich winkte ab. »Ich muss los«, sagte ich.

Sie ging zur Tür und schloss sie.
»Du erinnerst dich an unseren letzten Abend?«, fragte sie.
Ich hob einige Bücher vom Boden auf, stellte sie ins Regal, summte vor mich hin.
»Ich hatte das Diaphragma nicht eingesetzt«, sagte sie.
»Ich muss gehen«, rief ich und trat ans Fenster. Leute gingen vorbei. Ein Auto hupte, weil ein anderes bei Grün nicht losfuhr. Alles hinter der Fensterscheibe kam mir vor wie ein Fernsehbild. Dort draußen lag eine fremde Welt, wo die Menschen Dinge dachten und sagten, die ich nicht verstand. Das Einzige, was ich begriff, war, dass sie keinen Kummer und keine Sorgen mit sich herumschleppten. Ihnen ging es gut.
Siv bat mich, mich zu setzen, und sagte, was immer ich auch täte, wir müssten miteinander reden können. Ich könnte nicht weiterhin so tun, als existiere sie nicht, jetzt, wo wir zusammen ein Kind bekämen. Sie sagte, sie wisse, dass unsere Beziehung nicht tot sei, dass sie aber auch nicht davon ausgehe, alles könne wieder so werden wie früher, jedenfalls nicht sofort.
»Jetzt weiß ich, warum Finn die Stadt so plötzlich verlassen hat«, sagte ich.
»Was?«, fragte sie und sprang auf.
»Warum gehst du nicht ausnahmsweise mal mit deinen Problemen zu dem, der die Probleme verursacht? Du hast mit Finn geschlafen, nicht mit mir. Du bist schwanger von ihm, nicht von mir. Er ist mit eingekniffenem Schwanz abgehauen und hat dich im Stich gelassen. Was hast du also vor?«
»Er ist umgezogen, weil ich ihn verlassen habe.«
Ich lachte. Ich sagte: »Du hast noch nie im Leben jemanden verlassen.«
Worauf sie anfing, auf mich einzuschlagen. Sie schrie und fauchte. Als sie verstummte, sah sie mich an, als könne sie nicht mehr verstehen, wen sie da vor sich habe. Ich hatte einen Kratzer auf der Wange und wischte mir mit dem Handrücken Blut ab. Ich dachte an etwas, das eine Frau einmal zu

mir gesagt hatte. Sie behauptete, ich hätte ein Gesicht, das sich fast nie veränderte. Sie habe so gut wie niemals jemanden mit einem Gesicht gesehen, das so konsequent keine Gedanken und Gefühle zeigte. Sie hielt mich nicht für kalt, es sei etwas anderes, doch was mit mir los sei, wisse sie nicht. Mir ging auf, dass ich Siv in all den Jahren für selbstverständlich gehalten hatte. Sie hatte sich verändert, und das nicht gewollt oder absichtlich, sondern weil sie die Veränderungen nicht unter Kontrolle hatte. Sie lebte außerhalb ihrer Selbst. Und das hatte mich in die Irre geführt. Ich hatte geglaubt, das zu sehen, das dahinter war.

Ich ging zu ihr hinüber und blickte auf ihre Haare hinab. Die waren früher dicht gewesen, jetzt dünnten sie aus. Ich fühlte mich ruhig, als hätte ich plötzlich den totalen Durchblick.

Ich packte ihre Hand und bezeichnete sie als Nutte.

Sie nahm ihre Tasche, die auf dem Stuhl lag. Sie stand auf und starrte ihren Trauring an, als entdecke sie erst jetzt, dass sie ihn wieder angesteckt hatte. Sie zog ihn vom Finger.

»Ich hoffe, du wirst in Einsamkeit verrotten«, sagte sie.

Ich hörte, dass sie durch den Laden lief. Ich trottete zur Tür und horchte. Es war still geworden. Ich ging zum Tisch, starrte das Glas mit dem Kaffee an, dachte, dass es auch diesmal nicht geklappt hatte, auch diesmal war die Sache nicht so gelaufen, wie ich das wollte. Jemand anders schien sich in meine Angelegenheiten einzumischen und sie aus dem Ruder laufen zu lassen. Und diesmal hatte Siv bei der Sache den Kürzeren gezogen. Wer hatte sich denn mit dem besten Freund ihres Mannes eingelassen? Wer hatte so jämmerlich um Gnade gefleht? Wer hatte eine faustdicke Lüge nach der anderen aufgetischt?

Katrin kam herein.

»Ich will allein sein. Ich bin krank«, sagte ich.

Katrin blieb stehen und sah mich an.

»Grete Gjørstad hat angerufen«, sagte sie.

»Grete Gjørstad«, sagte ich.
»Es geht wohl um Nina. Sie sagt, es sei wichtig.«
Ich hätte gern das ganze Zimmer zu Klump geschlagen. Alle die schönen Bücher, die meine Schwester so grenzenlos verehrte, standen in Reih und Glied da und lachten mich aus. Ich fasste mir an den Kopf.
»Ich bin krank«, sagte ich.
Katrin nahm das Glas vom Tisch.
»Rut«, rief sie mit energischer Stimme.
Rut trottete herein.
»Ja, Frau Sand?«, quäkte sie.
Katrin zeigte auf das Glas mit der Spucke.
»Mein Glas rührst du nie wieder an. Ist das klar?«, fragte sie.

Ich nahm Ninas Koffer, trug ihn zum Wagen, öffnete ihr die Tür. Sie stieg ein. Ich nickte zum Tor hinüber. Grete bedachte mich mit einem gequälten und dankbaren Blick. Ich fragte sie, wie lange das so bleiben solle. »Bis der Krach mit Robert vorbei ist«, sagte sie. Sie stand hinter dem Tor und trat von einem Fuß auf den anderen, und dann erzählte sie mir, dass sie beim Essen den Hof auf Hugo übertragen und dass Robert losgebrüllt und einen Spiegel zerschlagen habe. »Der arme Junge«, murmelte sie, als habe sie ihn durch einen Unfall verloren. Auch sie wäre gern mit in den Klokkervei gezogen. Ich sagte, sie müsse für ihre Entscheidungen einstehen, niemand könne sie daran hindern, Hugo den Hof zu übertragen, und Robert schon gar nicht. Dann ging ich um das Auto herum und stieg ein. Nina durchwühlte meine CDs. Sie sah aus, als habe sie ihrem Bruder als Punchingball gedient.
»Hat er dich um Entschuldigung gebeten?«, fragte ich.
»Entschuldigung? Robert?«, fragte sie.
»Das geht doch einfach nicht«, sagte ich.
»Warum sollte das nicht gehen?«, fragte sie.
Wir fuhren durch die Nordre gate.

Sie sah mich an. Dann summte sie zur Musik. »Das hier ist schön«, sagte sie und pfiff den Refrain. Sie lächelte, die Wunde in der Oberlippe riss auf und fing an zu bluten. Ich nahm ein Papiertuch aus dem Handschuhfach und reichte es ihr. Sie presste es auf die Wunde. Ich stellte mir Robert vor, mit nacktem Oberkörper, wie er unten im Kellerzimmer von Hauger auf sie einschlug. Es war wie die Sache mit dem Hund. Ich konnte es einfach nicht glauben. Wir erreichten den Klokkervei. Ich fuhr auf den Hofplatz und nahm das Gepäck aus dem Wagen. Nina ging zum Zaun und schaute hinunter auf die Kvenna. Das gesamte Delta war überschwemmt. Kleine Boote kreuzten zwischen den Dächern von Scheunen, Ställen und Wohnhäusern. Ein Mann in orangem Overall, ein winzig kleiner Mann ganz tief unten stand in einem Boot und versuchte, einen Hund von einem Hausdach herunterzulocken. Nina betrachtete den Fluss und das viele Treibgut. Ich fragte, woran sie denke.
»Wärst du da draußen im Wasser fast ohnmächtig geworden? Kam dir am Ende alles irgendwie friedlich vor?«
»Warum willst du das wissen?«, fragte ich.
Sie schnaubte. »Ach, einfach so.«
Ich hatte solche Fragen schon oft gehört. Ich ging seit Jahren durch das Dorf, hatte die Familien besucht, mit Jungen und Mädchen geredet. Wenn Eltern und Lehrer geahnt hätten, welche Phantasien durch den Kopf eines molligen Mädels in schwarzer Kleidung spukten, das fast nie ein Wort sagte, dann hätten ihnen die Haare zu Berge gestanden. Ich hatte mit ihnen gesprochen und kannte zwei Psychologen, die gerne die Schweigepflicht brachen. Nina war anders, aber etwas an ihr erinnerte mich an diese fieberhaften Mädchen, die mit Erregung in der Stimme über Tod und Satan fabulierten. Ich holte Papiertücher aus der Küche, bückte mich und wischte ihr das Blut vom Mund. Sie spitzte die Lippen. Ich wischte weiter. Sie leckte sich die Wunde.

»Wie findest du mich?«, fragte sie.
»Du bist toll«, sagte ich.
»Das findest du nicht«, sagte sie.
»Doch, das tu ich.«
»Du zeigst es nicht«, sagte sie.
»Doch, das tu ich«, sagte ich.
»Du musst es zeigen«, sagte sie.
Sie legte eine Hand auf meinen Oberschenkel, sah mich an und versuchte herauszufinden, was jetzt kam und wie sie es anstellen sollte.
»Ich glaube, du legst dich besser ein wenig hin«, sagte ich.
Sie schaute hoch. Dann richtete sie sich auf und schlurfte in ihr Zimmer. Ich ging hinterher. Sie warf ihren Koffer aufs Bett und öffnete ihn. Er war voll gestopft mit Schundromanen, mit einer zerfledderten Auswahl an dramatischen Erzählungen, die ich ihr in den beiden vergangenen Jahre aus dem Buchladen mitgebracht hatte. Sie nahm ein Buch heraus, legte sich aufs Bett und fing an zu lesen. Ich ging in mein Schlafzimmer, öffnete den Kleiderschrank und fand den Plastikbehälter mit Schlafmittel und Sobril. Ich ging in die Küche und setzte Wasser auf. Ich nahm eine Pfanne aus dem Schrank und holte Eier, Milch, Schinken und Schnittlauch. Dann machte ich einen Omelett-Teig, goss das kochende Wasser in eine Teekanne und warf zwei Lipton-Beutel hinein. Ich schmierte Apfelsinenmarmelade und Blauschimmelkäse auf einige Kekse. Ich füllte ein Halbliterglas mit Vollmilch. Ich nahm mir ein Tablett, stellte eine Zuckerdose und das Milchglas darauf, danach briet ich das Omelett und bedeckte es mit dünnen Käsescheiben. Ich nahm die Teebeutel aus der Kanne und stellte die Kanne auf das Tablett. Ich nahm es und ging aus der Küche zum Badezimmer. Vor dem Badezimmer stellte ich das Tablett auf den Boden, ging hinein und ließ heißes Wasser in die Badewanne laufen. Dann nahm ich das Tablett wieder und ging zum Gästezimmer. Einige Sekunden lausch-

te ich an der Tür. Es war still. Möglicherweise schlief sie, und wenn das der Fall war, wollte ich das Tablett einfach stehen lassen. Ich würde ins Wohnzimmer gehen, während sie schlief, und ein wenig lesen, aufräumen, den Schrank von innen streichen. Ich musste Kontakt zum Jugendamt und zur Sozialfürsorge aufnehmen, aber nicht sofort, sie sollte erst zur Ruhe kommen, dann wollte ich mir ihr reden und feststellen, was passiert war. Es kam mir nicht mehr so unvorstellbar vor, dass Robert seine kleine Schwester geschlagen hatte. Ich schob die Tür auf und betrat das halbdunkle Zimmer. Nina hatte sich umgedreht und lag auf dem Bauch. Sie schlief. Ich stellte das Tablett ab, setzte mich auf die Bettkante und sah, dass sie sich ein Schmuckstück zwischen die Zähne geschoben hatte. Eine Hand war in ihrer Hose verschwunden. Sie ließ ein leises Stöhnen hören. Sie bewegte ihren Hintern.

Ich wartete zwei Minuten neben dem Kamin ab. Dann ging ich zurück zu ihrem Zimmer und schaute hinein. Sie hatte den Mund halb offen, atmete schwer, und die Hand, die in ihrer Hose gesteckt hatte, hing schlaff zu Boden. Ich schlich zum Nachttisch. Sie öffnete die Augen. Ich sagte, sie solle weiterschlafen. Sie stützte sich auf den Ellbogen auf und wischte sich den Mundwinkel.

Ich ging zur Tür.

»Er ist schon seit Jahren hinter mir her.«

Ich drehte mich um und trat neben das Bett.

»Was hast du gesagt?«, fragte ich.

»Das stimmt. Er fasst mich an.«

Ich setzte mich auf die Bettkante.

»Von wem redest du?«

Sie nahm sich einen Keks.

»Manchmal sieht er mich nur an. Manchmal mache ich auch was«, sagte sie, beugte sich vor, nahm die Gabel und trennte ein Stück Omelett ab.

»Von wem redest du?«, fragte ich.

Plötzlich fegte sie das Tablett vom Tisch. »Glaubst du, ich lüge?«, heulte sie. Sie fuhr herum und kehrte mir den Rücken zu. Ich stand auf, sah sie an, und dann ging ich aus dem Zimmer und hinüber ins Wohnzimmer. Ich trat auf die Veranda, blickte auf Melhus hinab und auf das weite Land, das immer weiter unter Wasser lag. Ich konnte nicht fassen, wie ich so naiv hatte sein können. Ich war oben bei ihnen gewesen, hatte mit Nina im Bus gesessen, war mit Robert in die Kneipe gegangen, Grete hatte mich im Klokkervei besucht, aber trotzdem war ich nicht ein einziges Mal auf diesen Gedanken gekommen. Ihre Rastlosigkeit, sein Widerwille und seine Wut, als wolle er etwas verbergen. Gretes totale Ahnungslosigkeit, was die beiden betraf.

Ich rief in der Nordre gate an. Betty nahm ab.

»Ist Grete da?«, fragte ich.

»Die ist weggegangen. Soll ich ihr etwas ausrichten?«

»Ich komme. Ist Robert da?«

»Nein. Soll ich ihm etwas ausrichten?«

»Ich bin gleich bei euch«, sagte ich.

Ich fuhr über das Kraftwerksgelände, weiter zur Nordre gate und vorbei an Breidablikk, wo einige der Mongoloiden in ihren Trainingsanzügen zusammen mit ihrem Gruppenleiter Kjærstad auf dem Rasen auf und ab hüpften, dann bog ich ab und hielt vor dem Haus von Hugo und Betty. Jonny spielte an der Garagenmauer Fußball, Tråseth saß in einer Hollywoodschaukel zwischen den Apfelbäumen. Vor seinen Füßen im Gras stand ein brauner Pappkoffer. Ich öffnete die Haustür und schaute hinein, ging über den Flur. Grete stand vor dem Wohnzimmerfenster.

»Wir haben im Radio über dich gehört«, sagte sie.

»Ich muss mit dir sprechen«, sagte ich.

»Ich habe gewusst, dass du so etwas tun würdest. Wartet nur, habe ich gesagt.«

Ich wusste nicht, wie ich es sagen sollte.
»Ist in letzter Zeit zwischen Robert und Nina etwas passiert?«
»Du weißt doch, was passiert ist. Robert kann man einfach nicht im Haus haben.«
»Nein, ich meine, noch mehr, etwas zwischen ihnen, etwas, das …«
Wie sagt man einer Mutter, dass Sohn und Tochter etwas miteinander haben?
»Was ist los?«, fragte sie und schien sich plötzlich zu fürchten.
Es war unmöglich. Sie würde es nicht verstehen. Sie würde es ganz einfach nicht an sich heranlassen, dachte ich. In Grete Gjørstads Welt gab es so etwas nicht, sie würde sich quer stellen wie ein Brett in der Strömung, und danach würde sie zum Fernseher gehen und den Videotext einschalten.
»Ach, nichts«, sagte ich.
Grete zog den Vorhang beiseite und schaute hinaus.
»Gunnar will nach Norden zu seiner Schwester ziehen.«
Es fing an zu regnen. Plopp, plopp, plopp.
»Ich habe ihm gesagt, dass Hugo den Hof übernehmen wird«, sagte sie, seufzte und ging mit kleinen Schritten aus dem Zimmer und hoch in den ersten Stock. Ich blieb stehen und sah den Mann in dem braunen Anzug an, der mit den Händen über seine ausgebeulten Hosenbeine strich. Der Regen verdichtete sich. Ich ging in die Küche. Hugo saß am Küchentisch und säuberte sein Gewehr. Er hatte die Tischplatte mit Zeitungspapier bedeckt und die Einzelteile darauf ausgebreitet. Er putzte den Lauf mit einer Bürste und einem weißen Lappen. Hugo hielt seine Waffen peinlich genau in Schuss. Wenn es um Pflege, Säuberung und Benutzung von Waffen ging, konnte er als Vorbild gelten. Er hätte Schützenfeste gewinnen und es bis zur Landesmeisterschaft bringen können, aber das war ihm nicht wichtig.
»Ich habe gehört, dass du den Hof übernimmst«, sagte ich.

Er nickte. »Das, was eventuell übrig bleibt.«
»Heute Morgen stand noch alles«, sagte ich.
Er hörte auf zu putzen. »Woher weißt du das?«
»Solche Meldungen laufen auf der Wache ein.«
Er ließ das Scharnier einrasten, hob das Gewehr, zielte auf die Wand und stellte es weg.
»Was ist mit Tråseth?«, fragte ich.
Er blickte mich misstrauisch an.
»Woher soll ich das wissen?«
»Er sagt, er will zu seiner Schwester ziehen.«
Er zuckte mit den Schultern. »Na und?«
»Seine Schwester ist neunundachtzig und fast blind und halb gelähmt. Sie wohnt in einem Altersheim und hat ihr Haus verkauft. Wie kann er da bei ihr wohnen wollen?«, fragte ich.
»Er ist schließlich erwachsen«, sagte er.
Zum ersten Mal, seit ich Hugo kannte, erschien er mir als aalglatter, kalter Mistkerl. Ich hatte mir eingeredet, er sei ein einsamer Wolf, wortkarg und eigenbrötlerisch, aber jetzt saß er hier, und es war ihm egal, ob Tråseth sich einen Strick nahm.
Ich ging zu Tråseth hinaus. Es regnete noch immer, still und frühlingshaft.
»Ich höre, du willst heute aufbrechen?«, fragte ich.
Manchmal kommt man an andere Menschen einfach nicht heran. Man kann nicht sehen, was sie wollen, was sie denken oder fühlen. Ab und zu erkenne ich das sofort. Manche sind wie offene Bücher, und unter ihnen gibt es ein paar, die wirklich mit scheußlichen Dingen Probleme haben. Tråseth war mehr als bereit dazu, mir alles zu erzählen, was er ausgebrütet hatte.
Ich setzte mich. Er nahm den Pappkoffer auf seinen Schoß.
»Die Straßen nach Norden sind alle gesperrt, alle kämpfen mit dem Wasser, einen schlimmeren Tag hättest du dir gar nicht aussuchen können. Wenn du willst, dann rede ich mit dem Sozialamt. Die haben Wohnungen«, sagte ich.

»Glaub nicht, dass ich dorthin ziehe«, sagte er.
»Liegt es am Haus?«
Er gab keine Antwort.
»Du bekommst doch Schadensersatz«, sagte ich.
»Geld ist nicht wichtig.«
»Hast du dich mit jemandem gestritten?«
Er gab keine Antwort.
»Hat es mit Gjørstad zu tun?«
Er öffnete den Mund und machte ihn wieder zu.
»Liegt es an Grete? Oder an Robert?«
Er machte sich mit einem schmutzigen Fingernagel an seinem Koffer zu schaffen.
»Ist dir jemals Ludvik Gjørstad begegnet?«
Er hob seine buschigen Augenbrauen.
»Sicher. Der hat manchmal vorbeigeschaut.«
»Bei dir und Eva, in den Sechzigern?«, fragte ich.
»Das war die einzige Möglichkeit für Grete, ihren Vater zu sehen.«
»Haben Grete und Ludvik sich bei dir heimlich getroffen?«
»Sie war erwachsen. Das war ihre Sache.«
»Wusste Rasmus von diesen Treffen?«
»Nein. Der hätte sie rausgeworfen.«
Mir fiel etwas ein, und ich ließ es darauf ankommen.
»Was war mit Georg und dir?«
Tråseth hielt die Hollywoodschaukel an.
»Ist zwischen euch etwas passiert?«, fragte ich.
»Das lässt sich nicht ausschließen«, sagte er leise.
Ich stellte mir Georg vor, seine Stimme, sein Gesicht mit der riesigen Nase, den unbeugsamen Blick, sein übertriebenes Gerechtigkeitsgefühl. Warum ging man davon aus, dass jemand, dem Gerechtigkeit dermaßen wichtig war, auch ein gerechter Mann sein musste? Ich fand es einleuchtend, hatte aber noch nie darüber nachgedacht.
»Habt ihr euch zerstritten?«, fragte ich.

Tråseth schüttelte den Kopf.
»Zerstritten ist nicht das richtige Wort«, sagte er.
Mir fiel etwas ein, das ich in der Wache aufgeschnappt hatte. Es hatte mit Tråseths Frau zu tun. Es war nur ein Witz, hatte aber damit zusammengehangen, dass Tråseth einmal einem Mann verboten hatte, sich in einem Café an den Tisch Eva gegenüber zu setzen. Tråseth war aufgesprungen und hatte den Mann aufgefordert, das Lokal zu verlassen. Der Mann hatte sich geweigert. Tråseth hatte ihn angestarrt, dann hatte er seine leere Kaffeetasse genommen und damit auf den Tisch geschlagen, und die ganze Zeit hatte er den Mann nicht aus den Augen gelassen. Bei dem Witz war es um Tråseths Eifersucht und um die leichtlebige Frau gegangen, mit der er verheiratet war. Ich fand diese Geschichte seltsam.
»Was war mit Eva und Georg?«, fragte ich.
Er zog den Koffer dichter an sich heran.
»Hatten sie etwas miteinander?«
Sein Gesicht war zu trockener Pappe erstarrt. Er presste die Lippen aufeinander, räusperte sich und nickte dann fast unmerklich. Ein blanker Bach sickerte aus seiner Nase über seine Lippen. Er räusperte sich und murmelte: »Manches wurde zur Gewohnheit.«
Ich konnte es vor mir sehen. Georg, der nach Tråseth hinüberstapfte: Während Tråseth im Laden war oder in Melhus etwas erledigte, ging er zu Eva in die Küche, gab ihr einen gierigen und gefühllosen Kuss, drückte ihre Brüste zusammen und zog die schweigsame Frau mit sich in ein Zimmer.
Ich sah ihm an, dass das nicht alles war.
»Aber das war nicht alles«, sagte ich.
Ein Eichelhäher setzte sich in einen Baum.
»Ich habe nichts getan«, sagte er.
»Ich bitte dich trotzdem, es zu sagen«, sagte ich.
Er stand auf, stand vor mir und schämte sich aus irgendeinem Grund.

»Ich war oben auf dem Feld«, sagte er.
»Was hast du oben auf dem Feld gemacht?«
»Er hat so gemacht«, sagte er, streckte die Arme aus und wich zurück.
Zuerst begriff ich nicht. Doch dann begriff ich.
»Redest du von dem Traktorunfall?«, fragte ich.
Er starrte den Eichelhäher auf dem Baum an.
»Was hat Hugo gemacht? Wollte er Georg anfahren? Hat er danach das hier mit Georg gemacht? Oder war es ein Unfall?«
Gunnar gab keine Antwort.
»Hat Hugo Georg in den Tank geworfen?«
Er fuhr zusammen. Seine Augen hatten sich gerötet.
»Hör mal«, sagte ich. »Die Sache ist noch nicht verjährt. Wenn das stimmt, was du sagst, dann handelt es sich um vorsätzlichen Mord. Das kann noch immer verurteilt werden. Aber dann musst du vor Gericht erzählen, was damals hinter dem Stall geschehen ist.«
Er griff wieder nach seinem Koffer.
»Das musst du einfach«, sagte ich.
Ich setzte mich auf die Hollywoodschaukel. Alles hing jetzt von diesem alten Bock ab. Er hatte ein wenig preisgegeben, und damit schien er sich endlich erleichtert zu haben. Seit dreizehn Jahren hatte er das alles mit sich herumgeschleppt. Warum hatte er nichts gesagt?
Er schaute zum Haus hinüber und senkte den Blick. Ich drehte mich um. Hugo stand am Küchenfenster. Er hatte ein hartes, kräftiges Gesicht mit blauschwarzen Wangen und einem Grübchen im Kinn. Er starrte nachdenklich vor sich hin, als sei ihm klar, dass wir über ihn sprachen.
»Gunnar«, sagte ich.
»Ich muss jemanden treffen«, sagte Tråseth.
»Er hat seinen eigenen Vater umgebracht«, sagte ich.
Er erhob sich und ging zum Tor.
»Wohin willst du?«, fragte ich.

»Breidablikk«, sagte er.
»Was willst du da?«, fragte ich.
Er ging durch das Tor davon.
»Komm heute Abend zu mir«, rief ich ihm hinterher.
Er beschleunigte seine Schritte und verschwand. Ich drehte mich zum Haus um. Hugo stand noch immer am Fenster. Er kam mir ruhig vor. Er sah mich an, als wäre er in einer anderen Welt.

Es wurde dunkel, die Schatten legten sich in die Straßen, der Himmel war noch hell. Die Menschen waren unterwegs, einige wollten sich die Soldaten und den Wall aus Sandsäcken ansehen, andere gingen einfach spazieren und unterhielten sich über die Überschwemmung, noch andere wollten einen trinken. Ich fuhr durch das Zentrum, hatte ihn in der Kneipe gesucht, im Bellevue, hatte die Lokale durchgekämmt, doch Robert war nirgendwo zu sehen gewesen. Oberhalb der Brauerei bog ich ab und fuhr hoch zum Klokkervei, schaltete und erreichte die Felskuppe, und sowie ich Haus und Grundstück sah, stellte sich die Unruhe ein. Ich fuhr den VW in die Garage, schloss das Tor und schaute über das Tal, dann öffnete ich die Haustür. Ninas Gummistiefel standen noch immer im Flur. Sie war zu Hause. Ich hatte damit gerechnet, dass sie sich in die Nordre gate absetzen würde, und ich hätte sie nicht daran gehindert. Aber sie wollte hier sein. Ich ging hinauf, setzte mich mit einem Bier in die Dunkelheit, dachte über alles nach, was ich im Laufe dieses Tages gehört hatte. Ich empfand nur selten etwas, wenn ich mit dem Elend des Dorfes konfrontiert wurde. Das ging einfach nicht. Jedenfalls behauptete ich das immer, ein Polizist konnte sich nicht das ganze Elend zu Herzen nehmen. Ich versuchte, mich an Dinge zu erinnern, mit denen ich konfrontiert worden war, und wusste, dass ich mir selbst etwas vormachte. Ich hatte mir die alte Frau zu Herzen genommen, die von ihrem Sohn krankenhausreif geschlagen worden war, das kleine Mädchen, das mit seinem Schlitten in einen Bus gefahren war, den Mann, der sich das Schrotgewehr unters Kinn gehalten, abgedrückt und überlebt hatte, ohne Unterkiefer und Nase, den vernachlässigten Jungen, der die Imbissbude zu Klump geschlagen hatte und danach von seinem Vater verprügelt worden war. Es war keine Arbeit, die ich »draußen« lassen konnte. Ich trank aus und stellte die Flasche auf den Wohnzimmertisch. Ich war nie ein professioneller Polizist gewesen. Ich war rund um die Uhr im Dienst. Ich öffnete die Tür zum Gästezimmer und schaute hinein. Sie lag unter der Decke und schlief, atmete regelmäßig. Ich hatte nachts schon lange keinen fremden Atem mehr im Klokkervei gehört. Ich blieb eine Weile stehen und lauschte, sah die nackte Haut der Schultern, die Schulterblätter, die sich im sanften Frühlingslicht abzeichneten. Ich ging zu ihr hinüber, beugte mich über sie und fuhr mit zwei Fingern über ihren Rücken. Sie reagierte nicht. Ich sah ihre blonden Haare, sah die kleine Spalte am Ende des Rückens, die in ihrer Unterhose verschwand. Ich beugte mich vor, aber dann ging mir plötzlich auf, dass sie wach war. Sie stellte sich schlafend, merkte aber, dass ich sie berührte. Ich richtete mich auf und ging rückwärts zur Tür. Meine Wangen glühten.

Robert Gjørstad

Ich erwachte auf dem Sofa, vollständig angezogen. Ich hörte, dass Hugo und Betty auf dem Flur leise miteinander redeten. Hugo schien wütend zu sein. Die Haustür wurde geöffnet, und sie gingen hinaus. Es wurde still. Ich hob die Pralinenschachtel vom Boden auf, bückte mich und sammelte eine Praline nach der anderen auf, doch dabei zitterten meine Hände so, dass ich sie nicht in die Schachtel einsortieren konnte. Ich setzte mich wieder aufs Sofa. Ich konnte sitzen bleiben und warten, aber ich rappelte mich hoch und schwankte zum Klo. Ich schloss die Tür ab und nahm mir einen Eimer, setzte mich auf die Brille, beugte mich vor und ließ der Sache ihren Lauf. Danach öffnete ich das Fenster, setzte mich auf den Klodeckel und wischte mir mit einem nassen kalten Lappen den Schweiß ab. Ich erbrach mich noch einmal, versetzte dem Eimer dabei einen Tritt, und damit ergoss sich die ganze Suppe über den Boden, sodass ich wieder in die Knie gehen musste. So sah jetzt mein Leben aus. Eine lange Reihe von Erniedrigungen, die so dicht aufeinander folgten, dass etwas anderes als Unbehagen mir krank vorkam. Nach einer Weile hatte ich alles aufgewischt. Ich setzte mich, atmete auf, versuchte, mich zu entscheiden, was ich jetzt tun sollte. Ich hatte kein Geld für ein Hotel oder eine Pension. Und die wa-

ren außerdem alle überfüllt. Ich könnte mich zusammen mit zwanzig anderen in ein Klassenzimmer legen, mir eine Scheune suchen oder mir eine Hütte aus Tannenzweigen bauen.
Ich ging hinaus in die Küche.
Jonny saß am Küchentisch und schrieb. Ich ging zu ihm und schaute auf den Briefbogen. Er schrieb eine Bewerbung. Vor ihm lag die aufgeschlagene Zeitung. Er bewarb sich bei einer Firma namens Asphaltservice A/S, die in der Zeitung inseriert hatte. Dort wurden Hilfsarbeiter für die Aufräumarbeiten nach der Überschwemmung gesucht. In Jonnys Bewerbung stand: »Ich bin stark und zäh und komme nie zu spät. Ich bin zuverlässig und kann heißen Asphalt aushalten. Ich bin stumm.«
»Warum suchst du Arbeit?«, fragte ich.
Er schrieb auf ein Blatt Papier, dass er das Nichtstun satt habe. »Hab die Rente satt. Will Geld verdienen.«
Das war nur recht und billig. Aber ich empfand auch eine vage Unruhe. Ab und zu denke ich glasklar, wenn ich einen Kater habe. Mein Gehirn wird zur durchleuchteten Kugel. Nichts ist unbegreiflich oder undeutlich. Ich sah, dass noch mehr dahinter steckte als nur mein schlechtes Gewissen. Ich war wütend. Ich war außer mir vor Wut, weil Jonny stumm war und weder in ein Irrenhaus noch unter die Leute gehörte. Das war einfach ungerecht. Aber wer trug die Schuld? Wem konnten seine seltsamen Haare, sein Knabengesicht und seine Affengeräusche zur Last gelegt werden? Wer sollte dafür büßen, dass mir dieser Junge Leid tat, dass ich ihn im Stich ließ, dass er mir daraufhin noch mehr Leid tat, statt dass ich etwas Sinnvolles unternahm? Es gab etwas, das mir fehlte, eine Art Fähigkeit, zu organisieren und etwas durchzuführen, weiterzumachen und Ergebnisse zu erzielen. Ich nahm den Brief, las ihn noch einmal, nahm den Stift, korrigierte zwei Stellen, sagte, wie eine Bewerbung formuliert wird, und meinte, er solle nochmal neu anfangen. Er schrieb: »Woher weißt du, wie man so was schreibt?« Ich legte die Arme auf

den Tisch und den Kopf auf die Arme und sagte: »Hab einen Kurs gemacht. Einen zweiwöchigen Kurs für Leute, die lernen sollten, wie man sich bewirbt. Wir sind in Norwegen, Bruderherz, und wenn du einen guten Rat haben willst, dann geh nie nach einem Job aufs Arbeitsamt oder aufs Sozialamt. Die Weibsen, die da sitzen und lächeln, brechen dir das Rückgrat, auch wenn du keins hast.« Ich hob den Kopf. Jonny arbeitete schon an der neuen Fassung. Ich konnte ihn mir in einem orangen Overall vorstellen, mit einer Schaufel, die er mit dampfendem Asphalt füllte, hinter einer Mischmaschine. Er beendete die neue Fassung, reichte sie mir, und dann kam Betty herein. »Hier ist jemand für Grete«, sagte sie.

»Die ist sicher bei Nina auf dem Zimmer«, sagte ich.

»Ich finde, du solltest mit ihnen reden.«

Ich wollte niemanden sehen. »Wo ist Hugo?«

»Der ist mit dem Auto zum Schlachthof gefahren.«

Ich ging mit ihr in den Flur. Sie griff nach der Türklinke.

»Du solltest dich erst ein wenig zurechtmachen«, sagte sie.

Auf dem Hof stand ein dünner Mann mit langen strähnigen Haaren und runder Brille. Er hielt eine Zeitung in der Hand. Um ihn herum standen zehn bis zwölf mongoloide Jugendliche. Ich ging die Treppe hinunter, musste mich am Geländer festhalten. Die Jugendlichen mit ihren schrägen Augen und den kleinen runden Gesichtern schienen sich zu fürchten. Der Mann hieß Kjærstad und war einer der Hobbymaler, die oben am Fluss Aquarelle mit idyllischen Bauernhütten und Wasserfällen und Heuschobern produzierten.

Kjærstad hob die Zeitung.

»So etwas Herzloses habe ich noch nie gelesen«, sage er laut und schaute die Jugendlichen an. »In meinem ganzen Leben habe ich noch nie so etwas Herzloses und Schamloses gelesen«, sagte er.

Er drehte sich zu mir um.

»Was wollen Sie hier?«, fragte ich.

»Was ich hier will?«, fragte er.
Er drehte sich zu den Jugendlichen um.
»Der will wohl, dass ich gehe. Soll ich gehen?«
»JAAAAA«, brüllte ein Mädchen.
»NEEEIN«, rief ein kleiner Junge.
Kjærstad drehte sich wieder zu mir um.
»Ihnen macht es Spaß, Menschen abzuschieben, was?«, fragte er. »Wollen Sie denen, die auf Breidablikk wohnen, alle Anständigkeit und Menschlichkeit nehmen? Glauben Sie, Sie könnten sie zu Gegenständen degradieren?«, fragte er und beschrieb mit seinem Arm einen Halbkreis, der die Kinder einschloss. »Aber da haben Sie offenbar etwas nicht verstanden. Das hier sind keine Dinge. Das hier sind Menschen. Sehen Sie sie an, und Sie sehen Menschen, keine Tiere oder Dinge. Sie lassen sich nicht beiseite schieben«, sagte er und schlug sich mit der aufgerollten Zeitung auf die Hand.
Plötzlich fing ein Mädchen an zu schreien. Die anderen starrten sie an, traten von einem Bein aufs andere und schienen auch jeden Moment losplärren zu wollen. Das Mädchen legte den Kopf in den Nacken und brüllte: »U-U-U-O-O-U-U-U …« Der Mann ging zu ihr und nahm sie in den Arm, aber sie heulte weiter. Es war einfach nicht zu glauben. »Sehen Sie, was Sie angerichtet haben?«, rief Kjærstad, wiegte sie hin und her, und dann beruhigte sie sich, schloss den Mund, ließ den Kopf vornüberkippen und starrte das Gras an. Ich bin sicher, dass Kjærstad ihr befohlen hatte, dieses Spektakel zu veranstalten, aber das spielte keine Rolle, denn ich wusste noch immer nicht, warum sie gekommen waren. Das sagte ich dann auch. Kjærstad ließ das Mädchen los und kam wieder auf mich zu. Er hielt die Zeitung hoch. »Sagt Ihnen das was?«
»Das ist der ›Bote‹ von heute«, sagte ich.
Er reichte ihn mir. »Schlagen Sie Seite 17 auf«, sagte er. Auf der ersten Seite war ein großes Bild von Stein Ove Sand, der die Augen zusammenkniff und eine junge Frau mit Pferdege-

biss im Arm hielt. Er hatte oben in Røldal einen Mann vor dem Ertrinken gerettet und wurde deshalb hoch gelobt. »Dorfpolizist setzt Leben aufs Spiel«. Ich blätterte schnell weiter, schlug Seite 17 auf und entdeckte einen Leserbrief.

Über den Niedergang der Nordre gate

Die Anwohner der Nordre gate haben die Entwicklung, die diese einstmals so schöne Straße in der Stadt Melhus genommen hat, inzwischen herzlich satt. Aus einer lebendigen Nachbarschaft mit Fahrradwerkstatt, Blumenladen, Reinigung, einer viel besuchten Pension, Feuerwache und Plätzen mit lachenden und spielenden Kindern ist eine öde und triste Gegend geworden, in der sich kein Anwohner längere Zeit aufhalten mag. Die Ursache für diese Verslumung ist bis heute totgeschwiegen worden. Und deshalb ist es an der Zeit, dass jemand das Blatt vom Mund nimmt. Wir, die die Straße aus besseren Zeiten kennen, wissen, dass die Veränderung eingesetzt hat, als Breidablikk in das alte Amtsgebäude in der Nordre gate 47 verlegt wurde. Das war vor sechs Jahren, und seit diesen sechs Jahren haben die Heimbewohner die Herrschaft über die Straße an sich gerissen. Lachen und Freudenrufe sind längst dem sinnlosen Geschrei der Bewohner gewichen, und die Kinder, die früher frei umherlaufen konnten, werden vom unberechenbaren und bisweilen gewalttätigen Verhalten dieser Behinderten jeden Tag aufs Neue erschrocken. Ein oder zwei Behinderte sind eine Sache. Fast zwanzig eine ganz andere. Kurz gesagt: Es ist an der Zeit, dass Ordnung geschaffen wird, damit den Anwohnern die Ruhe und Gemütlichkeit, die früher das Alltagsbild der ehrwürdigen Nordre gate prägten, wieder vergönnt sind.

Grete Gjørstad
für Familie Gjørstad

Ich faltete die Zeitung zusammen. Die Kinder drängten sich um mich und glotzten. Einer wischte sich den Rotz ab. Das Mädchen nagte an der Unterlippe. Der kleine Junge stampfte im Gras herum und brummte wie ein kleines Kraftwerk.

»Diesen Brief habe ich noch nie gesehen«, sagte ich.

Kjærstad drehte sich zu den Jugendlichen um.

»Wo mag denn der sein, der diesen Brief geschrieben hat? War das wohl ein Spuk? Eine Luftspiegelung oder eine Fata Morgana?«

»JA, WER WAR DAS?«, brüllte das Mädchen.

»Wir werden Klage erheben«, sagte Kjærstad. Er hätte genauso gut auf einen Knopf drücken können. Fünf oder sechs von den Kindern brüllten los.

»Ja, tun Sie das. Verklagen Sie uns«, sagte ich.

»Wir meinen das ernst. Wir werden Sie verklagen!«

»Ja, verklagen Sie uns am besten sofort!«

Kjærstad verdrehte die Augen. »Was ist das eigentlich für eine Einstellung?«, rief er.

Ich ging zur Treppe zurück, sprang auf die oberste Stufe, knallte die Tür zu und stürzte zum Klo.

Eine Viertelstunde später ging ich nach oben und klopfte an Mutters Tür. Alles blieb still. Ich hämmerte dagegen, versuchte, sie zu öffnen. Sie war verschlossen. Betty kam die Treppe hoch.

»Lass mich rein«, sagte ich.

»Nein«, fiepte es von drinnen.

»Wir hatten Besuch. Kannst du dir denken, von wem?«

»Ich habe nur meine Meinung zum Ausdruck gebracht«, sagte sie.

»So darfst du Mongos nicht sehen. Die werden von allen Seiten verhätschelt und sind die Zuckerpüppchen der Gesellschaft. Genauso könntest du schreiben, der Bischof von Oslo hätte einen ganzen Kindergarten vergewaltigt«, sagte ich.

Es war das eine, dass sie diesen Brief geschrieben hatte. Dass die Redaktion des »Boten« ihn gedruckt hatte, war etwas ganz anderes. Ich kannte die Leute dort und wusste, dass das kein Versehen war. Die saßen jetzt unten im Verlag und lachten sich halb tot.

»Ich gehe erst, wenn du die Tür aufschließt«, sagte ich.

Eine halbe Minute verging. Dann hörte ich das Schloss klicken. Ich riss die Tür auf und entdeckte noch einen Grund, warum sie sich eingeschlossen hatte. Ninas Bett war gemacht. Der Koffer, den ich geschleppt hatte, war verschwunden. »Wo ist sie?«, fragte ich.

Mutter schaute auf den Hofplatz hinunter. »Sie musste woanders hin, bis die Lage sich beruhigt hat«, sagte sie.

»Du hast sie weggeschickt?«

»Das wollte sie selber so«, sagte sie.

»Wo ist sie?«, fragte ich.

Mutter schaute wieder auf den Hofplatz hinunter. Sicher um zu sehen, ob Hugo nicht endlich zurückkäme.

»Sie hat gesagt, ich soll das für mich behalten«, sagte sie.

»Das ist gelogen. Sie hat keine Angst vor mir.«

Ich ging auf sie zu. Sie wich zurück.

»Wen hast du dazu überredet? Einen Mann?«

Sie schaute ungeduldig zur Auffahrt hinüber.

»Zu wem hast du sie geschickt?«, fragte ich.

»Sie ist in besten Händen, das kannst du mir glauben«, flüsterte sie mit einem Mund, der so trocken war, dass es sich klebrig anhörte, wenn sie nur die Lippen bewegte. Ich sah sie an, die grauschwarzen Haare, die Lippen mit dem rostroten Lippenstift, die adrette Bluse und den karierten Rock. Und die Augen, sie hatte Omas Augen, und ich wusste noch, wie die funkeln konnten. Das taten Mutters nicht. So war sie nicht. Ihre Ausbrüche waren aufgesetzt und dienten ihr als Brechstange, mit der sie sich einen Vorteil sicherte oder etwas durchdrückte. Ich konnte die Missverständnisse nicht mehr ertragen, konnte nicht mehr in diesen bodenlosen Abgrund hinabschauen. Ich nickte zu ihrem Bett hinüber und befahl ihr, sich zu setzen. Sie schlich hinüber.

»Du solltest öffentlich ausgepeitscht werden. Leider ist das heutzutage verboten. Also müssen wir es auf andere Weise probieren. Wie spät ist es, Betty?«

»Viertel nach neun.«

»Na gut«, sagte ich. »Ich schreibe jetzt einen Entschuldigungsbrief, und dann gehe ich zum ›Boten‹ und sorge dafür, dass sie den morgen veröffentlichen. Und danach komme ich zurück, und dann hat Nina wieder da zu sein. Um halb elf ist sie hier zur Stelle. Und dann reden wir drei miteinander. Wir haben einiges zu klären. Wir werden die Wahrheit sagen. Ist das klar?«

Mutter faltete die Hände und schaute ins Leere.

»Hast du vergessen, was sie beim Essen gemacht hat?«, fragte sie.

Ich schaute auf den Hof hinunter. Tråseth und Jonny spielten auf dem Rasen mit einer Frisbeescheibe. Er hatte diesen kleinen Schwung aus dem Handgelenk gelernt.

»Dann hole ich sie ab«, sagte ich.

Mutter verzog ärgerlich den Mund.

»Was soll ich denn machen? Ich muss immer auf alle Rücksicht nehmen. Aber wer nimmt Rücksicht auf mich?«

Ich zog sie hoch und schüttelte sie.

»Wo ist sie«, brüllte ich.

Mutters Kopf kippte kraftlos vornüber.

»Robert?«, flüsterte Betty hinter mir.

»Jetzt rede schon, zum Teufel«, rief ich, und Mutters Kopf wackelte hin und her, und plötzlich löste sich etwas in ihrem Gesicht. Ich ließ sie los. Vor meinen Füßen auf dem Boden lag eine falsche Wimper. Mutter fiel auf die Knie, las die Wimper auf, kam mühsam wieder auf die Beine und hinkte aus dem Zimmer.

Die Morgenbesprechung war zu Ende, die Journalisten waren losgezogen, um sich umzusehen. Im Büro blieb nur ein einziger Mann. Er saß hinter einem Schreibtisch, war Redaktionssekretär und hieß Odd M. Martinsen. Odd M. Martinsen hatte ein rotes Gesicht, einen Nikotinschnurrbart und Fischaugen. Er litt an einer Art Muskelkrankheit und zitterte mit den Händen. Martinsen war nicht schlimm, aber er war schwach. Er setzte sich die Brille auf, nahm den Brief entgegen und las ihn. »Den bringen wir morgen. Tut mir Leid. Das hätte nie gedruckt werden dürfen.«

»Besitzt ihr nicht mal genug Anstand, um die Leute vor sich selber zu schützen?«, fragte ich.

Die Tür wurde aufgerissen, und ein Redakteur von vielleicht vierzig trampelte durch das Büro in ein weiteres Büro und griff nach dem Telefonhörer. Er sagte etwas von Politikern aus Oslo, die sich die Flutschäden ansehen wollten. Martinsen versuchte mitzuhören.

»Gestern Abend hatte eine Vertretung Dienst. Ein Typ, der neu hier ist. Dass der Brief gedruckt worden ist, war ein Fehler. Ich werde mit ihm reden.«

»Nein. Ich werde mit ihm reden«, sagte ich.

Er war knallrot. Er sah aus, als sei er in einem Hochhaus vier Treppen hochgerannt. »Er ist nicht im Haus. Tut mir Leid, aber wegen der Flut sind wir dünn besetzt. Die frisst im Moment all unsere Zeit.«

Ich sah, dass er log. Der Mann war durchaus da. Er war im Haus, und Martinsen wollte ihn schützen. Jetzt füllte sich der Raum. In einem kleinen Hinterzimmer spuckte das Faxgerät lauter gerollte Seiten aus. Aus der Sportredaktion kam ein kleiner Mann, der auf einer geraden Pfeife herumkaute. Er saß gern im Gerichtssaal und verfolgte die Prozesse gegen die Junkies und die Tierquäler, um sie mit Hohn zu überschütten, ob sie nun schuldig waren oder nicht. Er hatte über mich geschrieben. Ich hatte ihn angerufen und ihm gedroht, ihn zu Hause zu besuchen. Jetzt sah er mich und zuckte so heftig zusammen, dass Pfeife und Zahnschmelz klickend aneinander gerieten.

»War er das?«, fragte ich.

»Nicht doch«, sagte Martinsen.

»Breidablikk wird Klage erheben. Sollte es zum Prozess kommen, dann werde ich euch mitverantwortlich machen. Ich werde ein Höllenspektakel veranstalten«, sagte ich.

Er nahm die Brille ab. »Ich entschuldige mich im Namen der Zeitung.« Er hielt meinen Brief in der Hand. Ich nahm ihm den Brief weg, zerriss ihn und steckte die Stücke in die Jackentasche. »Vergiss es. Kein Grund zum Bedauern«, sagte ich und verließ die Redaktion. Vor einem Schmierfink mit Bechterew wollte ich nicht kriechen. Ich musste vor niemandem kriechen. Ich ging zum Marktplatz, stellte mich hinter das alte Rathaus, pisste, schlurfte zum Kiosk weiter und setzte mich auf eine Bank. Die Rathausuhr zeigte zwanzig vor zehn. Das Thermometer über der Bank zeigte sechsundzwanzig über null. Es würde noch ein strahlender Tag für Hausbesitzer, Landwirte, Rettungsmannschaften und Betreiber von Campingplätzen werden. Ich konnte mich nicht erinnern, dass es jemals Anfang Juni so warm gewesen wäre. Die Schneeschmelze würde ein gewaltiges Tempo vorlegen, die Nebenflüsse würden anschwellen, an den Berghängen, über Flüsse und auf Straßen würden Lawinen herunterkommen, und zu allem Überfluss würde die Kvenna sich so breit machen wie zu Zeiten Noahs. Das hatten große Flüsse eben so an sich. Sie ließen sich nicht lenken, das Wasser machte, was es wollte, selbst an dem Tag, an dem die Menschheit imstande wäre, Leute zum Jupiter zu schicken, würden die Flüsse noch immer über die Ufer treten und Häuser, Straßen, Kühe und Menschen wegschwemmen. Ich lehnte mich auf der Bank zurück, streckte die Arme aus und dachte an Nina. Ich stellte sie mir auf ihrem Stammplatz vor, ganz vorn im Bus.

Nina mit roter Baskenmütze, die durch die Windschutzscheibe schaute. Nina mit der Schultasche auf dem Schoß, die sich umdrehte und die Jungen und Mädchen aus Brekke betrachtete, magere Mädels und rothaarige Knaben, die mit denselben Dingen kämpften wie sie, manche mehr und manche weniger. Es kam vor, dass sie Besuch bekam oder sich vor dem Kiosk in Brekke mit anderen traf. Aber im Bus saßen die anderen immer ganz hinten und Nina ganz vorn. Ab und zu stieg ich dazu, wenn sie im Bus saß, auf der Heimfahrt. Dann sagte ich hallo und ging nach hinten, setzte mich allein hin. Ich versuchte nicht, sie nach hinten zu locken. Aber ich sah sie ja. Das Mädchen auf dem vordersten Platz. Sie war allein, und das fand ich traurig, nicht tieftraurig, sondern wie etwas, das schief gegangen war, für das man aber eine Lösung finden konnte, wenn nur jemand eingriffe. Vielleicht wäre es gar nicht schwierig gewesen. Aber ich konnte dieses Problem nicht lösen, Nina auch nicht, und Mutter wollte nicht sehen, dass sie überhaupt Probleme hatte. Sie wollte nicht sehen, dass Nina mit einem ganzen Bataillon von Problemen kämpfte, da Nina meistens nachgab und tat, was Mutter ihr sagte. Ich stellte mir vor, wie Nina aus dem Bus stieg, das Fahrrad hinter der Scheune hervorzog und über die Brücke nach Hause fuhr. Ich dachte daran, wie sie oft am Telefon saß, wenn ich nachmittags nach Hause kam, wie sie sich den Hörer ans Ohr presste, wie sie mit jemandem sprach, der geheim bleiben sollte. Das war jedoch nicht das, woran ich mich am besten erinnerte, denn das tun alle Mädchen in ihrem Alter, am besten erinnerte ich mich daran, dass ich wütend wurde, weil ich nicht wissen sollte, wer am anderen Ende der Leitung war. Warum muss der unbedingt geheim gehalten werden, hatte ich immer wieder gedacht. Ich dachte an die Herbstabende im letzten Jahr. An das Geräusch eines Autos, das im Dunkeln hinten an der Brücke vorfuhr, an das Rattern von Gas und Kupplung, wie der Motor aufheulte und es

losjagte. Und einige Stunden später wieder das Dröhnen des Motors, der auf der anderen Seite der Brücke kurz ausgemacht wurde, Nina, die durch die Pfützen geplatscht kam. »Hab eine Freundin besucht.« – »Wollten ›Rainman‹ sehen.« Endlich ging mir auf, was Mutter in den letzten Jahren so getrieben hatte. Sie hatte versucht, ihre eigene Tochter zu verderben. Es gab keine Besuche im Kino oder bei Freundinnen. Es gab etwas anderes, und das andere war das, was nicht in Ordnung war, und es hatte mit Männern zu tun, mit Männern, die nicht in Ninas Alter waren. Ich sprang von der Bank auf, sah vor mir Ninas Foto, das über meinem Schreibtisch an der Wand gehangen hatte, ein kleines Foto, das ich von ihr gemacht hatte. Sie war zwölf und lachte und rief mir etwas zu, hinter ihrem Kopf waren die Rosen der Rosenhecke zu sehen. Sie rief sicher, ich solle das Bild nicht machen, sie fand es schrecklich, fotografiert zu werden. Aber sie sah einfach glücklich aus, ihr Gesicht mit den blonden Locken schien aus den Rosen gekommen zu sein. Das Bild hatte in einer Schublade in meinem Zimmer gelegen, aber jetzt war es verschwunden. Ich wusste, dass niemand auf Gjørstad es weggenommen hatte. Das wusste ich, weil Nina mir bei einem Streit an den Kopf geworfen hatte, ein ganz besonderer Freund habe es für sie kopiert. Ich weiß noch, dass sie sagte, dieser Freund sei viel lieber als ich und hänge nicht wie eine Klette an ihr.
Ich schlenderte auf die andere Seite der Vollegate, und mein Blick fiel auf das Schaufenster des Buchladens. Ich blieb davor stehen, dahinter sah ich eine der Buchhändlerinnen, die mit der dicken Brille. Sie stellte gerade ein Buch ins Fenster. Es war keine Politikerbiographie und kein Kochbuch. Es war ein Taschenbuch namens »Abgrund«. Ich beugte mich vor und sah den Umschlag an. Ein Mädchen mit schwarzen Haaren und zerfetztem Kleid lag zusammengekauert auf einem Steinboden, so, als habe jemand sie verprügelt und dorthin

geschleudert. »Norrland 1777. Sie wanderte durch einen Strom von Schmutz«, stand oben auf dem Titelbild. Ich schaute in den Laden. Stein Oves Schwester stand auf einer Trittleiter und räumte im Regal auf. Sie machte immer ein zitronensaures Gesicht, wenn sie mich sah. Ich sah, dass sie eine eigene Abteilung für die Taschenbücher hatte, die Nina sammelte. Ich ging hinein, stellte mich vor das Regal mit den Taschenbüchern und zog eins heraus. »Wer kauft so was?«, fragte ich und hielt das Buch hoch.
»Vor allem Frauen, und dann Leute, die verreisen.«
»Kauft meine Schwester hier ihre Bücher?«
Sie rückte Buchrücken gerade.
»Von wem redest du?«, fragte sie.
»Von Nina, meiner Schwester«, sagte ich.
»Ja, die war wohl schon mal hier.«
»Allein oder mit jemandem zusammen?«
Sie rückte weiter Buchrücken gerade.
»Hör mal. Meine Schwester liest sich mit Romanen über Adelige um den Verstand. Würdest du also meine Frage beantworten?«
Sie schaute zu der Frau mit der Brille hinüber, wie um dieses gebrechliche Geschöpf um Hilfe zu bitten.
»Sie ist einige Male mit Stein Ove gekommen«, sagte sie leise.
»Wieso waren die zusammen hier?«, fragte ich.
»Er hat Bücher für sie gekauft«, flüsterte sie, als rede sie über ein Verbrechen.
»Solche Bücher?«, fragte ich und zeigte auf einen Schundroman.
Sie nickte. »Ich habe ihm gesagt, dass er vielleicht etwas Seriöseres kaufen sollte, etwas, das nicht nur von Weltflucht handelt, aber sie wollte das hier«, stammelte sie.
Ich lachte. »Etwas Seriöseres? Wovon redest du eigentlich?«
»Junge Mädchen müssen da wohl durch«, sagte sie.
»Du redest von Büchern, aber es hört sich an, als meintest

du Heroin. Was ist los mit euch gebildeten Menschen?«, schnaubte ich.
Die Frau mit der Brille stieß ein belustigtes Krächzen aus.
»Wo steckt Stein Ove heute?«, fragte ich.
»Den hab ich gestern zuletzt gesehen.«
»Und wie kam er dir da vor? Voller Saft und Kraft?«
»Nein, es ging ihm ziemlich schlecht«, sagte sie.
»Dann hat er sich sicher ins Bett gelegt«, sagte ich.

Ich ging in den ersten Stock, in sein Wohnzimmer. Im Haus war alles still. Ich öffnete die Schlafzimmertür, schlich hinein, schaute auf das Bauernbett, das zu kurz war für einen Mann von einsfünfundachtzig, blätterte kurz in dem Buch auf dem Nachttisch, öffnete den Kleiderschrank und betrachtete die frisch gebügelte Kleidung. Dort hingen zehn vollkommen identische Hemden. Die Hosen waren bügelfreie Anzughosen, ebenfalls identisch. Ich dachte an den Typen, der in den achtziger Jahren mit Stiefeln und Lederjacke mit Fransen durch die Storgate marschiert war, zusammen mit Siv, die damals schulterlanges kastanienbraunes Haar und Rehaugen hatte. Mit siebzehn Jahren fand er einen Job im Supermarkt, und am zweiten Tag hinter der Gemüsetheke färbte er sich die Haare blau. Eine Zeit lang kamen Leute aus anderen Orten, nur um sich das blauhaarige Wesen im Supermarkt anzusehen. Nach einem Monat wurde er gefeuert. Aber jetzt, diese hellblauen Hemden und die dunkelgrauen Hosen und einige anthrazitgraue Schlipse. Drei Paar elegante spitze Schuhe mit Runzeln. Das war die Garderobe eines Mannes, der vergessen werden wollte. Ich hatte mir das noch nie überlegt, aber jetzt war es klar; Stein Ove, der alles Mögliche in Ordnung bringen wollte, der so versessen darauf war, junge Leute auf den richtigen Weg zu bringen, wollte allein sein, sich in einer Ecke verstecken, wo ihn keiner sah oder sich über ihn Gedanken machte. Ich ging aus dem Zimmer und weiter in den Raum gegenüber. Die Vorhänge waren geschlossen. Schwaches dunkelrotes Licht sickerte hindurch und auf ein ausgezogenes Sofa. Auf dem Sofa, unter einer geblümten Decke, lag Nina. Sie hatte die Hände unter das Kissen geschoben und sah aus wie sieben. Sie atmete tief und gleichmäßig. Ich kniete mich vor sie hin. Die Schwellung an ihrem Auge war jetzt gelb und lila geworden. Die Wunde in der Oberlippe hatte sich vertieft, ich sah einige kleine Blutflecken auf dem Kissen. Ich hielt ihr einen Finger an die Wange und streichelte sie. Sie öffnete die Augen, sah mich im Halbschlaf an, schloss sie und schlief weiter. Auf dem Boden vor dem Sofaende stand der Koffer, den ich geschleppt hatte. Er war mit Taschenbüchern gefüllt. Das war klar. Wie sollte Nina ohne überspannte Liebesdramen leben? Mir war bewusst, dass sie bald verschwinden würde. Sie war noch nie aus Meløya weggelaufen, aber bald würde sie es tun, und danach würde sie verschwunden bleiben. Ich würde sie nicht daran hindern können. Ich sah sie vor mir, in einem Park irgendeiner norwegischen Großstadt, in einer Clique von herumlungernden Jugendlichen, auf der Suche, während ihr weißer Atem um sie herumtanzte. Ich zog vorsichtig hinter mir die Tür zu, ging ins Wohnzimmer, wanderte umher, sah mir Stein Oves Regale an, wiegte die blaue Nato-Granate in der Hand, legte sie wieder hin, öffnete den mit Rosenmustern bemalten Eckschrank, spielte ein wenig mit den Sachen darin, es waren vor allem Reliquien aus Telemark. Er begeisterte sich ja dermaßen für Nationalromantik, warum zog er nicht gleich dorthin und machte es sich in einer Zeit gemütlich, die vorbei war, in der er seine Bauernträume genießen konnte, ohne auch nur einmal zur Mistgabel greifen zu müssen? Ich schob ein Kästchen ein wenig zur Seite, fand ein Bild und fuhr zusammen. Das Bild zeigte Finn und Siv in einem Boot, oben in den Bergen. Das Bild war zerknittert und fleckig. Ich hätte es gern in Fetzen gerissen, starrte es stattdessen jedoch an. Das kerngesunde norwegische Freundespaar in roten Anoraks unter einem knallblauen Himmel, mit weißen Berggipfeln im Hintergrund. Ich sah mir Sivs Gesicht ganz genau an und hatte das Gefühl, es nicht zu kennen.

Stein Ove war mit Siv zusammen gewesen, seit sie sich mit achtzehn Jahren kennen gelernt hatten. Ich weiß nicht, wie viele junge Männer in Melhus damals in sie verliebt waren, aber es waren bestimmt sehr viele. Sie gehörte irgendwie nicht hierher, nicht nur äußerlich, sie war zu schwierig und hatte eine zu freche Klappe für eine aus Melhus. Und plötzlich ging sie Hand in Hand mit dem rothaarigen Schlagzeuger Stein Ove Sand. Ein Klassenkamerad von Stein Ove hatte zwei Jahre lang versucht, an Siv heranzukommen; er hatte nicht versucht, ihr Interesse zu wecken, sondern so weit zu kommen, dass er sie überhaupt ansprach. Der Grund, warum er sich nicht traute, sagte er, war ihr toller Busen. Siv Meyers Busen, sagte er mit verträumtem Blick. Das Erste, was er sagte, als er die beiden Hand in Hand sah, war: »Das geht nicht gut. Garantiert.« Sechs Monate danach hatte dieser Klassenkamerad Siv nach einem Fest ins Bett locken können. Nachher sagte er, er begreife nicht, was Stein Ove an so einer Nutte fände. Ich dachte, wenn Stein Ove wüsste, wie oft sie im Laufe dieser Jahre mit anderen zusammen war, dann würde er einen Strick nehmen und sich auf dem Dachboden erhängen. Einige Tage vor der Überschwemmung hatte Siv gesagt, sie könne Stein Ove niemals die ganze Wahrheit sagen, egal, was passiert. Das würde ihn kaputtmachen. Ich hatte ihr in die Augen geschaut, als sie das sagte. Sie wusste, was ich dachte, und sie machte keinen Versuch, mir zu versichern, dass sie sich inzwischen geändert hatte. Ich konnte nichts dazu sagen; ich merkte, dass wir uns einem so brisanten Thema näherten, dass sie nichts dazu hören wollte. Ich fragte sie, welches Verhältnis sie zu Stein Ove habe.

»Sollte ich ein Verhältnis zu ihm haben? Da ist nichts mehr übrig. Ich mag ihn nicht mehr.«
Ich sah das Bild an, das lächelnde Freundespaar unter einem knallblauen norwegischen Sommerhimmel, und mir wurde bewusst, wie unwahrscheinlich es war, dass Stein Ove etwas anderes mit Nina gemacht hatte, als mit ihr zu reden und auf sie aufzupassen. Er war nicht der Typ. Ich fand die Erkenntnis enttäuschend, dass dieser wohlmeinende Idealist von einem Polizisten kein mieses Schwein war. Würde sich so einer an einer Zwölfjährigen vergreifen? Er schenkte ihr Bücher, mehr nicht. Ich warf das Bild in den Schrank und knallte wütend die Tür zu. Drehte mich zur Treppe herum, und da stand er, auf der obersten Stufe, eine Hand am Geländer, in der anderen trug er eine gefüllte Einkaufstüte.
»Was machst du denn hier?«, fragte er.
Ich zog meine Zigaretten hervor.
»Ich suche Nina«, sagte ich.
»Was willst du von Nina?«
»Ich bin ihr Bruder«, sagte ich.
»Sie ist deinetwegen hier«, sagte er, wachsam.
Er ging an mir vorbei in die Küche. Ich hörte, wie er seine Einkäufe auspackte. Mein Magen knurrte. Ich hatte seit fast vierundzwanzig Stunden nichts mehr gegessen. Er kam wieder zum Vorschein. Bestimmt hatte er alles gehört.
»Ich bin hier, um sie zu beschützen«, sagte er.
Er erzählte, was Nina gesagt hatte. Ich konnte es nicht fassen. Das heißt, ich konnte verstehen, dass er ihr geglaubt hatte, aber nicht, dass Nina so etwas gesagt hatte. Was hatte ich ihr angeblich angetan? Das Seltsame war, dass ich nicht wütend wurde. Ich war sogar erleichtert, obwohl ich es von Stein Ove erfahren hatte. Ich bat ihn, sich das alles noch einmal genau zu überlegen. Seit dreizehn Jahren nervte er mich nun schon. Kannte er mich denn nicht? Hielt er mich wirklich für einen Typen, der mit seiner zwölf Jahre alten Schwester so etwas

anfing? Ich sagte, dass Nina seit ungefähr drei Jahren ein Verhältnis mit jemandem hatte. Sie war schon mit vierzehn Jahren abends spät nach Hause gekommen. Sie bekam Geschenke, Kleider, Schuhe und Schmuckstücke und konnte nicht erklären, woher das alles stammte.
Er sah nicht überzeugt aus.
»Ich habe schon eine Freundin«, sagte ich.
»Warum hast du das nicht gesagt?«
»Sie ist verheiratet«, sagte ich.
»Was ist mit ihrem Mann?«
»Er weiß, dass etwas läuft, aber nicht, was«, sagte ich.
Er schnaubte. »Hast du kein schlechtes Gewissen?«, fragte er.
»Ich mag ihn. Aber sie mag ich noch mehr.«
»Wer ist es?«, fragte er, und mir ging auf, dass ich jetzt besser aufhörte.
Ich sagte: »Du kennst sie nicht.«
»Du bist ein gemeiner Dreckskerl«, sagte er, musterte mich lange, und dann erzählte er, dass man Nina mehrere Male unten bei Mølla gesehen habe, mitten in der Nacht. Ich fragte, woher er das wisse. Er sagte, er habe es von jemandem gehört, und er habe sie selber noch vor zwei Nächten dort gesehen, da sei sie aber weggelaufen.
Ich ging auf das Zimmer zu, in dem Nina schlief.
»Wo willst du hin?«, fragte er.
Ich sagte, ich wolle ihr einige Fragen stellen.
Er sagte, ich solle das lassen. Er sah zu ihrer Tür hinüber und dachte nach. Er erinnerte mich mehr und mehr an einen Jungen, der beim Stehlen von Süßigkeiten erwischt wurde und nun den Mut aufbringen muss, den Ladenbesitzer um Entschuldigung zu bitten. Er ging zur Verandatür und bat mich, einen Moment mit hinauszukommen. Dann ging er nach draußen. Ich folgte ihm. Ich war noch nie in seinem Garten gewesen, hatte ihn auch noch nie gesehen, denn ich war nur einmal hier oben gewesen, und da war es dunkel. Ich hatte

mit einem kleinen Fleckchen Garten gerechnet, aber die Terrasse im Berg zog sich länger hin, als von der Straße zu sehen war. Dort standen einige Apfel- und Pflaumenbäume, und in kleinen Beeten zwischen den Bäumen wuchsen Blumen; gelbe, rote und violette. Er verließ die Steinveranda und ging weiter über einen Weg aus Schieferplatten. Die Platten waren rund. Ich folgte ihm wieder, schaute mich ab und zu um. Wir erreichten einen Teich, in dem Steine lagen, sodass man ihn überqueren konnte. Stein Ove ging auf die andere Seite, und ich tat es ihm nach. Ganz hinten stand eine Bank. Ich sah einen Kirschbaum mit kleinen lila Blüten.

»Wie gefällt es dir?«, fragte er.

»Doch. Ganz schön«, sagte ich.

Er lächelte dämlich.

Ich war schon lange nicht mehr an einem so friedlichen Ort gewesen. Ich meine, endlich kam ich ein wenig zur Ruhe.

»Wusste nicht, dass du Gartenarbeit magst«, sagte ich, stand auf und schaute in den Teich. Darin gab es keine Fische, sondern nur Wasserläufer und Schwimmkäfer.

»Willst du den Hof behalten?«

»Was glaubst du?«, fragte ich.

»Ich habe mit Gunnar gesprochen«, sagte er und erzählte mir, dass Tråseth auf dem Feld gestanden und gesehen hätte, wie Hugo unseren Vater überfuhr, und dass er gesagt habe, Vater sei danach noch am Leben gewesen, und er sei fast sicher, dass Hugo ihn mit bloßen Händen umgebracht und danach in den Tank geworfen hätte. Stein Ove hatte Tråseth gebeten, das bei der Polizei zu Protokoll zu geben, aber das wollte er nicht. Ich biss die Zähne zusammen, und dann stieg es mir überaus sauer auf, und ich blieb eine Weile mit zusammengekniffenen Augen stehen, und dann hörte das Aufstoßen auf, und ich setzte mich total verwirrt auf die Bank. Stein Ove folgte mir. Er wollte etwas Nettes sagen, aber ich sagte, er solle die Klappe halten. Ich spuckte ins Gras, sah den Kirschbaum an.

»Ich fahr in die Nordre gate«, sagte ich.
»Nein, du solltest warten«, sagte Stein Ove.
»Ich warte seit dreizehn Jahren«, rief ich.
»Was glaubst du, was passiert, wenn du dich über Hugo hermachst? Du darfst ihm nichts in die Hand geben, was er gegen dich verwenden kann. Wenn du Hugo bestrafen lassen und Gjørstad wieder an dich bringen willst, musst du warten.«
Es war zum Kotzen, aber er hatte Recht.
»Ich muss mit Gunnar reden«, sagte ich.
Er zupfte am Kirschbaum zwei Blüten ab.
»Das machen wir später. Zuerst gehe ich auf die Wache und seh die alten Unterlagen noch einmal durch. Du kannst mit Nina irgendwohin fahren und alles in Ordnung bringen. Nimm den VW. Im Auto kann man sich gut aussprechen.«
Der freundschaftliche Ton, der plötzlich zwischen uns herrschte, machte mich verlegen, und ich hoffte, dass das keine Folgen haben würde. Ich sah, dass seine Hand zuckte, und wusste, dass er mich gern gestreichelt oder mir die Hand gedrückt hätte, und ich sah ihn wachsam an und hoffte, dass er es nicht tun würde.

Nina zeigte auf Grønberg, auf der anderen Seite des Flusses. Die Straße nach Grønberg war verschwunden. Auch der Fußballplatz war überspült. Ein Ruderboot glitt zwischen den Toren über die bleigraue Wasseroberfläche mit etwas im Schlepptau, das wie ein Kühlschrank aussah. Noch war es möglich, die Brücke zu passieren, aber bald würde sie gesperrt sein. Wir fuhren in Richtung Tunnel, wo das Tal schmäler ist und der Fluss eng und tief. Zwei Kilometer nördlich des Tunnels wird der Fluss wieder breiter, fließt und mündet in eine Schlucht. Nina öffnete das Fenster, und ich konnte das Rauschen des Wassers schon hören, noch ehe wir um die Kurve gebogen waren. Ich fuhr rechts ran, stieg aus und schaute hinunter in die Schlucht. Der Fluss warf sich brüllend zwischen den kohlschwarzen Felsen hin und her, die Wassermassen wurden unablässig in die Luft geschleudert, und über den weißen Kaskaden wölbten sich glitzernde Regenbögen. Der Asphalt zitterte unter meinen Schuhsohlen. Nina drehte sich um und schaute flussaufwärts, wo der Fluss vor einer Landzunge eine lange Kurve machte. Sie zeigte auf etwas. Mitten im Fluss kamen drei Kühe angeschwommen. Sie strampelten mit den Beinen und versuchten verzweifelt, die Köpfe über Wasser zu halten. Ich sagte Nina, sie solle wegschauen, aber sie sah mit fasziniertem Blick zu, wie die Kühe um ihr Leben kämpften, sich dem Ufer aber nicht nähern konnten, sondern von der Strömung mitgerissen, in die Schlucht gesaugt und wie drei kleine Spielzeugtiere umhergewirbelt wurden.

Ich legte ihr den Arm um die Schultern und führte sie zum Auto. Sie setzte sich hinein. Ich schaute zum Himmel hoch. Die Wolkendecke glitt vorüber. Sie zerriss an einigen Stellen, ich sah ein Stück blauen Himmel. Ich fragte, ob sie mit nach Brekke fahren wolle, um sich Gjørstad anzusehen. Sie schien etwas sagen zu wollen, gab aber keine Antwort, starrte den Fluss an. Ich fuhr los. Am Straßenrand standen einige Wagen, und auf einem Hang oberhalb des Flusses standen Leute mit Ferngläsern. Ein Ehepaar hatte in einer Kurve einen Campingtisch aufgestellt. Sie saßen in Trainingsanzügen auf ihren Klappstühlen, aßen und schauten auf das Wasser. Wir erreichten Sunde. Dort parkten ungefähr ein Dutzend Autos vor dem Hof, der in eine Art Herberge für Obdachlose verwandelt worden war. Ich überlegte mir, dass das hier sicher die schlimmste Überschwemmung seit zweihundert Jahren wäre. Aber es kam mir nicht so vor, denn es war still, die Sonne schien, es war warm, und die Kvenna floss langsam und träge vorüber, führte den Müll aus dem ganzen Tal mit sich, und weiter unten, in Melhus, fuhren die Leute mit Motoryachten und kleinen offenen Booten hin und her und fischten auf, was angeschwemmt wurde.

Einige Kilometer südlich von Vasshaug waren Straßensperren aufgestellt worden. Auch hier war die Straße eingebrochen. Ich fuhr an den Rand und ging zu einem der Polizisten, die vor der Sperre standen. Ich schaute den Fluss aufwärts, Meløya war jedoch nicht zu sehen. Ich fragte, ob er wisse, wie es da oben aussähe. Er sagte, er habe gehört, dass alle Höfe zwischen hier und Ljon noch standen. Im Norden von Ljon sei ein Damm gebrochen, und die Wassermassen hätten mehrere kleine Höfe mitgerissen. Ein älteres Ehepaar sei ertrunken. Ich starrte eine Weile in das braune Dreckswasser, das zwischen den Bäumen den Hang hinunterstürzte, dann machte ich kehrt und setzte mich wieder ins Auto.

»Unser Hof steht noch«, sagte ich.

Sie sah in die Sonne. »Schön«, sagte sie leise.

»Wollen wir irgendwo essen?«, fragte ich.

An dem Schild, das den Weg zu einer Sehenswürdigkeit wies, bog ich ab. Ich parkte den Wagen auf dem Hof mit dem verlassenen Haus, und Nina und ich schlenderten dann mit der Kühltasche und einer Decke zum Fluss hinunter.

Die Wiese war von Blumen übersät. Der Zaun unten am Ufer war überschwemmt. Einige Schmetterlinge flatterten zwischen Margeriten und Fingerhut umher. Ich breitete die Decke aus. Hinten am Waldrand stand noch immer die alte Badewanne, die den Kühen, die früher hier gegrast hatten, als Trog gedient hatte. Ich war schon oft hier gewesen. Es kamen nur selten Leute her, es war still, die Vögel sangen und die Mücken stachen, viel gab es nicht zu sehen. Ich breitete die Decke aus und packte Gläser, Plastikteller und Messer aus. Die noch kalten Bierflaschen ließ ich in der Tasche. Ich schnitt Gemüse klein und spanische Wurst und Sesambrot und tischte alles auf. Nina blickte das Essen an. Normalerweise mochte sie solche Sachen nicht. Die Oliven schmeckten scheiße, die Knoblauchwurst schmeckte scheiße, der reife Brie schmeckte scheiße, alles, was nicht aus Norwegen kam,

Fleisch oder Fisch, schmeckte für Nina scheiße. Cervelatwurst und Fischfrikadellen schmeckten lecker. Aber sie griff zu, aß, ohne zu klagen.
Ich sah ihr eine Weile dabei zu.
»Wie schmeckt es?«, fragte ich.
»Gut«, sagte Nina, bediente sich noch einmal und öffnete zwei Bierflaschen. Wir sprachen nicht mehr, hörten den Vögeln beim Singen, den Mücken beim Summen und dem Fluss beim Brausen zu. Ein Schwarzspecht hackte in der Nähe auf eine versteinerte Kiefer ein. Ich konnte nicht begreifen, wie er immer wieder mit dem Schnabel gegen etwas so Hartes schlagen konnte, ohne in Ohnmacht oder vom Baum zu fallen. Hatten Spechte denn niemals Kopfschmerzen? Trugen sie keine Gehirnerschütterungen davon? Wie um alles in der Welt war Gott auf die Idee gekommen, einen Vogel zu erschaffen, der sein Leben damit zubrachte, mit dem Schnabel auf harte Baumstämme und Pfosten einzuhacken?
»Warum gehst du nicht?«, fragte Nina.
»Von zu Hause weg, meinst du?«, fragte ich.
»Du bist bald dreißig. Alle anderen in deinem Alter sind schon weg.«
»Warum sollte ich?«, fragte ich. »Ich stehe gern morgens auf, und wenn ich die Vorhänge zurückziehe, sehe ich dieselben Felder und Wiesen, ich gehe gern mit einem Eimer über den Hof, lege gern vor Einbruch der Dunkelheit unten bei Kista die Netze aus und sitze gerne in der Dämmerung und höre oben bei Brekke die Hunde jaulen. Ich geh gern mit Jonny auf die Jagd und schieße bei kleinen Tieren vorbei.«
»Hast du sonst noch Probleme?«
Mitten auf der Wiese stand eine einsame Birke. Ich schaute in die hohe Baumkrone. Sie rauschte und raschelte. Die Blätter flatterten, und die Sonnenstrahlen ließen die flatternden Blätter glitzern.
Nina zog ihr Hemd aus, ging zu der Birke, setzte sich, lehnte

sich mit dem Rücken gegen den Stamm, hob ihr Gesicht in die Sonne und schloss die Augen. Von ihrem Babyspeck war nichts mehr zu sehen. Einige Mädchen hier oben waren unbegreiflich früh dran. Die Natur schien für sie vorzusehen, schon während ihrer Jugend ins Erwachsenenalter überzuwechseln.

Ich packte die Essensreste zusammen. Dann stieg ich zu den Felszeichnungen hinab. Sie waren in zwei bis drei Meter Höhe in den Felsen geritzt. Bis zum Gipfel waren es vielleicht zehn Meter. Man sah Rentiere und Elche, die durch den Wald getrieben worden waren und die dann abgestürzt und sich auf dem Plateau unterhalb des Hanges alle Glieder gebrochen hatten. Mir hatte mal jemand erzählt, die Zeichnungen befänden sich an dieser Stelle, weil die Menschen damals geglaubt hatten, dass die Tiere dann hier abstürzen und sterben würden. Sie bildeten sich ein, dass ein Elch gewissermaßen schon erlegt war, wenn man ihn gezeichnet hatte. Es war eine schöne Vorstellung, aber ich glaubte nicht daran. Ich hatte keine Ahnung von der Steinzeit, aber wieso hätten sie so etwas glauben sollen? Warum waren sie überhaupt auf die Jagd gegangen, wenn sie die Beute unten vermuteten? Ich dachte, dass sie viele Gründe für die Zeichnungen gehabt hatten, und einer war, dass sie die Tiere liebten, die sie aßen. Ich ging zwar nicht in Melhus umher und erzählte allen, dass ich Tiere liebte, aber dennoch verspürte ich eine Verwandtschaft mit diesen Wesen, die anders waren, die nichts sagen und keine Fragen beantworten konnten und deren Augen weder einen klugen noch einen dummen Ausdruck hatten. Mit Tieren, die einfach nur da waren, die herumliefen und Laute von sich gaben, die ihren Kot hinterließen, der im Winter dampfte. Ich stieg von den Felsen herunter zum Fluss. Das Wasser floss in einen stillen Kolk, und dort trieb in schlaffen Spiralen Schaum mit gelbbraunem Pollenbelag zusammen mit einer Obstkiste, zwei zerborstenen Baumstämmen und einigen Li-

moflaschen aus Kunststoff. Ich ging ganz zum Ufer hinunter und sah mir das Treibgut an. Am Rand des Kolks sprang eine schwarze Forelle oder Äsche aus dem Wasser an die Oberfläche, dann war alles still.
Ich entdeckte etwas, das ganz dicht am Ufer trieb. Es war ein Spielzeuggewehr mit blau bemaltem Kolben. Ich kannte dieses Gewehr. Ich hatte mit einem Lötkolben den Namen Jonny auf die eine Kolbenseite gepunktet. Ich bückte mich und hob es auf, dachte daran, dass es im Flur im ersten Stock im Schrank gelegen hatte. Dort hatte es gelegen, jetzt lag es im Fluss. Ich hatte mir vorzustellen versucht, wie ich reagieren würde, wenn ich hörte, dass der Hof von der Flut mitgerissen worden sei. Ich hatte geglaubt, es könne schlimm werden, aber jetzt krampfte sich alles in mir zusammen, als ich mir den überfluteten Hofplatz vorstellte, ohne das Wohnhaus, überhaupt ohne irgendein Haus. Mir wurde bewusst, was es bedeutete, einen Ort zu haben, und wie alles mit diesem Ort zusammenhing und sich gegenseitig beeinflusste. Warum schmeckte ein Ragout in Herslev anders als in Arles? Warum schmeckte derselbe Wein in Turin ganz anders als in Bergen? Ich brauchte nur ein wenig Erde zwischen zwei Finger zu nehmen und sie zu kosten. Diesen Geschmack fand ich nirgendwo sonst, nicht diesen besonderen Geschmack. So einfach war es. Es war etwas, das ich mitnehmen oder vergessen konnte. Ich ging zu den Steinen, setzte mich hin, stützte die Ellbogen auf die Knie und dachte daran, dass das Haus verschwunden war, und dass mir nur noch eins übrig blieb, und dass ich beim Bezirkslandwirtschaftsamt damit anfangen musste.
Ich ging zur Wiese zurück. Nina lehnte noch immer am Stamm. Sie schlief. Die Brise ließ die Wipfel rauschen, das Gras war hoch und grün, die Blumen wiegten sich hin und her, und zwischen den Grashalmen flogen die Hummeln mit ihren schweren Leibern und den gelben Säcken an den Hinterbeinen durch die Luft.

Sie öffnete die Augen und kniff sie zusammen.
»Was ist passiert?«
»Was sollte denn passiert sein?«, fragte ich.
»Ist etwas mit dem Hof?«, fragte sie und erhob sich.
»Nein, da ist nichts«, sagte ich.
Wir schauten uns an.
»Worüber hast du mit Stein Ove geredet?«, fragte sie.
»Über dich und Hugo«, sagte ich.
Wir blieben stehen und traten von einem Fuß auf den anderen, sagten aber nichts.
»Komm, wir gehen wieder nach unten«, sagte ich endlich und griff nach ihrer Hand.
Sie wehrte sich. Ich dachte mir, dass ich sie verstehen könnte und dass es nichts bringen würde, sie zu ziehen. Deshalb ging ich los, schlenderte den Weg zum Auto zurück. Ich hielt die Kühltasche in der Hand und hatte mir die Decke über die Schulter gelegt. Nina kam hinterher. Sie holte mich ein und ging dann neben mir her.
An einem Hang blieb sie stehen.
»Er war es«, sagte sie leise.
Ich drehte mich um und starrte sie an.
»Ich wusste nicht, worum es ging. Ich wusste nicht, dass es falsch war. Er war damals so lieb. Er hat sehr viel für mich getan. Verstehst du das nicht? Damals war er eben lieb«, sagte sie, und dann stiegen ihr die Tränen in die Augen, und sie lief davon.

Ich war allein im Zimmer. Tråseth hatte seine Siebensachen gepackt und war weg. Ich hielt den Brief in der Hand, den sie mir gegeben hatte. Er stammte von Hugo. Ich las. Es war zum Kotzen. Ich wünschte, ich hätte ihn nie gelesen. Ich steckte ihn in die Jackentasche, stopfte Toilettensachen, Hemden, Hosen, Socken und Schuhe in eine Reisetasche. Ich nahm mir eins der Bücher, das im Regal stand, einen Horrorroman mit »Affenhand« und »Spinne« im Titel, und legte es in die Tasche. In dem Buch stand noch immer mein Name. Ich setzte mich aufs Sofa und betrachtete ein kleines Gemälde, ein Häuschen an einem stillen See. Unten in der Ecke waren Initialen. Ich öffnete die Tasche, nahm mein Fahrtenmesser heraus, hakte es an meinen Gürtel, zog es dann aus dem Futteral, ging zum Bild und schnitt es in Fetzen. Ich schob das Messer in die Scheide, nahm Tasche und Koffer, öffnete die Tür zu Jonnys Zimmer. Er saß an einem kleinen Tisch vor dem Fenster und betrachtete etwas, das auf der Tischplatte lag. Er hatte die Vorhänge zugezogen. Ich schloss die Tür hinter mir. Er fuhr zusammen, versteckte das, was auf dem Tisch gelegen hatte, unter einigen Blatt Papier.

»Ich fahre einige Tage weg«, sagte ich.

Er fragte in Zeichensprache, wohin ich wollte.

»Ich bin noch nicht sicher«, sagte ich.

Er starrte seine Hände an.

»Ich komme zurück«, sagte ich.

Er sagte auf Zeichensprache, er habe keine Angst, dass ich nicht zurückkäme. Er wollte wissen, was ich vorhatte.

Er begriff, dass etwas passierte.

»Nichts. Ich muss nur ein paar Tage weg«, sagte ich.

Er fragte, was ich mit dem Hof machen wolle.

»Der Hof ist nicht mehr da«, sagte ich.

Er sank in seinem Sessel zusammen.

»Das habe ich oben bei den Felsenmalereien gefunden«, sagte ich, zog das alte Holzgewehr hervor und gab es ihm. Er nahm es, drehte und wendete es.

»Ich wollte, dass du es von mir hörst«, sagte ich, ging zu ihm und streichelte seinen Nacken. Er nahm meine Hand und hielt sie fest.

»Ich komme zurück«, sagte ich.

Er hielt mich mit beiden Händen fest.

»Du hast einen Job und kannst dich selber ernähren. Du bist jetzt ein Mann«, sagte ich.
Er klammerte sich noch einige Sekunden an mich, dann ließ er los, kehrte mir den Rücken zu und wimmerte.
Ich hatte gehört, dass Hugo nicht zurückgekommen war. Weder Mutter noch Betty ahnten, wo er steckte. Der Schlachterwagen war verschwunden. Ich stellte Koffer und Tasche in den Flur und zog die Schuhe an. Hinten stand die Tür zum Fernsehzimmer offen. Betty und Hugo hatten ein eigenes Zimmer für den Fernseher. Ich konnte Mutter darin sehen. Sie saß dort, der Fernseher lief aber nicht. Ich ging zu ihr. Sie hielt eine Illustrierte in den Händen, sie schien zu frieren oder eine Krankheit auszubrüten. Sie tat mir nicht Leid, sie hatte ja selber alles angezettelt. Es war typisch für sie, etwas in die Wege zu leiten und es danach bitter zu bereuen. Ich dachte: Wenn ich irgendwo Regierungschef wäre, würde ich Mutter ins Land einreisen lassen und ihr eine Aufenthaltsgenehmigung geben und vielleicht sogar die Staatsbürgerschaft? Nehmen wir an, das Land wäre sehr klein. Mutter wäre nicht unsichtbar, auch nicht für mich. Nein, sie wäre in unmittelbarer Nähe und würde zu den unpassendsten Zeitpunkten wegen irgendwas ankommen. Ich dachte: Aber wenn Mutter keine Aufenthaltsgenehmigung und Staatsbürgerschaft erhielt, was würde sie dann machen? Sie wusste es nicht, aber es war unmöglich für sie, hier zu bleiben. Ich ging ins Zimmer und stellte mich vor sie. »Ich habe mir oft überlegt, dass es schade ist, dass man nichts rückgängig machen kann. Jetzt bin ich mir nicht mehr so sicher. Es gibt einen Grund, dass etwas so ist, wie es ist«, sagte ich, und dann streichelte ich ihr Haar. Sie blickte mich entsetzt an. Ich streichelte weiter, und in diesem Moment empfand ich nichts für sie, keine Zärtlichkeit und keine Verwandtschaft. Es war nicht wichtig, dass ich ihr verzieh. Ich weiß nicht, ob sie das spürte, aber ich glaube, sie sah es in meinem Gesichtsausdruck und las es aus

meinem Streicheln heraus. Ich streichelte ihre Wange und ließ die Hand dann sinken. Ich glaube, ihr ging etwas auf. Sie war klein und dünn und konnte nichts sagen. Ich sagte ihr, dass ich sie lieb hatte, auf dieselbe Weise, ohne Gefühl. Ich öffnete meine Jacke und zog Hugos Brief heraus. »Ich habe keine Ahnung, wie viel du begriffen hast. Aber du sollst wissen, was passiert ist. Du bewahrst ihn jetzt erst mal auf«, sagte ich, drückte ihr den Brief in die Hand und ging. Ich nahm Koffer und Tasche und ging hinaus auf die asphaltierte Auffahrt, öffnete das Tor, ehe es von selber aufgehen konnte, und weiter durch die Nordre gate. Ich drehte mich zum Haus um. Im ersten Stock stand Nina hinter dem Fenster. Sie sah aus wie die Wiedergängerin eines Mädchens, das sein Leben lang von ihrem strengem Vater auf einem Gut eingesperrt gewesen war.

Ich ging weiter die Straße hoch, in Richtung Breidablikk.

Im Garten stand Tråseth und stutzte die Hecke.

Ich ging über den Rasen, stellte mein Gepäck ab und sah ihm dabei zu, wie er gleichmäßig und sauber weiterschnitt. Er hatte an jedem Ende der Hecke Stöcke in den Boden gesteckt und einen Bindfaden darüber gespannt, damit die Hecke gerade würde. Er ließ seine Heckenschere sinken und wischte sich den Schweiß von der Stirn.

»Warum schneidest du hier die Hecke?«, fragte ich.

»Das habe ich Grete zu verdanken«, sagte er.

»Was hat sie damit zu tun?«

»Sie hat um Entschuldigung gebeten und beim Heimleiter gut Wetter gemacht. Am Ende waren sie ein Herz und eine Seele. Und dann hat der gesagt, dass sie einen Gärtner suchen«, sagte er.

»Und sie meinte, du wärst der Richtige?«

»Ja, so war das wohl«, sagte Tråseth.

»Ich weiß, dass du es warst, Gunnar«, sagte ich.

Er wandte sein Gesicht ab.

»Ich weiß, dass du in all den Jahren nichts gesagt hast. Ich weiß nicht, warum, aber ich mache dir keine Vorwürfe. Jetzt glaubst du wohl, ich würde von dir ein Geständnis fordern, aber das werde ich nicht tun. Du wirst alles sagen, wenn du meinst, dass du es tun musst. Wenn du nicht willst, dann lässt du es sein.«

Ich griff nach seiner Hand. Er ließ die Heckenschere stehen, stellte sich auf die Zehenspitzen, wippte hoch und runter und sah aus, als sei ihm schwindlig. Und dann kniff er die Augen zusammen und sagte leise: »Ich glaube, dass das hier etwas werden kann.«

Stein Ove Sand

Es war eine weisse Villa. Sie hatte die Wohnung im ersten Stock gemietet. Im Erdgeschoss wohnte Eva, die in Sivs Alter war. Ich kannte sie. Ich hatte mir oft vorgestellt, wie sie da beim Tee zusammensaßen und über mich redeten. Ich glaubte hören zu können, wie Siv das, was sie getan hatte, immer gründlicher wegdiskutierte, und wie sie alles darauf schob, zwei Seiten zu haben, die nichts miteinander zu tun hatten, um sich dann darüber zu verbreiten, wie egoistisch und distanziert ich doch war. Ich drückte den Finger auf den Klingelknopf. Ich mochte es nicht zugeben, aber es musste einen Grund haben, dass ich mich nachts im Bett hin und her warf und ihr Gesicht vor mir sah. Dass ich immer wieder glaubte, beim Einschlafen ihre Stimme zu hören. Ich wollte wenigstens mit ihr sprechen, ohne in Verbitterung oder Spott zu verfallen. Ich wollte wissen, ob sie die Wahrheit gesagt hatte oder ob es ihr letzter Ausweg gewesen war, an mich heranzukommen. Warum gab sie sich solche Mühe? Sie war egozentrisch und bereit, mit allem und jedem zu konkurrieren, vor allem mit anderen Frauen; aber wie weit würde sie mir gegenüber gehen? Ich drückte auf den Knopf. Ich drückte noch einmal, diesmal den Knopf für die Wohnung im Erdgeschoss. Ich lief um das Haus herum und schaute ins Fenster, die

Wohnung sah leer aus. Im ersten Stock stand ein Fenster offen.
Ich warf einen Stein. Auf der anderen Straßenseite trat ein Mann auf den Balkon.
»Was machen Sie da?«, rief er.
»Ist schon in Ordnung«, sagte ich und nahm mir noch einen Stein.
»Ich hole die Polizei«, rief er.
»Ich bin die Polizei«, antwortete ich und warf.
»Versuchen Sie das ja nicht nochmal«, rief der Mann und schlug auf die Balkonbrüstung.
Ich setzte mich ins Auto und fuhr los. Sie ging zweimal die Woche zum Training, aber das war montags und mittwochs; vielleicht war sie ja wieder zur Wache gefahren. Ich konnte mir vorstellen, dass Siv auf der Wache angerufen und gehört hatte, dass ich nach meinem Bad in Røldal krankgeschrieben war. Vielleicht war sie zu mir nach Hause gefahren. Ich machte einen Umweg um den Badesee, fuhr durch die Nordre gate und dann hoch zum Klokkervei. Vor dem Zaun stand ein Auto. Es gehörte meinem Vater. Er saß wartend auf der Treppe. Ich fuhr die Auffahrt hoch, stieg aus dem Wagen, ging zu ihm hinüber. Er war seit über einem Jahr nicht mehr im Klokkervei gewesen. Er erhob sich und wischte sich die Hose ab.
»Ich darf wohl gratulieren«, sagte er.
»Vielen Dank«, sagte ich.
»Du warst im Fernsehen«, sagte er.
»In den Lokalnachrichten«, sagte ich.
»Nein, du warst auch in den Hauptnachrichten.«
Ich wusste nicht, was ich sagen sollte. Er zupfte sich an der Jacke und fühlte sich gar nicht wohl in seiner Haut.
»Ist wieder was mit Opa?«, fragte ich.
»Ja, du musst kommen«, sagte er.
»Liegt er im Krankenhaus?«, fragte ich.

»Er will nicht. Wir haben einen Arzt geholt«, sagte Vater.
»Wie schlecht geht es ihm?«
»Sehr schlecht.«
»Ich komme«, sagte ich.
»Musst du nicht zur Arbeit? Unten auf der Wache herrschte das totale Chaos.«
Wir stiegen in unsere Autos. Ich fuhr hinter ihm her. Es kam mir besser vor, hinten zu fahren. Vater fuhr immer in einem zu niedrigen Gang. Er schaltete nie in den vierten, und man konnte sein Auto schon auf weite Entfernung heulen hören. In der Schule war ich deshalb aufgezogen worden. Er arbeitete als Nachtwächter im Kraftwerk und war tagsüber immer müde und sah ziemlich erschöpft und kaputt aus, was die junge Pöbelbande damals zu nutzen wusste. Immer wurden ihm irgendwelche Streiche gespielt, ob man ihm sagte, dass oben auf der Straße eine Brieftasche lag, oder ob es sich um Schnee im Auspuff handelte, er fiel jedes Mal darauf herein. Ich fand es peinlich, mich in der Öffentlichkeit mit ihm zu zeigen. Elternabende oder Weihnachtsfeiern zu besuchen war die pure Tortur. Im Auto musterte ich seinen schütter behaarten Hinterkopf und dachte an das Gefühl, wenn ich feierliche Kleidung zu diesen Anlässen tragen musste, wie Hose und Sakko drückten und zwängten und juckten. Ich war mir vorgekommen wie ein wandelndes Gefängnis. Aber ich tat mir damals nicht Leid. Ich glaube, das lag daran, dass ich nicht wusste, dass es anders sein könnte oder dass ich Forderungen stellen könnte, dass ein leichteres und lichteres Leben möglich wäre. Ich fand es traurig, dass ich nie begriffen hatte, dass alles besser sein könnte.
Mutter wartete auf dem Hof. Sie erzählte, dass sie Großvater zum Essen nach unten geholt hätten und dass er mit ihnen zusammen gegessen habe. Er schien sich lange nicht mehr so wohl gefühlt zu haben. Doch während des Essens hatte er angefangen zu quengeln, er wolle wieder ins Bett. Mutter hatte

gehört, dass er zum Klo gestapft war, dann war alles still geworden. Nach einer Weile hatte sie auf dem Klo nachgesehen, doch dort war niemand. Sie war auf die Vortreppe getreten, und da hatte sie ihn gesehen. Er war auf dem Weg in den Wald, im Unterhemd und mit schleifenden Hosenträgern. Mutter und Vater waren hinterhergelaufen, aber inzwischen war er hinter eine Kiefer getreten und hatte wie ein Huhn gegackert. Er hatte verlangt, dass Vater wieder nach Hause ging, sonst wäre er nicht bereit zuzuhören. Vater hatte getan, wie ihm geheißen. Mutter musste bleiben und mit diesem Starrkopf verhandeln.

»Er hat gesagt, er wollte sich im Wald eine Arbeit suchen«, sagte sie.

»Und wie hast du ihn ins Haus locken können?«

»Ich habe einen Besuch von dir versprochen«, sagte sie.

»Hast du noch etwas versprochen? Etwas, das mit Siv zu tun hat?«

»Ich hab wohl so was gesagt, ja«, murmelte sie. »Es ist ihm so wichtig, dass ihr das schafft.«

Vater zupfte einige Flusen von der Mauer und schlenderte ins Haus.

Ich telefonierte mit dem Arzt. Er bot an, einen Krankenwagen zu schicken. Großvater wollte nicht ins Krankenhaus, aber wir könnten ihm ein Beruhigungsmittel geben und ihn trotzdem einliefern.

Ich lehnte ab.

Er saß gegen ein paar neue Kissen gelehnt. Seine Haut war gelb, dunkle Flecken bedeckten sein Gesicht. Als ich bei ihm hereinschaute, schlief er, er atmete keuchend ein und pfeifend wieder aus, aber sowie ich die Tür schloss, öffneten sich seine Augen und das Pfeifen verstummte. Mir kam er schwächer vor. Seine Augen, die klar und stark gewesen waren, waren jetzt matt und milchblau. Ich setzte mich auf die Bettkante und schaute in das Gesicht mit der krummen Nase.

»Du wolltest in den Wald und ein neues Leben anfangen, habe ich gehört«, sagte ich.
»Ach, das wollte ich?«, fragte er.
»Erinnerst du dich nicht?«
»Was ist schon Erinnerung?«, fragte er und räusperte sich heftig.
»Mutter hat die Geige geholt«, sagte ich und zeigte auf das Regal über dem Bett. Er drehte den Kopf und entdeckte sein altes Fiedelinstrument.
»Ja, sie wollte sie unbedingt aufhängen«, sagte er. »Wollte mich wohl an meine Niederlagen erinnern.«
»Ich hab dich gern spielen hören.«
»Du kannst mir viel erzählen.«
»Das meine ich ehrlich«, sagte ich, und er drehte den Kopf und musterte mich träge. Seine Hände waren übersät von Altersflecken. Sein linker Arm wies schwarze Flecken auf. Der Arzt hatte ihm Blut abgenommen oder ihm eine Spritze gegeben. Er führte die Hand an den Kopf und stöhnte.
»Ich höre das Blut fließen«, sagte er.
»Was sagst du?«
»Ich höre das Blut fließen«, sagte er.
»Das bildest du dir nur ein«, sagte ich.
»Nein. Ich merke es«, sagte er und wandte sich ab.
Es fing wieder an zu regnen. Der Regen prasselte leise auf das Wellblechdach vor dem Fenster. Großvater wandte sich dem Geräusch zu und bat mich, das Fenster zu öffnen. Das tat ich, dann setzte ich mich wieder. Er schloss die Augen, fuhr zusammen, stieß einen leisen Seufzer aus und öffnete die Augen.
»Hab ich dir von Ludvik erzählt?«, fragte er.
»Weißt du nicht mehr, dass wir gestern über ihn gesprochen haben?«
Er dachte nach. Er schien nicht zu begreifen, wovon ich redete. Dann schloss er wieder die Augen und nickte ein. Ich saß in dem kleinen Zimmer mit der schrägen Decke und hörte

dem Trommeln zu. Ich hatte sehr oft an diesem Fenster gesessen und gelesen. Ich hatte auch unten bei Großvater gelesen. Damals las ich nach der Schule Bücher und aß zu Mittag. Ich überlegte mir, dass ich seinen Fischpudding nie vergessen würde. Den Geruch und den Geschmack von Fischpudding mit Curry, gekochten Kartoffeln, Erbsen und Möhren.
»Ich hab nicht die Wahrheit gesagt«, ächzte er.
»Über Ludvik?«, fragte ich.
»Nicht über Ludvik, aber über das, was mit Ludvik im Wald war. Ich habe ziemlich viel erzählt, was nicht stimmte«, sagte er und schien für einige Sekunden weit weg zu sein. »Ich war immer eifersüchtig auf meinen Halbbruder. Ist das nicht seltsam? Wir haben uns um Mädchen geprügelt und haben um die Wette geschossen oder sind geschwommen, und nie konnte ich mich von dem Gefühl befreien, dass er mir überlegen war. Glaubst du, dass er sich verändert hatte, als er nach seinem Gefängnisaufenthalt in den Süden zurückkam und sich wie ein zerzauster Waldtroll hier herumtrieb? O nein. Es war genauso schlimm wie früher. Selbst das konnte Ludvik besser, er war ein großartiger Einsiedler, nicht so wie ich, der halb im Wald und halb unten im Dorf wohnte. Der alles hatte, Strom, fließend Wasser, eine Toilette und einen Elch auf dem Hofplatz. Aber dieser Idiot fraß trotzdem das Fleisch mit den Fingern und kackte auf Tannenzweige. Nein, es war alles wie früher. Ich fragte mich wütend, wie ich ihn ausstechen könnte. So sieht die Wahrheit aus.«
»Er war ein gebrochener armer Teufel.«
»Nein. Er hatte etwas verbrochen«, stöhnte er, erschöpft und verärgert.
Das Fenster schlug auf, sperrangelweit. Ich machte die Haken fest und schaute auf den Hang mit den niedrigen Tannen hinaus. Die Wolken schienen sich zu zerstreuen. Ich ging zum Bett zurück. Er betrachtete mich aus zusammengekniffenen Augen.

»Ich habe ihn gefunden, wie er unten auf der Wiese stand und sich am Gewehrlauf zu schaffen machte, versuchte, etwas rauszufischen. Ich hatte mein Gewehr dabei, lehnte mich an einen Baum, schaute mein Gewehr an, und dann entsicherte ich es und zielte auf ihn. Warum habe ich das getan? Auf diesen alten harmlosen Wicht gezielt? Ich legte den Finger an den Abzug, hatte ihn im Visier, stand da und dachte, dass ich nicht schießen wollte. Er schaute einmal auf, als habe er etwas bemerkt, dann ließ er den Kopf wieder sinken und kümmerte sich weiter um sein Gewehr. Und da drückte mein Finger den Abzug. Es ging wie von selbst, ich brauchte fast keine Kraft, der Abzug schien meinen Finger mitzuziehen. Ludvik fuhr zusammen, griff sich an den Kopf, wie bei einem Wespenstich, sank in sich zusammen und blieb liegen, draußen auf der Wiese. Ich ließ das Gewehr fallen und sagte mir, mein Finger sei abgerutscht, aber ich wusste, dass es vorsätzlicher Mord war, egal, wie man das auch drehte und wendete. Ich kannte viele in der Gegend, die es gut finden würden, dass Ludvik getötet worden war. Ich kannte Leute, die mir auf die Schulter klopfen würden. Aber das war falsch. Ich hatte keinen Grund und kein Ziel gehabt. War er denn noch eine Gefahr für andere? Wollte ich mich rächen? Für was? Er hatte mir nie etwas getan. Er hatte keinem in meiner Familie oder Verwandtschaft auch nur ein Haar gekrümmt. Ich hatte keinen Grund. Ich hatte das Gefühl, das Fundament meines Daseins weggeschlagen zu haben, weil ich es nicht begründen konnte.«
Er schaute hoch und grinste hämisch. Ich überlegte mir, was das mit ihm gemacht hatte. Wie sah er zum Beispiel mich, den Enkel, der ihm schon mit zwei oder drei Jahren treu an den Fersen gehangen hatte? Was glaubte er, was aus mir werden würde oder was er für mich tun könnte? Ungeschickt griff er nach dem Glas. Ich nahm es, hielt es ihm an den Mund und sagte, er solle sich ausruhen. Er schnaubte. »Der

Rest war so, wie ich erzählt habe, mit einer Ausnahme. Danach habe ich seine Jacke durchsucht und eine Brieftasche gefunden. Eine Brieftasche. Was wollte er damit im Wald? Ich durchsuchte sie. Darin steckten ein paar zerfetzte gelbe Zehner, sein grüner Führerschein, einige Quittungen, der übliche Kram eben, und außerdem ein Testament. Es waren nur ein paar Wörter, die er auf vergilbtes Papier gekritzelt hatte, aber es war trotzdem ein Testament, mit Datum und mit Ludviks Unterschrift versehen. Ich konnte ja verstehen, dass er so ein Papier bei sich hatte. Dort stand, dass Gretes ältester Sohn alles von ihm erben sollte. Das konnte ja nicht viel sein, dachte ich, und das stimmte auch, denn am nächsten Tag war ich mit dem Dorfpolizisten in seiner Hütte, und wir sind seine Hinterlassenschaften durchgegangen, und was er hinterließ, waren ein altes Gewehr, einige Töpfe und Pfannen, zwei Schneeteller, Skier und Bambusstöcke, zwei Pappkartons mit Papieren und Zeitungsausschnitten. Ich fuhr alles nach Gjørstad hinunter. Hugo war damals vielleicht sieben oder acht. Was war er damals für ein seltsamer Junge. Ich kann mich an seine Augen erinnern, die schienen durch einen hindurchzusehen. Ich hatte das Gewehr über der Schulter, nahm es ab und reichte es ihm. Das gehört jetzt dir. Damit wirst du eines Tages schießen. Es ist eine prima Waffe. Er nahm es, hielt das riesige Gewehr in den Armen, starrte es mit verwunderter Miene an. Grete dankte mir, und ich versprach, Georg zu sagen, das Gewehr sei ein Geschenk von mir, dann ging ich. Ich fand den Anblick des Jungen mit dem riesigen Gewehr in den Armen plötzlich schrecklich, und ich hatte das Gefühl, eine Dummheit begangen zu haben. Ich fuhr mit meinem Opelwrack nach Hammeren, und sah vor mir Ludviks Augen, in denen sich Todesangst spiegelte, und wie sie sich beruhigt hatten und in seinen Kopf gesunken waren.« Er legte den Kopf auf die Seite und schnappte nach Luft. »Ich begreife nicht, warum ich so viel daran denke. Es ist doch zu spät«,

keuchte er, erlitt einen Hustenanfall und versuchte, einen Schluck Wasser zu trinken. Das schaffte er nicht. Er hatte keine Kraft mehr. Er atmete schwer und unregelmäßig und sah schlecht aus.
Ich erhob mich und wollte nach unten gehen.
»Nein«, flüsterte er.
Ich setzte mich.
»Ich kann nicht mehr«, sagte er.
»Du musst ins Krankenhaus«, sagte ich.
»Es fließt«, keuchte er, holte tief Luft, schluchzte und hörte auf zu atmen. Ich lief zur Tür, hörte dann aber, dass er wieder angefangen hatte. Seine Augen öffneten sich ein wenig. Ich merkte, dass er mich ansah und dass er wusste, was er sah. Aber jetzt war noch etwas anderes in seinem Gesicht. Eine wächserne Blässe, so, als sei dort alle Glut erloschen.
Ich lief wieder zur Tür, rief Mutter und sagte, sie müsse sich beeilen. Dann ging ich wieder zum Bett. Er hatte die Augen geöffnet. Sie starrten nicht, sie lagen einfach unter den halb gesenkten Augenlidern, ausdruckslos. Die anderen kamen die Treppe hoch. Ich beugte mich vor, um ihm die Augen zu schließen, doch als ich die Hand hob, bewegte sich sein Gesicht. Eine Art Zittern huschte darüber, die Haut zuckte und lebte, wie elektrisiert. Das dauerte nur drei oder vier Sekunden, aber ich konnte doch sehen, wie das Zittern um die Augen herum einsetzte und über Stirn und Wangen und Mund und Kinn wanderte, um dann zu ersterben. Ich sage ersterben, obwohl es nur einige wenige Sekunden anhielt; und als das Zucken sich legte, war im Gesicht nichts mehr vorhanden. Das Leben hatte seinen Körper verlassen, und für mich bestand ein so deutlicher Unterschied zwischen vorher und nachher, dass ich, nachdem sein Gesicht zur Ruhe gekommen war und ich ihm die Augen zugedrückt hatte, als Erstes dachte, dass Großvaters Seele seinen Leib verlassen habe. Ich dachte das ebenso natürlich, wie ich in einer kalten, klaren

Winternacht zum Himmel hochblickte und registrierte, dass die Sterne leuchteten. Ich faltete seine Hände auf der Decke. Mutter und Vater und ein Arzt kamen ins Zimmer, Mutter blickte mich fragend an, und ich schüttelte den Kopf. Ich hatte damit gerechnet, dass sie in hemmungsloses Weinen ausbrechen würde, aber sie bedachte stattdessen das Bett mit einem zärtlichen und fast neugierigen Blick, dann ging sie zum Leichnam ihres Vaters, sah in sein Gesicht und nahm seine magere Hand in ihre kleinen Hände. Vater murmelte etwas vor sich hin, stapfte zu der alten Truhe hinüber, stützte sich darauf und sagte leise, es sei ja so schrecklich. Ich hätte gern gesagt, er solle die Fresse halten. Der Arzt schaute ihn an, sagte aber nichts. Vater stöhnte und wagte nicht, den Toten anzuschauen. Ich trat neben Mutter. Sie hielt noch immer Opas Hand und schaute in sein Gesicht.

»Hat er vorher noch etwas gesagt?«

»Er hat nach dir gefragt«, sagte ich.

Vater stand neben der Truhe und stöhnte. Mutter brach in Tränen aus. Sie musterte den vertrockneten Vogelmann, der früher einmal breite Schultern und große Hände gehabt hatte und trotz gebrochenem Bein den ganzen Weg von Dyrenut bis Brekke gelaufen war. Dafür gab es Zeugen. Er war mit zwei anderen zusammen gewesen und hatte sich geweigert, sich nach unten bringen zu lassen. Er ging zu Fuß, gebrochenes Bein hin oder her. Jetzt legte sie seine Hand wieder hin. Sie bedeckte sie mit seiner anderen Hand und sagte Lebwohl. Dann brach sie wieder in Tränen aus. Vater trat zu ihr und versuchte, einen Arm um sie zu legen. Ich wandte mich ab. Der Arzt ging zum Totenbett, betrachtete den Toten, berührte sein Gesicht, drehte ihn auf die Seite, betastete mit zwei Fingern den Hals. »Ich gehe nach unten und rufe an«, sagte er. Mein Blick fiel auf ein Tablettenröhrchen, das auf dem Nachttisch lag. Ich nahm es, drehte den Deckel ab und roch daran. Der hatte einen beißenden Geruch. Diesen Geruch

kannte ich, es war Blausäure. Er hatte sie bereitstehen gehabt. Ich steckte das Röhrchen in die Hosentasche.
»O großer Gott«, schniefte Mutter.
Vater ließ sie los. Niemand sagte etwas.
Ich ging hinunter ins Wohnzimmer. Es brannte kein Licht. Draußen dämmerte es. Ich hörte, dass der Arzt mit jemandem über den Transport redete. Er sagte, er wisse nicht, ob der Leichnam sofort geholt werden solle. Ich ging zu ihm und sagte, wir würden ihn aufbahren. Außer mir und Katrin und einigen wenigen anderen würde zwar niemand kommen, aber ich wusste, dass Mutter es so wollte. Ich ging ins Wohnzimmer und starrte durch das Fenster in den Wald, sah nach, ob sich zwischen den dunklen Bäumen etwas bewegte. Aber es war nichts zu sehen. Der Regen fiel mit leisem Knistern auf die Blätter, wo sich die Tropfen sammelten und dann unhörbar weiterliefen.

Ich fuhr zu Siv und klingelte. Eva kam im Morgenrock an die Tür. Ich wusste, dass sie mich nicht leiden konnte. Sie hatte einige Male bei uns gegessen, und eines Abends, während Siv auf dem Klo war, hatte sie mich angebaggert. Ich hatte nein gesagt, und danach hatte sie sich an mich geklammert und war eifersüchtig auf Siv gewesen. Sie hatte es als üble Beleidigung aufgefasst, dass ich Siv wegen ihr nicht betrügen wollte.
»Sie wollte auf die Wache.«
»Wann denn? Ist das schon lange her?«
»Nein, nur einige Minuten.«
Ich fuhr zur Wache hinunter.
An der Zentrale stand Henrik zusammen mit einigen Leuten vom Roten Kreuz. Er entdeckte mich und fragte nach meinem Großvater.
»Der ist tot«, sagte ich.
»Wann ist das denn passiert?«, fragte er.
»Vor einer Stunde«, sagte ich.

»Das ist verdammt übel«, sagte er.
»Danke«, sagte ich und ging hinein. Leute liefen über den Flur, Telefone klingelten, Kåre Nordagutu winkte mir zu und rief, ich solle die Uniform anziehen, wir müssten hinauf nach Laurdalen, dort brenne ein Stall, sechshundert Schweine seien eingesperrt. Ich hatte zwei Jahre zuvor einen Stallbrand erlebt und Tiere erschießen müssen. Ich hatte auf dem Anhänger eines Traktors gestanden und durch die zerbrochenen Fensterscheiben brennende Schweine erschossen. Diesen Anblick und Geruch werde ich nie vergessen; im Umkreis von mehreren Kilometern stank es nach verbranntem Speck. Und dann das Geheul; es klang wie das Geschrei von Menschen. Am Ende war ich vom Anhänger gestiegen und hatte den Rest Roger überlassen. Ich sagte zu Kåre, ich würde mich umziehen, aber gäbe es keine andere Aufgabe für mich, etwas, das mit der Überschwemmung zu tun hatte?
»Reicht ein Stallbrand denn nicht?«, fragte er.
»Ich komme«, sagte ich und lief zu meinem Büro, schloss auf, holte die Schlüssel zum Garderobenschrank und ging wieder hinaus. Einer der Staatsanwälte kam vorbei.
»Hugo Gjørstad war hier und wollte seine Akten aus dem Jahr vierundachtzig sehen«, sagte er.
»Was sagst du da?«, fragte ich.
»Er wollte die Unterlagen der Untersuchungen über seinen Vater und den Unfall sehen.«
»Hat er sie bekommen?«, fragte ich.
»Ich habe ihn in ein Büro gesetzt, und da konnte er sie durchblättern. War das nicht richtig?«
»Ich weiß nicht«, sagte ich.
»Was das falsch?«, fragte er.
»Ich weiß nicht«, sagte ich und ging zur Garderobe, um mich umziehen, überlegte es mir dann jedoch anders. Auch wenn die Zeit drängte, musste ich einfach im Archiv nachsehen. Das war blöd von mir, aber es änderte sicher nicht viel, was

jetzt passierte, würde auf jeden Fall passieren. Ich suchte im Archiv, der Ordner stand an einer falschen Stelle, ich brauchte lange, suchte ewig, so lange, dass ich Kåre Nordagutu über den Flur gehen hörte. »Wo steckt dieser Wirrkopf? Habt ihr Sand gesehen?«, fragte er. Ich versteckte mich hinter einem Aktenschrank. Er riss die Tür auf, blieb einige Sekunden dort stehen, knallte die Tür, pöbelte weiter: »Ist das nicht typisch? Erst ist er krank und dann … he, Sand …«, rief er über den Flur. Ich fühlte mich elend. Ein Polizist versteckte sich nicht vor seinem Chef.

Ich zog eine weitere Schublade auf, dachte, dass ich mir die Sache noch anders überlegen könnte und die Aufgabe erledigen, die mir aufgetragen worden war, aber wirklich ernst nahm ich diese Überlegung nicht. Das Einzige, was ich wollte, war, den Ordner zu finden, in dem Hugo Gjørstad im Büro von Staatsanwalt Stueland gelesen hatte. Ich fand den Ordner endlich ganz hinten im Schrank, er ragte ein wenig über die anderen Ordner hinaus, als sei er nicht ordentlich zurückgestellt worden oder wolle einfach auffallen. Ich nahm ihn unter dem Arm, schaute in den Flur und ging in Toves Büro. Einige Sekunden hielt ich den Ordner fest, ich war nicht so sicher, ob ich mir seinen Inhalt wirklich ansehen sollte. Wenn es darin etwas gab, dann vielleicht genau das, was nötig war, um Ordnung in die Sache zu bringen. Oder vielleicht gab es auch gar nichts, und genau davor fürchtete ich mich. Ich setzte mich, legte den Ordner auf den Tisch, blätterte in den Papieren, sah mir die Tatortbeschreibung an, die ich selber verfasst hatte, blätterte weiter durch den nicht allzu dicken Stapel und erreichte die Protokolle der beiden Vernehmungen von Hugo. Ich fing an zu lesen. Es war dreizehn Jahre her, und mir ging auf, dass ich vieles von dem vergessen hatte, was damals gesagt worden war. Hugo hatte Dinge gesagt, an die ich mich absolut nicht erinnern konnte. Unter anderem sagte er zweimal, dass seine

Mutter ihm Leid tue, dass es sehr schwer für sie würde, Gjørstad zu leiten, wenn er ins Gefängnis müsste. Er war also davon ausgegangen, dass es einen Prozess geben und dass er verurteilt werden würde. Roger hatte beide Male versucht, ihm klar zu machen, dass es wohl nicht so weit käme. Das hier sei nur eine Untersuchung, und wenn Roger sich nicht sehr irrte, dann blieb es dabei. Warum war mir das nicht aufgefallen? Ich hätte Hugos Aussage nicht als Symptom oder als Zeichen für etwas anderes begreifen dürfen, bei dem es um Psychologie ging, sondern es wortwörtlich nehmen müssen: Er sagte ganz offen, dass er seinen eigenen Vater umgebracht hatte. Was passiert war, war hier glasklar zu lesen, aber trotzdem war es keinem von denen, die bei der Vernehmung dabei gewesen waren oder das Protokoll gelesen hatten, aufgefallen. Wir waren zwar nicht bei der Kripo, aber trotzdem. Mir fiel außerdem auf, dass Hugo sich steif ausdrückte, in einer Art Kanzleisprache, als repräsentiere er eine Partei oder eine Firma und spreche zur Öffentlichkeit. Er sagte immer wieder »man« oder »er« statt »ich«. Und dann sprach er über seine Geschwister, zuerst über Robert, »der keine Ahnung hat. Der glaubt die ganze Zeit nur das Beste. Dieser Brüllaffe hat keine Ahnung, was wirklich los war.« Auch hier war niemandem ein Licht aufgegangen. Wo war ich während dieser Befragung gewesen? Ich blätterte zur zweiten Vernehmung weiter, und auch dort fand ich etwas, an das ich mich nicht erinnern konnte. Plötzlich, mitten in einem Satz, der von seiner Beziehung zu Georg gehandelt hatte, sprach er über Gunnar und Eva Tråseth. Er erzählte, was das für gute Menschen seien und wie wenig Lohn sie dafür erhalten hätten, und wie schade es sei, dass Eva so früh gestorben sei. An ihrem Tod war nichts auffällig gewesen, sie hatte Krebs gehabt und am Ende wohl einfach aufgegeben. Und das konnte ich verstehen, wenn das, was Tråseth angedeutet hatte, wirklich passiert war. Und warum sollte ich daran zweifeln? Georg war ein rücksichtsloser Krachschläger gewesen, der zwar vor allem herumbrüllte, aber möglicherweise stammte er ja aus einer Familie, in der er gelernt hatte, so viel wie möglich zu zerstören, draußen und in der Familie selber. Aber hier hatten wir Hugos Hinweise auf das Ehepaar Tråseth. Ich fand es auffällig, wie viel er über sie redete. Der Vernehmungsleiter wollte wieder auf den Unfall zu sprechen kommen, er fragte, ob es an diesem Tag oder »in der jüngsten Vergangenheit« außer der Auseinandersetzung zwischen Hugo und Georg noch mehr gegeben habe. Und Hugo antwortete: »Vater und ich waren zusammen bei Tråseths.« Der Vernehmungsleiter fragte, was sie dort gemacht hätten. Hugo antwortete: »Gunnar in den Laden geschickt und ein wenig herumgejuxt.« Der Vernehmungsleiter: »Herumgejuxt? Was soll das heißen? Habt ihr Eva aufgezogen?« Hugo: »Nein … wir haben … gespielt.« Danach bat Hugo, zur Toilette gehen zu dürfen. Auch diesen Satz sah ich mir an. »Gunnar in den Laden geschickt und ein wenig herumgejuxt.« Ich legte die Blätter weg und wollte eine Runde drehen. Es ging um Georg Gjørstad, der zu der Sippe eigentlich gar nicht richtig gehörte. Er hatte eingeheiratet. Ich dachte weiter nach, konnte nicht damit aufhören. Ich musste zu Kåre Nordagutu gehen und ihm von Robert und Nina, von meinem Gespräch mit Gunnar Tråseth und von Hugo erzählen. Ich hatte ihm gegenüber mit keinem Wort erwähnt, womit ich mich beschäftigte. Es würde zu einem Prozess kommen, egal, was jetzt passierte.

Ich wusste, dass ich nicht aufhören durfte.

Ich klappte den Ordner zu und ging hinaus. Was, wenn Robert mit Nina keinen Ausflug machte? Er war mir ruhig vorgekommen und hatte mir scheinbar zugestimmt, aber gerade das hätte in mir doch Zweifel erwecken müssen. Was, wenn er sich auf die Suche nach Hugo machte? Diese Vorstellung machte mir schreckliche Angst. Ich blieb auf dem blank ge-

scheuerten Linoleumboden stehen. Zwei Tage zuvor hatte er Terje Trøgstad den Kiefer eingeschlagen.
Ich ging hinüber in mein Büro, schloss es auf, legte den Ordner auf den Tisch, erkundigte mich telefonisch, ob Kåre Nordagutu noch da war, und erfuhr, dass er gefahren sei. Ich beschloss, in der Nordre gate anzurufen, und wählte die Nummer. Dort schaltete sich der Anrufbeantworter ein. Ich hinterließ die Nachricht, dass sie sofort Hugo verständigen und ihn auf die Wache schicken sollten.
Auf dem Flur stieß ich auf den Staatsanwalt.
»Kåre war nicht gerade beglückt«, sagte er.
»Das weiß ich«, sagte ich und ging weiter.
»Deine Frau war hier.«
»Siv? Wann denn?«
»Vor einer halben Stunde.«
»Hat sie eine Nachricht hinterlassen?«
»Nicht dass ich wüsste«, sagte er.
»Warum hast du nicht gesagt, dass sie warten soll«, fragte ich und ging zum Ausgang.
»Ist ja wohl nicht meine Aufgabe, deine Ehe zu retten«, rief er mir hinterher. Ich ging hinaus auf die Treppe. Ich musste es einfach tun. Ich kämpfte seit Wochen mit hämmernden Kopfschmerzen, ich konnte nicht schlafen, das führte zu nichts. Ich machte kehrt, öffnete die Tür, und in diesem Moment fuhr ein Wagen vor und hupte. Darin saßen Tiller und Roger. Tiller sprang aus dem Auto. »Du musst mitkommen«, sagte er.
»Ich muss erst noch was erledigen«, sagte ich.
»Nein, du musst mitkommen«, sagte er.
Ich schloss die Tür. Tiller zeigte aufs Auto.
»Jetzt steig schon ein«, sagte er.

Robert Gjørstad

Der Schlachthof lag unterhalb der Meierei, in Moløkka, unten an der Kvenna. Er lag nicht so tief unten, dass evakuiert werden musste, aber das Wasser hatte zweihundert Meter unterhalb des grauen Betongebäudes bereits den Wald erreicht und die Umgebung in einen Sumpf verwandelt. Es regnete wieder. Nebelfetzen hingen über den Hügelkämmen, wie fast immer in den beiden letzten Wochen. Ich ging über den Platz vor dem Schlachthof und am Gebäude entlang, bis ich den Eingang erreicht hatte. Ich blieb stehen, wartete einen Moment und drückte dann die Schiebetür auf. Der Raum war leer. Ich ging weiter zum Haupteingang, dachte, dass ich einen Fehler machte, den ich bereuen würde, aber ich wollte lieber bereuen als zusehen, wie er sich aus der Sache herauswand. Hugo sollte das bekommen, was er verdient hatte. Ich betrat den Eingang zur Schlachthalle. Die Halle war voller Schweine, die schrien und kreischten. Sie sollten vergast werden.

Einer der Schlachter kam herein.

»Hast du Hugo gesehen?«, fragte ich.

»Der ist weggefahren«, sagte er.

»Hat er gesagt, wo er hinwollte?«

»Ist er nicht zu Hause? Nein? Dann ist er vielleicht in seiner Baracke«, sagte der Mann.

»Hat er hier unten eine Baracke?«
»Ja, auf der Rückseite. Du meinst doch Hugo?«
Ich ging hinaus und lief um den Schlachthof herum. Ich hatte hier noch nie eine Baracke gesehen, war aber auch noch nie auf der Rückseite gewesen. Da standen einige Tonnen mit stinkendem Schlachtabfall. Sie hatten einige von den alten Brühkesseln herausgeschleppt. Ein ausrangierter Viehwagen mit abgerissenem Dach lag auf der Seite. Auf einem mit Gras bewachsenen Platz vor dem Wald und dem Sumpf stand eine Nissenhütte. An der Tür hing ein riesiges Vorhängeschloss. Auf dem Platz vor der Hütte stand Hugos Lieferwagen. Die Beifahrertür stand offen. Ich schaute mich um. Etwas sagte mir, dass er in der Nähe war, ich spürte seinen Blick, von irgendwoher. Ich blieb vor der Tür stehen und horchte. Drinnen war alles still. Ich suchte mir einen Stein und schlug auf das Schloss ein, das gab jedoch nicht nach. Ich fand einen größeren Stein, doch das Schloss hielt. Ich sagte mir, dass hier jemand sein müsse, ging zum Lieferwagen, stieg auf das Trittbrett und schaute hinein. Hinter den Sitzen lag das Gewehr. Ich nahm es, sprang herunter, klappte es auf und schaute in den Lauf. Darin steckte eine Patrone. Ich klappte es zu, entsicherte es und feuerte auf das Hängeschloss. Das drehte sich um sich selber und war ansonsten unversehrt. Ich lehnte das Gewehr gegen die Hüttenwand, ging zu den ausrangierten Brühkesseln, schaute hinein, fand eine Eisenstange, ging zurück, schob die Eisenstange zwischen Tür und Wand und stemmte. Das Schloss gab nach. Ich riss es ab. Die Tür ging auf und blieb offen stehen. Ich ging hinein. Hinten in der Hütte befanden sich unter dem Guckloch ein Tisch und ein Holzstuhl. An der Wand standen drei hellblaue Milchkästen aus der Meierei, die mit alten Papieren und Zeitschriften voll gestopft waren. Auf einem Klapptisch an der Wand lagen Lötkolben, Voltmesser, Werkzeug und verschiedene elektrische Apparate. Ich griff zu einem kleinen Aluminiumkasten. Auf

der Seite war mit Filzstift geschrieben: GLÜHBIRNEN. Hugo hatte sich lange mit elektrischem Kram befasst. Mutter hielt ihn für einen »Erfindertyp«. Er hatte einen Türöffner und jetzt also eine Art Vorrichtung zum Stromsparen konstruiert. Wenn ich mich nicht sehr irrte, dann hatten seine Erfindungen denselben Weg genommen wie seine Bilder. Ich stellte den Kasten ab und ging zum Tisch hinüber, auf dem einige Fotos und Zeitungsausschnitte lagen. Das Erste, worauf mein Blick fiel, war das Foto von Nina, das immer in meinem Zimmer gehangen hatte. Ich hob es auf, sah, wie hübsch sie immer schon gewesen war und wie frisch sie auf dem Bild wirkte. Ich steckte das Bild in meine Jackentasche. Dann schaute ich mir einen Zeitungsausschnitt an. Er stammte aus dem Jahr 1942 aus dem »Melhuser Boten«. Es war ein Leitartikel zum Thema Rassenhygiene, verfasst von unserem Großvater, Ludvik Gjørstad. Einige Sätze, die erklärten, wie wichtig es doch sei, eine genetische Auslese zu treffen, um eine »starke und lebensfähige« Bevölkerung zu erhalten, waren unterstrichen. Unter dem Artikel war ein Bild zu sehen, das drei uniformierte Männer vor einer Art Militärlager zeigte. Es hatte geschneit. Zwei der Männer trugen deutsche Uniformen. Der dritte Mann war mit Bleistift eingekreist. Ein Pfeil zeigte auf ihn. Im Kreis stand: L. GJØRSTAD. Ich hatte Bilder von ihm gesehen, aber das war lange her, ich hatte vergessen, wie er ausgesehen hatte. Während ich das vergilbte Bild ansah, hämmerte mein Herz, und mir brach der kalte Schweiß aus. Ich weiß nicht, warum, aber da stand ich nun, mit pochenden Schläfen und wehem Kopf. Ich legte den Ausschnitt wieder hin, ging zu einem der Milchkästen, wühlte in den alten Briefen und Papieren, die unserem Großvater gehört hatten, und in einem Kasten fand ich einen Stapel Bleistiftzeichnungen. Ich nahm sie heraus. Alle zeigten einen Hof, auf jedem Blatt waren nur ein oder zwei Gebäude zu sehen, auf keinem einzigen hatte er Wohnhaus, Wirtschaftsgebäude, Garage und Stall zugleich gezeichnet. Es war Gjørstad. Die Häuser waren sorgfältig gemalt, ordentlich und detailliert. Ich legte die Skizzen wieder in den Kasten und dachte an die Klaviersaite, an Trøgstads Hündin, an den Mann im Garten und den Mann oben an der Mauer. Ich lehnte mich an die Wand. Wieder schwitzte ich. Ich richtete mich auf und ging zum Tisch hinüber. Neben dem Tisch, auf dem Boden, lagen weitere Zeitungen. Ich beschloss, die Hütte abzubrennen. Ich wusste, dass das idiotisch war, aber ich wollte nicht, dass andere das hier sahen. Es sollte niemals verwendet werden können. Wie viel Schande konnte ein Mensch auf sich laden? Ich riss die Zeitungen in Stücke, schichtete sie an der Wand auf, zog Streichhölzer hervor und schaute zum Schlachthof hinüber. Auf dem Platz, am Lieferwagen, stand Hugo in Lederjacke und schwarzen Gummistiefeln im Schlamm. Er hatte den Kopf gesenkt und schielte zu mir herüber. Ich fand, er sah aus wie ein verblödeter Streuner, der etwas geplant hatte, von dem man besser gar nichts wusste. Ja, er stand nur da und glotzte, mit hängenden Schultern und seinem seltsamen Gesicht. Plötzlich lächelte er, räusperte sich und zuckte mit den Schultern.

Ich warf die Streichhölzer weg und ging auf ihn zu. Er musste gesehen haben, was ich vorhatte, rührte sich aber nicht, er schien im Boden festgewachsen zu sein. In der Wiese waren noch die Reste eines Müllfeuers, in der Asche lag ein Tischbein aus dunklem Holz. Ich bückte mich und hob es auf, ohne meine Schritte zu verlangsamen. Es lag schwer in meiner Hand, und ich dachte: Das ist Hickoryholz, wie gut. Hugo rührte sich nicht. »Weißt du, was du getan hast?«, rief ich und schlug ihm mit dem Tischbein ins Gesicht. Er taumelte zurück, nahm wieder seine alte gekrümmte Haltung ein und glotzte mich mit dieser dummen Miene an. Ich rief, er solle sich bereitmachen, vor seinen Schöpfer zu treten, und dann ging ich auf ihn zu und schlug ihn mit dem Tischbein und traf ihn an der Schläfe. Er taumelte wieder, fand dann wieder das Gleichgewicht, schnitt eine Grimasse, blieb stehen und starrte weiter mit trübem Blick.

»Begreifst du, was du getan hast?«, rief ich.

Er gab keine Antwort.

»Hörst du?«, rief ich.

Er öffnete den Mund und grunzte, wie ein Schwein. Er hatte Tiere schon immer gut nachmachen können und hatte mich oft damit an der Nase herumgeführt. Jetzt grunzte er genau wie ein zufriedenes Schwein, das gekrault wird. Mir wurde schwarz vor Augen. Ich schleuderte das Tischbein in seine Richtung und traf seine Wange. Er streckte einen Arm aus, sank in sich zusammen, fiel auf den Boden, lag mit einem ausgestreckten Bein im Schlamm, wie ein kleiner Junge auf dem Kohlfeld. Er verdrehte die Augen, glitt rückwärts, konnte dann wieder klar blicken, kniete sich und kam auf die Beine. Er hatte eine Wunde im Gesicht. Daraus sickerte ein langer dunkler Bach. Er kam auf mich zu, starrte mich an, grunzte noch einmal und grinste. Es war kein höhnisches Grinsen und kein verständnisinniges Grinsen. Nein, es war ein idiotisches Grinsen, klebrig und widerlich, das in seinem Gesicht hing. Und in diesem Moment verlor ich alle Kontrolle. Als er grunzte und wie ein Idiot grinste. Ich hatte das noch nie gemacht, aber jetzt packte ich ihn an der Lederjacke, rammte seinen Kopf mit meinem Schädel und das gleich zweimal. Ich führte ihn über den Platz zur Hütte, hielt ihn weiter an der Lederjacke fest und traf seine Stirn, seine Augen, seinen Mund, seine Nase. Ich hörte ihn gurgeln und blubbern, aber er wehrte sich nicht, er hing einfach schlaff in meinen Händen, bis wir die Hütte erreicht hatten. Ein Auge war vom Blut verklebt. Das andere starrte mich träge an. Er hatte noch immer nicht das Bewusstsein verloren. Das idiotische Grinsen hing noch immer auf seinen zerschlagenen Lippen. Er versuchte, sie abzulecken, hustete, sah mich wieder mit einem Auge an und versuchte, etwas zu sagen. Er konnte nur zischen. Er machte den Mund zu, schaute zum Himmel und leckte sich wieder die Lippen. »Ich habe mich so gut um sie gekümmert. Und sie war so dankbar. Wann war sie dir zuletzt für etwas dankbar?«, fragte er, heiser und sanft. Ich hielt mit der einen Hand seine Lederjacke fest und schlug mit der anderen zu. Er bewegte sich ein wenig, als ich schlug. Ich merkte, dass etwas zersplitterte, und schob ihn weg. Er taumelte rückwärts wie eine steife Vogelscheuche und sackte in sich zusammen, drehte sich auf den Bauch und blieb mit dem Gesicht im Schlamm liegen. So lag er dann eine Weile. Dann bewegte er sich, hob den Kopf und stöhnte. Er konnte sich auf den Rücken drehen und blickte aus einem Auge zu mir hoch.

»Ich habe dafür gesorgt, dass niemand sie anfasste. Das war mein Verdienst. Hast du auch so viel geschafft?«, nuschelte er.

»Fresse halten«, brüllte ich und ging auf ihn zu.

»Sie ist rein. Ganz rein. Das ist mein Verdienst, nicht deins«, flüsterte er.

»Fresse halten«, brüllte ich und trat mit den Stiefeln auf ihn ein, immer wieder, dann hörte ich auf und wich zurück. Das hatte er doch gerade gewollt. Er sagte das alles, um geschlagen und getreten zu werden. Er schaute zu mir hoch, zischte: »Nicht aufhören, Robert«, schnitt eine Grimasse und kroch auf die Hütte zu. Er erreichte sie, schaute sich um, langsam und zitternd, und blickte zu mir hoch, dann streckte er die Hand aus und stieß das Gewehr um. Er schob die Hand in die Tasche seiner Lederjacke, zog etwas heraus, legte es ins Gras, und machte sich am Gewehr zu schaffen. Ich rief seinen Namen. Er klappte das Gewehr auseinander und las die Patrone aus dem Gras auf. Geduldig und mit einer entsetzlichen, trägen Umständlichkeit, als habe er vergessen, dass er das fünfzehn Jahre lang jeden Tag gemacht hatte, schob er die Patrone in den Lauf und klappte das Gewehr wieder zu. Er drehte sich wieder auf die Seite, schnappte nach Luft, wand sich und flüsterte etwas. Er streichelte das Gewehr und sah mich flehend an. »Bitte«, sagte er leise, es klang wie ein Seufzer der Baumwipfel über uns. Ich bewegte mich nicht. Worauf er anfing, das Gewehr zu drehen, auf diese langsame und umständliche Weise, bis es auf seinen Kopf zeigte. Dann senkte er den Kopf, presste die Stirn gegen den Lauf und versuchte, mit der Hand den Abzug zu erreichen. Das gelang ihm nicht, er fummelte herum, versuchte, sich zu recken, um sich die Kugel in den Kopf zu jagen. Ich ging zu ihm, nahm ihm das Gewehr ab, wich einige Meter zurück und stellte mich vor die Bäume im Sumpf. Weiter hinten ragte das Wasser bis zu den Stämmen hinauf. Man hörte ein Motorboot.

Hinter mir stöhnte Hugo. Ich fuhr herum. Er hatte sich auf alle viere aufrichten können, stand auf Knien und Händen im Dreck und schwankte hin und her. Auf seine Lippen waren Blutblasen getreten, die platzten. Er versuchte, mich anzusehen, stellte einen Fuß auf, schwankte, versuchte Kraft zu sammeln, um an der Wand gestützt auf die Beine zu kommen. Ich wandte mich ab, hörte, dass er in sich zusammensank und wieder einen neuen Anfang machte, langsam und mühsam, und dass er ein weiteres Mal aufgeben musste und einfach nur dalag und atmete wie eine durchlöcherte Luftmatratze. Und dann machte er noch einen Versuch, unbegreiflich geduldig, an der Wand hoch, und diesmal schaffte er es und kam schwankend auf die Beine. Hugo taumelte zum Lieferwagen hinüber, stieg auf das Trittbrett, beugte sich vor, kroch herein und saß dann auf dem Fahrersitz. Nach einer langen Weile röchelte der Motor. Hugo starrte mit hängendem Kopf das Lenkrad an. Endlich legte er die Hand auf die Gangschaltung. Er ließ die Kupplung los und huckelte davon, streifte einen Brühkessel, fuhr über scheppernden Müll und verschwand hinter dem Gebäude.

Ich betrachtete das Gras, wo er gelegen hatte, und die Wand, an der er sich hochgequält hatte. Ich ging zur Wand und zog einen abgerissenen Fingernagel aus dem rauen Holz. Mir wurde klar, dass ich meinen eigenen Bruder geschlagen und getreten hatte, bis ihm das Blut aus dem Maul gequollen war. Ich hatte einen zusammengeschlagen, der sich nicht wehrte, hatte ihn getreten, wie es kein brutaler Hundebesitzer mit seinem räudigsten Köter machen würde. Ich nahm die Patrone aus dem Gewehr und stellte es in die Hütte.

Ich ging um den Schlachthof.

Auf einer Rampe standen drei Schlachter und rauchten. Der eine war der Kollege, mit dem ich gesprochen hatte. Er zeigte auf das Tor. »Hugo ist eben gefahren. Hast du ihn noch erwischt?«

Ich ging über den Weg, der an der Meierei vorbeiführte, und erreichte das Altenheim. Die Alten sonnten sich auf der Veranda. An der Bushaltestelle stand Otis mit Gehhilfe und mit Schützenmedaillen behangen, weil gerade einige junge Mädchen aus dem Bus stiegen. Das kam mir krank und sinnlos vor. Warum krepierten diese Alten nicht einfach? Ihre Tage waren ja doch gezählt. Warum klammerten sie sich so an die letzten verkalkten Jahre oder Monate ihres Lebens und gaben vor, ihre verschrumpelte Haut durch die sengende Sommersonne verschönern zu können?

Ich ging weiter in Richtung Zentrum, vorbei an der Tankstelle und dem alten Kornsilo, erreichte das alte Schwimmbad und ging über die Straße und den Platz vor dem Supermarkt, um mich vor der Feuerwache auf eine Bank zu setzen. In der Wache war der Bär los. Ich zog meine Zigaretten heraus, die vom Schweiß aufgeweicht waren, und steckte eine an. Der Schweiß strömte mir über Rücken und Bauch und Gesicht. Ich versuchte, ihn abzuwischen, gab dann aber auf und sah nur noch zu, wie die Feuerwehrleute aus der Wache rannten, in den Feuerwehrwagen stiegen und davonfuhren. Ich dachte, dass ich zu Siv fahren und sie überreden müsste, nicht wegzugehen, ein für alle Mal. Als ich das gedacht hatte, schaute ich auf und sah Stefan Kolding, der aus der Nordre gate kam. Seine Hose und seine Jacke waren grau vor Schmutz. Ich schaute weg, aber er kam trotzdem auf mich zu.

»Hast du von der Lawine gehört?«, fragte Kolding.

»Ich will meine Ruhe haben«, sagte ich.

»Es ist eine Lawine runtergekommen«, sagte er.

Ich warf meine Zigarette weg.

»Wo?«, fragte ich.

»Da oben«, sagte er und streckte den Arm aus.

Ich sprang auf und rannte los.

»An deiner Stelle würde ich nicht dahin gehen«, rief er.

Ich rannte durch die Nordre gate, an der Bushaltestelle vorbei, bis zum Haus von Hugo und Betty. Ich sah, dass der Lieferwagen noch nicht wieder da war, bog um die Ecke und lief an Breidablikk vorbei, erreichte die letzte Anhöhe und den Hügelkamm. Die Felskuppe, auf der Stein Ove wohnte, hatte zwischen der Lichtloipe und dem stillgelegten Slalomhang gelegen. Sie war nicht mehr da. Oben am Hang war kein Haus mit stillem Garten mehr. Jemand schien den Hang oberhalb der Kuppe mit einem riesigen Tortenheber abgetrennt zu haben; unterhalb des Streifens, der Lawine und Unterholz teilte, zog sich eine blaugraue Narbe durch die Landschaft. Die Lawine hatte das Moor unter dem Felsvorsprung erreicht, war dort immer breiter geworden. Am Lawinenrand standen auf beiden Straßenseiten Autos. Zwei Feuerwehrwagen, ein Krankenwagen und zwei Streifenwagen. Die Besatzungen waren über den Weg zum Moor gelaufen, drängten sich jetzt am Lawinenrand und starrten die Reste von Stein Ove Sands Haus und seinen Habseligkeiten an. Die ragten aus dem Lehm empor, zusammen mit den zerschlagenen Resten des Hauses. Ein verbeultes Fahrrad. Teile des roten Ledersofas. Eine zersplitterte Holzwand. Mitten in der Lawine stand Stein Ove zusammen mit Henrik Tiller. Ich rannte durch den Klokkervei und dachte, dass Stein Ove damit habe rechnen müssen. Sein Grundstück bestand aus Lehmboden, und weil niemand sonst es haben wollte, hatte Stein Ove es billig bekommen und deswegen die alte Kutschstation kaufen, verlegen und restaurieren können. Ich hatte den Weg erreicht und stieg hinunter. Die Leute drängten sich so dicht aneinander, dass ich sie beiseite schieben musste, um mich durchzuzwingen. Am Ende erreichte ich die Lawine und entdeckte das kerngesunde Gesicht von Roger Mellombakken, zwischen halb kahlen Dreißigjährigen und dicklichen Müttern.

»Was willst du denn hier?«

»Kann dir doch egal sein«, sagte ich.

»Das ist gefährlich«, sagte er.

»Klappe halten. Du freust dich doch, wenn ich dabei draufgehe«, sagte ich, schob ihn aus dem Weg, sprang nach unten, stapfte durch den feuchten Lehm auf Stein Ove und den Hauptkommissar zu. Zwischen uns lag sein Kühlschrank. Der hatte nicht eine einzige Schramme abbekommen. Eine riesige Hand schien ihn behutsam dorthin gelegt zu haben.

Ich ging auf die beiden zu. Tiller zupfte Stein Ove am Ärmel.

»Er hat alles verloren. Lass ihn in Ruhe«, sagte ich.

Tiller starrte mich an. Ich wandte mich Stein Ove zu. Der schien weit weg zu sein, erloschen, sein Kopf saß schlaff auf seinem Hals, und sein Blick flackerte.

»Du bist hier?«, fragte er.

»Ja. Was ist passiert?«

»Sie ist mitgerissen worden«, sagte er mit toter Stimme.

Ich schaute zu Henrik Tiller hinüber. Der nickte, deutete auf eine Stelle in der Lawine.

»Was meinst du?«, fragte ich.

Wieder nickte er.

Ich drehte mich um und sah sie. Sie trug ein rotes Kleid und lag auf dem Rücken. Neben ihr stand ein schwarzer Arztkoffer. Eine Sauerstoffmaske war achtlos in den Dreck geworfen worden. Ich rannte hinüber und ging neben ihr in die Hocke. »Siv?«, fragte ich und sah erst jetzt, dass ein Bein unterhalb des Knies abgeknickt war und gerade vom Körper wegzeigte. Ihre Oberschenkel und Waden und Arme waren mit blauen Flecken bedeckt, ihr Kleid war aufgerissen, eine Brust hing heraus. Ich blieb lange dort hocken, ich starrte sie an, ohne mich zu bewegen, ich hatte das Gefühl, mich in einer Art Zwischenwelt zu befinden. Alle Stimmen, Geräusche, Automotoren, Sirenen verschwanden. Das kann nicht Siv sein, sagte ich mir und schaute in ihr Gesicht. Sie hatte Sommersprossen. Ich musterte den schuhlosen Fuß. Der war zerschrammt. Ich hatte ihre Füße so schön gefunden. Sie waren klein und elegant, sie waren vielleicht das Einzige an ihr, was wirklich klein und elegant war, und ich fand, dass Frauenfüße genau so sein müssten. Und jetzt war in ihnen kein Leben mehr. Ich sagte mir, dass sie es war, dass es Siv war, die dort lag, die ich ansah. Ich dachte, ich hätte zu ihr gehen sollen, wir hätten die ganze Nacht reden sollen, an jenem Abend, und in der Nacht hätte ich ihr doch klar machen sollen, dass es die einzige Lösung für sie war, das Einzige, was sie wirklich wollte, war nach Meløya zu ziehen, wo wir uns ein eigenes Haus bauen würden, ein großes schönes Haus, oben bei der Burg, ein Stück von den anderen entfernt. Wir würden Kinder bekommen und glücklich sein. Ich würde nicht mehr trinken, keinen Streit mehr anfangen und keine Dummheiten mehr begehen. Wir passten doch so gut zueinander, und ich wusste, wie man einen kleinen Hof neu aufbaute, der neue würde praktischer und wohnlicher werden als die alte Bruchbude meines Urgroßvaters. Das alles wollte ich tun, ich wollte zur Ruhe kommen, friedlich sein, und alles andere, alles, was mich zu diesen dummen Sachen trieb, alles, was daran schuld war, dass ich mich immer wieder vor den Augen der ganzen Stadt blamierte, das alles bliebe zwar, aber wir würden es nicht anrühren, denn wir wollten anders leben, alles, was ich seit Jahren mit mir herumschleppte, mit dem ich mich aber einfach nicht abfinden konnte, weil ich es mit niemandem teilen konnte, das war das Problem gewesen, ich war Waage, und Waagen strebten nach Harmonie und Ausgleich, das wissen alle, die sich mit Astrologie befasst haben, und du warst Skorpion, und du brauchst eine Waage, wir beide: Was also machst du hier, in den Trümmern von Stein Ove Sands Haus, Stein Ove Sand, dem wohlmeinenden Polizeizwerg, auf dem du immer wieder herumgetrampelt bist, ohne dass er das ahnte?

Ich berührte ihr Gesicht. Es war kalt. Ich ließ mich zurücksinken. Stein Ove hielt ihre Handtasche in der Hand. Er wühlte darin herum, fand etwas und nahm es heraus.

Es war ihr Trauring.

»Sie hat ihn getragen. Siehst du das?«

Tiller fragte, ob er gehen solle.

Stein Ove starrte die Tote an. »Sie ist schwanger. Sie erwartet mein Kind«, sagte er leise.

Ich sprang auf.

»Was sagst du da?«, fragte ich.

Er drehte sich zu mir um.

»Sie bekommt mein Kind«, nuschelte er, dann brach er zusammen, drehte plötzlich durch, stürzte los, stieß mich beiseite, fiel neben Siv auf die Knie und bedeckte ihre Brust mit dem zerfetzten Kleid. Dann nahm er ihre Hand, hob sie hoch und steckte ihr den Trauring an den Ringfinger. Er beugte sich vor, drückte ihre Hand an sein Gesicht und küsste sie. Er bedeckte die Hand mit Küssen und nannte immer wieder ihren Namen. Ich sah Siv an, ihren Bauch, ihren gewölbten Bauch.

Ich ging zu Tiller hinüber.

»Brauchst du etwas?«, fragte er.

Ich schwieg sehr lange. Stein Ove machte sich noch immer an dem Leichnam zu schaffen. Ich wusste nicht, wie ich mich verhalten sollte.

»Hast du eine Ahnung, wer der Vater ist?«, fragte Tiller.

»Stein Ove glaubt, es ist seins«, sagte ich.
Tiller bedachte mich mit einem Blick, der sagte, dass es auf der Welt viel Scheiß gebe, dass er aber trotzdem immer wieder staune, wie viel.
»Sie kommen jetzt mit der Bahre«, sagte Tiller zu Stein Ove.
»Nein, noch keine Bahre«, sagte Stein Ove leise und zupfte geronnenen Lehm und Erde von Sivs Armen und Oberschenkeln und Waden. Er versuchte, ihr Kleid sauber zu klopfen.
Ich sah Siv noch einmal an, drehte mich um und ging langsam weg von Stein Ove und Tiller.
Hinter mir erhob sich Stein Ove. »Du willst doch nicht gehen?«, fragte er.
»Aber sicher«, sagte ich und ging weiter. Er kam hinterher, holte mich ein, packte mich am Arm und versuchte, mich zurückzuhalten.
»Robert, nicht gehen«, sagte er. Er wollte nicht allein in der Lawine sein. Er wollte mich in seiner Nähe wissen.
Ich riss mich los und ging weiter, stapfte zum Lawinenrand, kletterte runter, schob die Leute beiseite und ging den Weg zur Straße hoch. Unterwegs drehte ich mich einmal um und schaute auf die Lawine. Stein Ove hatte eine Spritze bekommen und versuchte, sich von Tiller loszumachen. Das war das Letzte, was ich von Stein Ove Sand sah. Ich weiß, wo er ist und wie es ihm geht, aber ich habe es noch nicht über mich gebracht, ihn zu besuchen und mit ihm zu reden. Ich finde die vielen Lügen schrecklich, mit denen er leben musste und von denen die ganze Stadt wusste. Nein, das hatte er nicht verdient. Ich drehte mich um, hörte von der Lawine her einen Ruf, lief auf die Straße und weiter zur Nordre gate. Ich kam an Breidablikk vorbei, blickte aber nicht auf. Ich bog um die Ecke, passierte das Haus von Hugo und Betty und sah aus dem Augenwinkel, dass der Lieferwagen jetzt dort stand, neben der Garage. Auf dem Rasen stand Betty und harkte. Sie hörte auf damit und sah mich an. Sie rief meinen Namen. Ich

ging weiter. In der Küche saß jemand. Er sah aus wie Hugo. Er beugte sich über den Tisch. Das konnte nicht stimmen. Aber er war es.
»Robert? Wo willst du hin?«, rief Betty.
Sie kam auf das Tor zu, mit einer Flasche Insektengift in der Hand. Ich ging weiter, ohne aufzublicken, vorbei an der Bushaltestelle Richtung Storgate, durch die Storgate, dann blieb ich an der Ecke vor der Bank stehen. Ich kam nicht weiter. Jetzt musst du loslassen, sagte ich mir. Du musst alles so nehmen, wie es kommt. Es gibt kein Richtig oder Falsch, alles gehört zusammen. Ich lehnte mich an den Pfosten vor mir und sagte mir, dass ich kein Mitleid verdient hätte. Nein, das war so ein Schlag, den man eben einsteckt. Einer der vielen Schläge, die Leute wie du abkriegen, murmelte ich vor mich hin.
Ich schaute auf. Vor der Bank stand Jan Tore.
»Hast du einen Moment Zeit?«, fragte er.
Ich schüttelte den Kopf und schaute in eine andere Richtung.
»Dein Bruder will dir etwas zeigen«, sagte er.
Ich ließ den Pfosten los und stapfte zur Videothek hinüber, mein Körper fühlte sich bleischwer an. Ich trottete hinein. An der Theke stand Jonny mit einer Fernbedienung in der Hand. Er sah zufrieden aus.
»Hast du den Job gekriegt?«, fragte ich.
Er sagte in Zeichensprache, dass er das glaube.
»Warst du auf Gjørstad?«, fragte Jan Tore.
Ich sagte, die Straße sei gesperrt, ich wisse aber, dass unser Hof zerstört sei.
Jan Tore drehte sich zur Wand mit den Fernsehern um, hob die Fernbedienung und schaltete den Videokanal ein. Dann nahm er eine andere Fernbedienung, ließ vorspulen und schaltete ein Video ein. Auf den Bildschirmen erschien die Kvenna. Aus einem Hubschrauber aufgenommen.
»Das kam heute Nachmittag in den Nachrichten«, sagte Jan Tore.

Es war eine Hochwasserreportage aus Melhus. Ein Reporter sagte, die Umgebung von Melhus gehöre zu den von der Überschwemmung am schlimmsten betroffenen Gegenden. Der Hubschrauber flog über die Kvenna und folgte dem Fluss dann durch das Tal. Wir erreichten die Stelle, wo der Fluss schmaler wurde und das Wasser die Felsen herunterstürzte, um sich dann auszuweiten und zu einem stillen See voller Treibgut zu werden. Ich sah Lien, die beiden unteren Häuser lagen unter Wasser. Auf dem Hof war kein Mensch zu sehen. Der Hubschrauber folgte dem Fluss am rechten Ufer und kam nach Vasshaug. Ich trat näher an den Bildschirm heran. Ich sah die Stiere auf der Weide bei der Allee. Unten auf dem Hof standen Vasshaugs neue Wagen, und Vasshaug selber schaute nach oben. Und dann waren wir vorbei und folgten dem breiten Tal. Der Hubschrauber filmte die Straße. Die war an mehreren Stellen eingebrochen. Wir kamen zur Bushaltestelle bei Brekke, überquerten den Fluss und flogen über Meløya hinweg. »Pass jetzt gut auf«, sagte Jan Tore. Die Kamera filmte die Gegend zwischen Brücke und Hof. Die Felder lagen unter Wasser. Dann war Gjørstad zu sehen. Die Häuser standen unter Wasser, aber sie standen. Weder das Wohnhaus noch der Stall oder der Werkzeugschuppen waren mitgerissen worden. Es sah seltsam aus, das schiefergrüne Wasser und das rote Dach des Wohnhauses, das rote Dach des Stalles und das rostige Wellblechdach des Geräteschuppens. Es sah friedlich aus, das Wasser lag so still und grün da, so ungefährlich. Dann flogen wir über das Feld. Die Kamera zeigte die Mauer an der Burg in Großaufnahme. Dort standen die Kühe, die Bullenkälber und einige von Mutters Hühnern. Das Vieh graste, die Hühner stolzierten umher. Ich konnte sie deutlich sehen und nannte in Gedanken Kühe und Kälber beim Namen. Dann flogen wir über die Burg, fegten an den steilen Nordhängen entlang und folgten der Kvenna weiter. Ich stützte mich auf die Ladentheke und schaute aus dem Fenster. Draußen standen Leute und betrachteten die Bildschirme im Fenster. Ich drehte mich zu Jonny um.

»Unser Hof steht«, sagte ich zu ihm.

Er nickte und sah froh aus.

»Ich dachte, er sei weg«, sagte ich, ging zu einem Stuhl und setzte mich. Ich fand es entsetzlich, dass Gjørstad noch stand. Ich beugte mich vor, schlug die Hände vors Gesicht, hörte, wie er zu mir kam, und spürte, dass er vor mir stand. Er setzte sich neben mich. Ich sagte: »Das ist nicht so schlimm, die Dinge drehen sich im Kreis. Sie drehen sich immer und immer im Kreis. Du bist mein Bruder.« Jonny legte den Arm um mich und sah mich an und schien gar nicht zu wissen, was er zuerst für mich tun wollte.